香水百合

爾雅小說自選集

爾雅 著

推薦序　在水一方

范遷

馬塞爾・普魯斯特曾經說過：「我們記憶最精華的部分保存在我們的外在世界，在雨日潮濕的空氣裡、在幽閉空間的氣味裡、在剛生起火的壁爐的芬芳裡，也就是說，在每一個地方，只要我們的理智視為無用而加以摒棄的事物又重新被發現的話。那是過去歲月最後的保留地，是它的精粹，在我們的眼淚流乾以後，又讓我們重新潸然淚下。」（《追憶似水年華》）

讀罷爾雅的小說集《香水百合》，普魯斯特這段話自然而然地浮現在我的眼前。過去的時光，如煙的記憶，在爾雅娓娓道來的筆端像一幅五色斑斕的織錦圖在讀者眼前展開，故事如水般流淌，如水般純淨，又如水般靈動。不得不說，小說，我說的是所有的小說，在本質很大程度上是女性的，敏感，警惕，從容又滿懷慈悲。不管是哪種類型的小說，或明或暗地總是孕育著新生的期望，相對於女性孕育了我們的世界。

爾雅從大西南的毓秀之地走來，她的筆下有四月的春雨杏花，有古道綠茵的百年小鎮，有風霜留痕的手工作坊，更有綿綿不絕的人間煙火。她塑造的女性形象是溫婉的，又是決絕的，秉承了西南大地山川河泊之氣韻的，若是好好地承待她，她便是千般嬌媚、萬種擔待的。若是有虧於她，她便是如風而逝，凜然而去的。在爾雅的小說裡，故事奇妙地揉和著現實和夢境，這一頁是有血有肉的，一針一線鋪陳出來，普通日子的百味雜陳，處處溫馨人間的；下一頁就突然風起雲捲，人物的心理閘門被打開，情感大潮洶湧而來，

泥沙俱下。作者很精確地把握了人性的限度、潛意識流、心理落差，以及隨之而來的無限可能性。又用一種不露痕跡的筆法描繪出來，舉重若輕，如蝴蝶化蛹，如水滴石穿。

爾雅的文字是安靜的，帶有淡淡的詩意和憂鬱的。她的取景是一隅的，視野卻是開闊的。敘事風格卻是變化多端、出其不意的，既有潭邊觀魚的靜謐無波，又有候鳥凌空的拔地而起。她善於營造似夢似幻的場景，引了讀者穿過時光的隧道，來到恍惚迷離之地，既古又今，既遠又近，既感同身受，又恍如隔世。

讀爾雅的小說如同沿了一條青翠的河邊行走，野花盈道，處處鳥鳴。河面上有時風平浪靜，有時波濤洶湧。陽光、雨霧、激流、險灘，各有各的景致。遙望河對岸，有一女子，時而托腮凝思，時而臨風起舞，裙裾飛揚，化為河水，化為小說，化為文學，源源不絕⋯⋯。

所謂伊人，在水一方。

目次

香水百合

1

　　西方傳說中，夏娃和亞當受到蛇的誘惑吃下禁果，因而被逐出伊甸園。夏娃悔恨之餘不禁流下悲傷的淚珠，淚水落地後即化成潔白芬芳的百合花。百合花象徵著淒美的愛情。

　　東方人則視百合為吉祥之花，具有百年好合之含義。白百合之雪白象徵著感情的無瑕無疵，天長地久，相伴一生。

　　水月的外婆愛花。她家二樓陽台與防護欄上總是擺滿了各種大大小小的花盆，那是外婆在買菜途中買的花。奇怪的是，原本新鮮漂亮的花草被外婆買回來養不了多久，就都成了枯枝敗葉。那些裸露的盆盆罐罐，令她家的「花圃」不僅不爽心悅目，反而凌亂不堪，有礙觀瞻。這成了水月學生時期，每次假期回去打掃清潔時與外婆的「鬥爭」：水月悄悄把那些花盆扔掉，又被外婆一一撿拾回來，而外婆則繼續買花種花，繼續種出一堆殘花。困惑之餘令水月想到「閉月羞花」，可能確是在外婆這朵祖母級花兒面前，花們都自慚形穢地羞愧而亡？

　　只有一種花例外，那就是香水百合。外婆彷彿與這花天生有緣，家裡瓶插的香水百合，永遠新鮮欲滴、香氣襲人。

　　這個陰冷的冬天，冬至以後，照顧外婆的李姨就不讓外婆下床了，說這樣才不易感冒。每天清早，她用熱毛巾為外婆洗臉擦手，為她穿上毛衣外套，把枕頭立起來，九十六歲高齡的外婆就半躺在床上，暖暖地裹在被子裡數她的佛珠了。通常，餵外婆吃完早餐，擦灰拖地打掃完簡單的衛生後，李姨就放心地提著籃子外出買菜了。

　　可是今天，李姨有點恍惚，昨夜沒睡好。她憶起昨晚的月出奇地亮，風出奇地大，雖關閉了窗戶，但風吹得窗外銀杏樹晃動不

已，樹枝不時拍打窗櫺砰啪作響，真可謂：「月白風高，樹影在地。」

李姨忙了一天，晚上總是睡眠不錯，半夜只須起來一次，侍候外婆起夜或讓外婆喝點水，這已成了習慣。可是昨天半夜，李姨似醒非醒中，見一老先生立在外婆床前，隨即他弓下腰，好像在細細端詳外婆，又似在對外婆耳語。李姨努力想睜開眼，可就是睜不開，彷彿依稀中，老先生鬚髮皆白，頭頂有點禿，但長髯飄飄，仙風道骨。

待下半夜李姨醒來，只當自己做了個夢，也不再想它，依然侍候外婆起夜等一應事宜。才從睡眠中起來迷糊著的外婆咕噥著說：「他來接我呢，怕是我的時候到了。」李姨心下一驚，忙問：「您說啥？誰來接您？」「老先生啊，看來他還是放不下我的。」外婆答。李姨下意識四顧，屋內灑了一層銀輝，屋外乾枯的銀杏樹枝晃動，劃出鬼魅般的陰影和聲響，令人毛骨悚然。

原本緊閉的窗戶，開了一小縫隙，而外婆床頭的那瓶香水百合，卻移到了窗外。

外婆深知這花兒的嬌貴與脾性，每天傍晚，外婆都要讓李姨把香水百合擺到窗台外吸吸潮氣，讓香水百合承接晨昏天地交合的靈氣後，再拿回放在床頭，因為外婆已習慣了在這花香中入睡。可昨晚李姨壓根兒就忘了把花擺出去。

此時窗外的百合，在銀月下的風中搖曳有如婀娜多姿的佳人，清新脫俗，香氣襲人，多變的風貌如夢似幻，含情之模樣惹人憐愛。

李姨知道，外婆孤身一人，由遠在國外的外孫女水月贍養，水月每年回來一兩次，看望外婆，安排好外婆的生活及照顧一應事宜。李姨心知肚明，水月是完全信賴她的，把外婆的一切都交託給她。因為她並不是保姆市場請來不知根底的保姆，李姨的母親曾是外婆家的奶媽，把水月的母親——周家大小姐一手帶大。待李姨出

生時，李姨父母已是人到中年，貧窮、酗酒的父親是一家人的噩夢，對妻子及孩子們常常打罵。

當周家大小姐看到身上青紫的小女孩，常常忍不住落下淚來，大小姐在城裡讀了書，對人人平等的新思潮有了一定的瞭解，加之生性寬厚善良，大小姐就忍不住去找那打人的人評理。沒喝酒時的「惡霸」見到東家大小姐倒是懦弱得像一團棉花，頭點得像雞公啄米。大小姐又找來木梳和篦子，為小女孩梳那糾結的頭髮，用篦子為她篦頭上的蝨子卵，紮上小辮，結上兩根蝴蝶結。大小姐把她轉過身，為自己的工作感到滿意，說她是個清秀好看的小姑娘呢。那是小女孩時的她最快樂的時候，那種溫暖的感覺跟隨了她一生。李姨又嘆息：「那麼善良、那麼美麗的大小姐，卻應了紅顏薄命！」那是大小姐離開老家若干年後的事了，其中的故事、其中的蹊蹺她確是不知的。

外婆雖已高齡，但皮膚依然白皙，面貌依然端莊，真應了「美人遲暮也是美的」。李姨從父母閒談中隱約得知，作為當年周家少奶奶的外婆不僅是小鎮且十里八鄉都出了名的美人，據說待字閨中時，媒人踏破了門檻，可小姐是頗有主見並早已心有所屬。

少奶奶娘家，母親是裹了粽子樣尖尖腳賢慧的家庭主婦，一生遵循「女子無才便是德」的祖訓，精於女紅與家務，但頭腦卻也並不死板僵化，當女兒還是小女孩時，把白天裹起來的腳晚上又偷偷放掉的時候，她也只是睜隻眼閉隻眼。只是婆婆督促得緊，說女子若沒有一雙裹得漂亮的三寸金蓮，今後是嫁不到好人家的。結果，長大後少奶奶的腳既不像尖尖腳又不像解放腳。不過那時西風漸進，人們已不以小腳為美，女子們也已不纏足了。

少奶奶父親姓白，是小鎮受人尊敬的私塾先生。但基於古訓，女孩子並不能堂而皇之地進到課堂讀書，當教室裡傳來男孩子們的琅琅讀書聲時，她正在跟母親學家政或刺繡呢；通常女孩子們繡的

不是鴛鴦就是蝴蝶，可她最喜歡繡百合花，且繡得最好。

　　她出生那年的那個季節，她家院裡的一院百合正開得潔白妖嬈、芬芳四溢，白先生就為女兒取名「白合」（取「百合」諧音）。又因她生來愛笑，且笑靨如花，小名就叫了「花兒」。下學後的父親常抱了天資聰慧的小花兒在膝上，玩耍似的教她一些四書五經及詩詞歌賦，天長日久，耳濡目染，花兒也能略通文墨了。閒時，父親也帶著她去茶園看戲，諸如《嫦娥奔月》、《花木蘭》、《梁山伯與祝英台》等等，回到家，小花兒就在院裡的百合叢中，翹著個蘭花指「咿咿呀呀」蓮步輕移地模仿著玩，倒頗有幾分神似。

　　待字閨中，花兒心儀的並不是鎮西頭富甲一方的祝家大公子，也不是鎮東頭三天兩頭叫媒人來說破了嘴、從城裡讀書回來風流倜儻的胡二公子，而是被父親常掛在口中的得意門生——周家大公子。

　　周家在鎮上開糖坊，雖不算首富，但也家道殷實。最主要的是周家公子讀書讀得好，從小深受私塾先生厚愛，在先生家出出進進，兩人從小混熟的，只是隨著年齡漸長，倒顯了生分。她愈發出落得水靈漂亮，而他青年才俊卻為人踏實本分。兩人見面常常話沒說上兩句，倒彼此先紅了臉。

　　小鎮位於內江地區，內江又名「甜城」，以出產蔗糖聞名。清代至民國年間，內江歷史上的製糖業十分興旺，那一帶產糖量曾占全川七成。那時沱江兩岸農村，以種植甘蔗為主，漫山遍野是一片片猶如綠色海洋的甘蔗林，每當山風吹來，蔗林似綠色波浪翻滾。由於生產蔗糖的原料甘蔗來源很充足，所以有「三里一糖坊，五里一漏棚」繁榮景象存在。當時採取的是糖坊、漏棚土法製糖。

　　周家世代開糖坊，到這一代，口碑更好，生意更加紅火。不僅城裡置業，鄉下也置地。只因周老闆吃苦耐勞，凡事親力親為不敢懈怠，既要管理糖坊生意又要管理鄉下田地收成，還不時要乘船逆江而上或順江而下，把產品銷往外地。

　　老闆娘則要負責這大家族繁雜的家庭事務及侍奉公婆等。這時的周老闆就特別想要兒子子承父業，把他肩上擔子一點點接過去。可是兒子人小主意大，他志並不在糖坊，而是考取了省城華西醫科大學。這光宗耀祖的喜事，引得親朋好友、十里八鄉的人都來道賀，周老闆嘴上掛了笑也不能說啥。只是兒子指望不上了，卻指望娶進一門精明能幹的兒媳婦，幫忙料理家中及糖坊各種事務。

　　媒人上門，一說即合。十六歲的花兒就成為了周家少奶奶。

2

　　新婚之夜，賓客們鬧完洞房離去，寂靜新房裡，紅燭發出細微劈啪聲。醫學院學生的新郎注視著搭紅蓋頭、身穿大紅龍鳳婚衣、雙手交疊、略露一雙繡花鞋、微側著身端正坐在床沿的新娘。這時，他的視線被床沿的床裙吸引：漆黑綾羅製成的床裙熠熠生輝，最奇妙的是黑綾羅上竟開出花來，純白絲線與銀色絲線交混繡出的百合花，閃著月似的皎潔光芒。他看得呆了，隨著視線游移，他看到花朵旁繡出一行稚拙的小字：百年好合。

　　外婆記得，那個夜晚的他充滿激情。他告訴她，要接她去省城讀書，讀護士專業。「在省城，要有屬於我倆的西醫診所，屬於我倆的溫馨之家，我會送給你新鮮的香水百合，讓家裡充滿百合花的芬芳。」他擁著她溫情脈脈地憧憬未來，說她就是他美麗嬌嫩的香水百合，隨即在花兒耳邊吟起詩來：

　　「被翻紅綾浪，臥擁一花香。陌上無緣客，知音日月長。」

　　醫學院學生的新郎，新婚七天後就離開新娘，去到省城繼續學業。他沒忘記對妻子的許諾，真的著手為她申請辦理讀書事宜。可

不久花兒發覺自己有孕了，她又憂又喜：喜的是公公婆婆都歡喜著抱孫子，周家後繼有人了；憂的是讀書之事只好擱置下來。

不能去省城讀書，少奶奶就專心幫助管理家務及糖坊的生意事宜，冰雪聰明、剛柔並濟的少奶奶不久就贏得全家上下主僕一致的好口碑，並表現出經營管理上獨特的能力。

她常進到作坊去看師傅、夥計們作工並話家常。糖坊的設施為碾棚、糖灶。俗稱「八角亭」的碾棚，八柱式拱頂，屋頂為八分水的「傘」狀形的「尖棚棚」，高約十米餘，環「傘」邊的周長達二十五米左右，四周由十六根石柱子支撐著，這樣的尖棚式「八角亭」是當地「糖房」的標誌性建築。熬糖灶為一串連八九口大小鍋的大灶。

壓榨甘蔗的全部設備都安裝在「八角亭」內。用牛拉動立式石輥並列轉動壓蔗取汁。「八角亭」的榨糖設備分為四個部分：一是牛拉動力，二是傳動裝置，三是轉動石輥榨取蔗汁，四是蔗汁歸納收集。

八角亭正中設天羅盤、地羅盤，裝上一對豎立的大石輥。大石輥相向轉動，是用三四頭牛來拉動的。甘蔗即從轉動的大石輥的縫中壓榨出蔗汁。蔗汁從地羅盤下的暗溝流向設在八角亭旁的石缸內過濾和加石灰沉澱，然後取汁熬煮。

少奶奶花兒一來，小夥計的動作都要伶俐幾分。少奶奶不僅人長得好、身材勻稱、皮膚白皙、穿著得體，性情也溫柔隨和，不扭捏作態擺小姐架子。偶有小夥計不慎做錯了事或大師傅火候拿捏不當熬壞了糖（這是很大損失呢），少奶奶不僅不責難反而安慰，幫助在老闆處敷衍說：「人家不小心做壞了事心裡已經很難過了。」讓人覺得首先對不住的是少奶奶。

周家鄉下田產的佃農來鎮上趕集，給東家帶來一點田裡的土特產，少奶奶總是留飯留宿，當他們親戚對待。但少奶奶也自有她的

原則與精明強幹,若遇鄉下懶漢潑皮,別人都難以擺平之事,少奶奶出面,對方自然偃旗息鼓了幾分。

公婆看到兒媳如此聰明能幹、明事理,心中十分慰藉。幾年下來,周老闆已漸從糖坊脫身出來交給兒媳打理,自己更多乘船外出擴展銷售;婆婆則專心侍佛;傭人、奶媽都是多年用慣了的。一家人日子安穩,其樂融融。

唯有夜闌人靜,剩下獨自黯然神傷人,這就是周家少奶奶花兒。

丈夫在外面早就有了人,是二房。二房為他生了兒子。

開初她哭過,鬧過,要找了去。公婆愛憐她,說即使不要兒子也要她做閨女,且這一大家子怎麼離得了她?周家只認她是唯一的兒媳,那個女人休想跨進周家大門半步。娘家父母也勸解說世風如此,有三妻四妾的男人多得是,這也是做女人的宿命與苦命。可憐她精明能幹、心高氣傲的女人,也擺脫不了如此的命運。

漸漸長大的兒子更是為母親難過,不知從哪道聽塗說便有了很重的心思:認為是自己耽誤了母親,致使當初母親沒能去省城讀書,才導致父親在外面納妾。說自己一定要為母親爭氣,最終讓爸爸明白:不管他在外面有多少兒子,自己才是他最好、最出色的兒子!

她擁著兒子,擦去他小臉上的淚痕,告訴他:「傻兒子,你才是媽媽最重要的。是媽媽的金不換!如果從頭再來,媽媽還是選擇要你。」

兒子是全家的心頭肉,更是爺爺的驕傲。從小他就聰明好學、懂事,假期他常跟了爺爺乘船外出做銷售,一是爺爺喜歡有他做伴,二是也讓他看看外面的世界,長長見識。

前些日子,天熱得詭異,像發了狂,太陽剛出來,地上已著了火,許多細微的塵埃低低地浮在空中,使人熱得憋氣,竟沒一絲風。糖坊裡的工人都光了膀子,汗順著脊背不斷流,熬糖的大師傅更是熱得滿身通紅。花兒吩咐廚房每天熬幾大桶解暑的酸梅湯,又

叫人挑來好幾擔解渴的西瓜。知了在枝頭發著令人煩躁的叫聲，像在為烈日吶喊助威。而暴雨說來就來了，狂風捲著驟雨像無數條鞭子，狠命地往門框、窗櫺上抽打，傾盆大雨從房簷上流下，在地面上匯集成一條條小溪，整個天地都處在雨水之中，天陰得瘆人像要塌下來。

少奶奶心裡毛毛躁躁的總是不踏實，爺孫兩人外出月餘，既沒回轉又沒隻言片語捎回。

一個風雨交加之夜，急促敲門聲夾雜在閃電雷鳴中。少奶奶披衣起來，大門「哐噹」一聲打開，門前站著水鬼似的一個人，全身濕答答的，臉上雨水與淚水交混。他是與周老闆一同乘船外出的夥計。回程途中，因上游連日暴雨，沱江發大水。那日天上黑雲就像濃濃的墨汁在天邊翻轉，遠處的山巔在翻騰的烏雲中依稀難辨。這時，急驟的雨點砸在船上，水花四濺，一陣狂風捲來，船在驚濤駭浪中被打翻，他九死一生逃回報信。面對少奶奶，他立即崩潰，雙膝跪地雙手在空中亂舞，嘶啞的喊叫撞擊著少奶奶的耳膜：「船沒了，老爺沒了，小少爺也沒了……」

一個響雷在少奶奶頭頂砸開，她腿一軟，便人事不知了……。

不知過了多久，迷糊中的少奶奶彷彿看見剛學走路時的兒子，頭戴白色兔兒帽，身穿大紅披風，足蹬虎頭鞋，白嫩嫩臉頰上一對小酒窩，亮晶晶大眼睛撲閃撲閃，一逗他就「咯咯咯咯」笑個不停，十足年畫上走下來的美娃娃。

媽媽和保姆常帶了他在附近街上玩耍，傍晚街邊店鋪打烊關門了，媽媽故意考他，他卻能咿呀說出哪家是糖果店，哪家是包子店，哪家是縫衣鋪，哪家是修車鋪……他蹣跚著往前走，世界在他眼裡滿是新奇，他甚至歪歪扭扭小跑起來。媽媽看他興致勃勃，故意躲在行道樹後，他一轉頭，沒見了媽媽，卻並不慌張，只是回跑

了過來。她現身出來──「媽媽，媽媽！」兒子像撿到寶貝一樣，興高采烈舉著雙手朝她跑來，她張開雙臂擁他入懷，在他小臉上印上深長一吻。這成了母子倆常玩的遊戲。

此時她和兒子正玩得高興，卻為何嘈雜得煩惱，彷彿有人故意要把她從與兒子的嬉戲中拽走……。

「哦，醒來了！」人們終於鬆了一口氣。此刻緊握著她的手叫「媽媽」的是女兒。

醫學院學生的他，因學業優秀，畢業前夕即被省政府挑中，派到西康省康定縣開辦醫院，任職院長。幾年後積累了豐富工作經驗，索性辭職，到西康省雨縣開起了自己的西醫診所，實現了當年的夢想。

因路途遙遠、交通不便、工作繁忙等等，周院長並不常回家。一兩年回一次，與其說是回家，其實更像做客，家中事務他完全插不上手也無須他插手，衣來伸手，飯來張口，最多與父母聊聊天。閒來他在糖坊各處逛逛也完全不得要領。家中生意及侍奉公婆等大小事務有大太太花兒操持，他是絕對放心。一雙兒女也教導有方，只是與他有些生疏。

他每次回家，都是她的節日或傷心日。現在兒子沒了，更成了哀悼日。

她會鋪上平時捨不得用、壓在箱裡的陪嫁物品──那條床裙：百年好合的物證。「漆黑綾羅製成的床裙熠熠生輝，最奇妙的是黑綾羅上竟開出花來，純白絲線與銀色絲線交混繡出的百合花，閃著月似的皎潔光芒。」似要提醒他曾經有過的激情與許諾，也讓自己追悼那逝去的，紀念那美好的：

「被翻紅綾浪，臥擁一花香。陌上無緣客，知音日月長。」

到底有緣還是無緣，真的是知音日月長麼？少奶奶花兒在心裡無奈地嘆息：「籬外嬌顏三兩枝，潔白如玉笑相依。百年好合夢雖遠，任憑人間雨淒淒。」

3

又是好多年過去，女兒已經長大在外地獨立生活，婆婆也已乘鶴西去，丈夫更是少有歸家，原以為家中日子就這樣水似的流過，習慣成了波瀾不驚。可是滄海桑田，日月變遷，孰料整個世道卻變了樣，從舊社會變成了新社會。

鄉下進駐了工作組，土地改革，減租退押，發動農民鬥地主。花兒家是當之無愧的大地主，可是不管工作組怎樣動員啟發農民的階級覺悟，佃農們就是不揭發、不鬥爭她，反而一直念她的好。弄得工作組沒辦法，把花兒叫來鄉下自我反省。她索性帶來了所有田產地契賬簿，在工作組面前主動一樣一樣交代清楚充了公。這讓工作組很滿意，交代完畢也就放她走了，不再為難於她。

周家世代糖坊，在這個新的世道，看來也是難以為繼。花兒遣散了師傅、夥計們，含淚關閉了糖坊——她付出了多少心血與感情在這份家業上啊！為了周家的這份產業，她又失去了人生多少的寶貴啊？

現在好了，俗話說「無債一身輕」，其實是一無所有一身輕。沒有了糖坊，沒有了田產，沒有了這些牽絆自己的東西，少奶奶花兒覺得輕鬆多了，看來是時候了，是時候該去找回屬於自己東西了。

周家少奶奶花兒打了個陰丹士林（英文Indanthrene的音譯）藍的布包袱，踏上了千里尋夫的道路。

這是她第一次出遠門。時光如水，三十多歲的花兒依舊紅顏，她特意把自己裝扮低調，日常布衣、布褲、布鞋，不顯山露水，盡

可能避免在漫長旅途中招來麻煩。可在需要時，比如搭個便車、排隊加個塞之類，她也能略施小計過關斬將。旅途辛苦，人多擁擠，食宿難安。這女人就這樣翻山越嶺、舟車勞頓、風塵僕僕地一路尋來，終於尋到了西康省雨縣。

這是一座靜美的小城，青山夾岸，一水中流，江水在夕陽下泛著金色的波光。

二房已為周家生了七個兒子（中間與最末的夭折），如今是五個蘿蔔頭從大到小一字兒排開，煞是壯觀。

花兒想：這女人還真是能生。這麼多年，一顆種子一個瓜地纏得自己丈夫回不了自己的家。

此時的周醫師陷入了兩難：新社會只能一夫一妻制。婦聯和居委會說了，原配是你法律上合法的妻，二房也是你的妻，誰去誰從，我們外人說了也不算，還是要你自己定奪拿主意。

花兒住在樓下的灶間，灶間頗大，進門是一口老虎灶，往裡是全家人吃飯的八仙桌配四條長板凳，她的床就搭在靠牆的角落。半夜，她常聽到樓上劈哩啪啦摔東西夾雜的叫罵聲，她清楚知道自己的到來給這個原本平靜的家帶來的衝擊。她只是不管了，她就是要爭取自己的權益，要丈夫給個說法：那麼多年的侍奉公婆，那麼多年的養育兒女，那麼多年為周家嘔心瀝血經營祖業與田產……到頭來自己兩手空空，什麼也沒有了，怎麼活？人何以堪啊。

周醫師現在是真正的醫生，他早已不是院長了。他創建的西醫診所早就公私合營，起初還維持他院長職位，經過多次政治運動，被抄家幾次，不僅家徒四壁了，人也降職為一般醫生。最近周醫師常借了下鄉出診為由，逃避在家中面對兩個老婆的日子。

二房是個厲害角色，人長得黑瘦精幹，但從扭動的腰肢與眉眼裡，仍可看出曾經有過的風情與風塵。面相透著幾分刻薄，且伶牙俐齒，罵起人來更是市井潑婦，街坊鄰居都虛她幾分。花兒卻是我

行我素，該吃飯時吃飯，該睡覺時睡覺，遇二房指桑罵槐耍潑並不接她的茬。

二房也私下託人遊說，軟硬兼施勸花兒打道回府，恐嚇說：「你一個地主婆不老老實實待在當地接受勞動改造，卻到處亂跑，是要被抓起來關進監牢的。」花兒只是答：「周醫師走到哪我就跟到哪，我是他明媒正娶的原配妻，古時候還有孟姜女千里尋夫呢，她敢於衝破世俗壓力不畏權勢、不辭艱辛地千里尋夫，不早已傳為千古佳話了嗎？我相信，不管古代、當代，不管新社會、舊社會，妻子找丈夫天經地義，我才不相信犯了哪條王法！而且，我有當地政府開的證明，證明我完成了土地改革減租退押等工作，同意我出來找丈夫。且我一到這裡，就已去派出所和街道居委會辦妥了所有居留手續，去婦聯備案了我的婚姻情況。何去何從，就交給周醫師和當地政府裁決。」

來人原以為她是個缺少見識的鄉下婦人，嚇嚇就會怕了。卻不料花兒果敢堅強，做起事來滴水不漏。

平時周醫師在家，二房多少有點約束和顧慮，不敢明目張膽地欺負人。這次周醫師下鄉出診好幾天，家裡就出了事。

時值寒冬，花兒的床褥、被子均單薄，她不想去問他們添加，每晚把脫下來的外衣蓋在被子上，穿了秋衣秋褲、毛衣毛褲合衣而睡。她出來時並未帶太多衣物，這些衣服都是周醫師找了來給她穿的。

那夜花兒睡得迷糊中，二房從樓上踢踢踏踏下來灶間，好像要在碗櫥裡找什麼吃，一邊把鍋碗瓢勺弄得乒乓亂響，一邊指桑罵槐，罵花兒賴在她家白吃白住，罵花兒纏住她男人不放。花兒反擊說男人是自己的丈夫，自己是住在丈夫家，除非丈夫要自己出去，別人都無權干涉。二房老羞成怒，竟一步跨到床前掀開被子拉扯她

起來，尖利的叫罵聲劃破寂靜的夜空，說自己才是周醫師的老婆，自己就是有權利要她滾，馬上滾出去！兩人糾頭髮、抓臉，推推搡搡、拉拉扯扯到門外。這時門外早擁滿了看熱鬧的人。其實不管是白天黑夜，不管是鄰里糾紛、夫妻打架，不管是母女爭吵、兄弟姐妹反目，通通是小城的「節日」，給平日單調乏味的生活增添一點色彩與談資，左鄰右舍幾條街的人都會裡三層、外三層地圍攏來。

　　二房不停罵著粗言穢語並把她推倒在地，羞辱地撕扯她衣服，說：「這些衣服都是我的，你這不要臉的脫下來還我。」突然，花兒不知哪來力量奮力一掙，站起來一把推開了她，一字一頓地說：「不許動我！好，你看著，我現在就脫，現在就脫給你！」

　　她開始脫衣服，原本嘈雜的人群變得安靜起來。她脫下開衫毛衣、套頭毛衣，褪下毛褲；她脫下秋衣秋褲，只剩下肚兜與內褲，那女人還一疊聲喊脫。人群有點不安起來。花兒反過手來從容解開肚兜頸後和腰上的帶子，肚兜像花瓣散開掉落下來，一對飽滿的乳房彈跳出來，她褪下了內褲：一個美麗的女人，裸體玉立在了眾人面前！

　　此時反而萬籟俱寂，人們看得呆了：女人體形的完美，給人以深深的震撼；黑色披散的頭髮與皮膚的白皙形成強烈反差，更加突出身體的白淨；女人站在那裡，內涵深厚如若無人之境，是在沉思？還是在放飛自由的身體、自由的思想？

　　從來沒人知道花兒如此美麗、如此迷人，有人在心裡為周醫師嘆息：有如此美色不享，卻與那黑瘦女人過日子。恨不得此時自己是周醫師，會毫不猶豫地選擇原配花兒。

　　短暫靜寂後，人群中突然冒出憤怒的聲音：「把那潑婦拖出來，剝掉她！」群眾騷動起來朝前擁去，罵二房欺人太甚，附和的聲音此起彼伏。二房見勢不妙，像老鼠樣竄進房內，閂牢了門閂。

　　待有人回過頭來，卻發現花兒早已夢遊般兀自朝外走去，她神

態自若，既不覺冷也不覺羞，好像整個天地就是她的私人密室。她
身材修長，裸體的背影，讓人想到亭亭玉立、婀娜多姿的百合花。

那晚，皓月當空，月色如水。銀月把她的裸影投射到地上，窈
窈窕窕，凸凹有致，搖搖晃晃，弱柳扶風，不一會兒，她飄飄欲仙
舞蹈起來：

> 「說之故言之；言之不足故長言之；長言之不足故嗟嘆之；
> 嗟嘆之不足，不知手之舞之足之蹈之也。」

花兒從容裸舞，形舒意廣。開始的動作，像是俯身，又像是仰
望；像是往前奔，又像是往後退。是那樣地雍容不迫，又是那麼地
激流迴旋。接著舞下去，像是飛翔，又像步行；像是亭亭玉立，又
像斜傾……絡繹不絕的姿態飛舞散開，曲折的身段手腳合併。輕步
曼舞似燕子伏巢，疾飛高翔像鵲鳥夜驚。

誰也說不清這是一種什麼舞蹈。她的舞蹈不是專業的，或者說
沒有太多高難度的技巧，只是本能地身體展示出生命的靈動：或優
雅，或性感，或嫵媚，或激情，或狂野，或受傷……但是她所有的
舞蹈語言都是在訴說靈魂深處的東西：在訴說自己快樂時，悲傷
時，寂寞時，迷茫時，痛苦時……。

這是一種很純粹的舞蹈，身體在展現生命最本真的東西。人們
的心被深深觸動了──被舞者淒美的舞姿震撼，更多的是被一顆苦
痛的靈魂演繹出如此至情至愛所打動。那是需要怎樣一顆心才能展
現生命如此苦難的承載與華美？好多人不知不覺發現自己已經淚流
滿面，是因為內心深處的某些東西被舞者表現出來了，因而給自己
的情感找到了一個出口……。

花兒的月下裸舞，成了雨縣的一個傳說，幾十年後，老人們依
然記得。

二房後悔莫及，她強悍霸道導演的這齣爭吵打鬥，卻無意中演變成了花兒的「苦肉計」，使自己人心盡失（小城的和丈夫的）。她只好灰溜溜捲了鋪蓋走人，帶走了她認為有用和值錢的東西，把愈發的家徒四壁與五個蘿蔔頭丟給了新的女主人花兒。

4

大小姐第一次探親回到雨縣的這個家，看到高高矮矮、大大小小排列有序的一溜兒蘿蔔頭弟弟的時候，就笑了，她很喜歡這些弟弟們。善良好看的大姐姐也很快得到了弟弟們的愛戴。最小的蘿蔔頭，機靈聰明但淘氣頑皮，小小年紀打架、翹課的混世魔王，他沒少挨花兒大媽的「筍子炒肉」。大姐姐在的時候，就拉住母親的手，為弟弟擋鞭子，哀求：「媽媽，您不要打弟弟嘛，弟弟好可憐喲……」鞭子不小心就抽在大姐姐身上、手臂上。母親嘆口氣，只好扔下了鞭子。

大小姐是真心疼愛這些弟弟們，她雖憐惜母親，卻也並不恨二房媽媽，她理解作為一個女人的痛苦與無奈：誰願意拋下自己的親生骨肉遠走他鄉呢？要說錯，既不是二媽的錯也不是母親的錯，甚至不是父親的錯，而是整個時代、整個國家的錯，造成了這個普通家庭的錯誤與悲劇。

她為弟弟擦淨小花臉上的眼淚、鼻涕，說：「大媽打是打得狠了一點，但大媽是要你好好讀書，是為你好。你看大姐姐不用像那些鄰居們，下河灘砸石子、背沙子辛苦謀生，大姐姐只須坐在辦公室裡就能掙錢。你知道為什麼嗎？是因為大姐姐讀過書。這世上所有身外之物都可能被小偷偷去、強盜搶去，只有你讀的書、你的學問任何人偷搶不去！」小弟弟聽得怔怔的，似懂非懂地點點頭。

大媽花兒雖辦妥了老家鄉下土地改革減租退押所有手續，但仍

被戴了「地主」帽子，隔三差五被弄去掃街、刮大字報、下鄉勞動改造、被開批鬥會。父親又是「反動學術權威」。因「血統論」，在學校，蘿蔔頭們頗受歧視，大的入不了共青團與紅衛兵，小的戴不了紅領巾，還常被教導要與反動家庭劃清界線。高中生的大弟正值青春反叛期，為表明自己階級立場，就帶了紅衛兵來抄自己的家。

那天傍晚，一陣腳步聲轟響，衝進來一群紅衛兵，都戴著紅袖章，七嘴八舌殺氣騰騰地喊：「抄家！」花兒正在做晚飯，還沒反應過來，就被推到了門外，有人對她訓話：「只許老老實實，不許亂說亂動。」家裡風捲殘雲被翻得亂七八糟，實在沒啥可抄的，就抬走了那口裝衣物的樟木大箱子，衣物扔出一地，其中那黑色綾羅繡百合花的床裙，是當初花兒千里迢迢從老家帶來的，也被撕踩得稀爛。周醫師被押去文化館開批鬥會，大弟帶頭批鬥自己父親，揭發自己父親，還上前掐父親脖子，把他的頭往下壓……這造成了父子終身的嫌隙與傷痛。

花兒從容淡定，她默默承受生活中所有的不公與苦痛。好在周醫師薪水不算低，她又幫人帶嬰兒補貼家用。在社會的歧視與艱困的物資供應條件下，花兒卻把家經營得有聲有色，主要表現在花兒家吃得好。她家收入基本上全都進了嘴巴，雖然肉類等憑票供應，但花兒下鄉勞動改造挖丁螺時與當地純樸農民結下了友誼，她可以買到農民田裡的黃鱔、泥鰍、青蛙等。特別是黃鱔，當時好多人家都不吃，不懂怎樣剖、怎樣烹調。周醫師最愛吃黃鱔，從醫學角度證明其營養價值特別高。周醫師少爺出身，一輩子不會也從沒做過家務，所以家中剖黃鱔、殺雞宰鵝都是花兒的事。

長條形木板上釘進一長鐵釘，食指與中指交叉擰住黃鱔中段，順手在旁邊盆沿上一摔，然按進鐵釘，用小刀片從上到下一劃，刮掉整條骨刺，把鱔魚肉割成小段。花兒的動作麻利，一氣呵成，不一會兒，一大碗鱔魚肉就準備好了。然後用油大火爆炒，加花椒、

醬油、薑、蒜、豆瓣、泡辣椒等，鱔魚香味瀰漫開來，美味極了。但花兒自己卻不吃，每次只是做了給丈夫和家人吃。

花兒還做了好幾罈泡菜，做了豆瓣、豆腐乳、甜酒釀，以及各種蜜餞、米花糖、苕絲糖等……既然拴住了丈夫的人，就要拴住丈夫的胃。不過花兒本來就喜歡做這些，這些就是她作為一個女人的事業。

花兒和街坊鄰居關係融洽，平時人們叫她周師母，有時向她討教以上東西的做法，有時來借個繡花繃子或頂針之類，有時串門進來聊聊天。花兒做了好吃的或推了小磨豆花，喜歡給這家端一碗，那家送一盤。花兒以前主持大家族慣了，頗有孟嘗君遺風，喜歡宴請親朋好友，並不太懂得節儉與計畫開支，常常不到月底已成「月光族」，就從有個做店主的朋友處借來透支，待月初周醫師工資拿到就趕緊還上。

奇怪的是，一到開批鬥會時，大家都變了臉。幾個地主或四類分子垂頭站立，接受批鬥。一屋子群眾群情激奮地揮舞手臂，唾沫橫飛地喊口號，好像花兒真的跟他們有不共戴天的血海深仇。批鬥會一過，鄰里又恢復正常，他們見到花兒不會不好意思，花兒也不記他們的仇。

昨夜，花兒做了個奇怪的夢：看見女兒與爺爺在一起，爺孫乘一葉扁舟，碧綠湖水泛著微波，湖中蒹葭蒼蒼，鳥語花香，岸邊樹木葳蕤，繁花似錦，平和安寧，美麗如畫。突然，狂風大作，暴雨傾盆，扁舟在風裡浪尖傾斜顛簸，一個大浪打來，女兒小手伸向天空：「媽媽，媽媽，媽媽救我！……」她用盡全力想抓住女兒，可怎麼也搆不著……。

她驚得從床上坐起，出一身冷汗。回想夢中，頗感蹊蹺：當年與爺爺在一起的明明是兒子，怎麼看見的是女兒？

　　第二天收到加急電報：「女兒溺水而亡，速來處理後事。」

　　弟弟們都痛哭失聲，周醫師悲痛得不能自持，唯有花兒表現得平淡麻木，好像對此事沒有什麼概念。看到周圍的人都在哭泣，她卻不哭；相反，卻有一種強烈的欲望，想安慰每一個人。當她後來回想起來，很難理解當時怎麼會有那種奇特的心理狀態，難道真的是冥冥之中，女兒暗喻給她，死亡是不存在的，而是完成了一趟我們每個人必須踏上的旅程，走向那美妙的宴會場合？就像在夢中所見，祖孫泛舟湖上，團聚在風景如畫的天堂，用另一種存在的方式生活在一起。

　　小弟和大姐感情最好，已長成大小夥子的他陪同爸爸、大媽趕去處理大姐的事宜。大姐被單位派駐鄉下，開展農村信用社工作，常常不辭辛勞走鄉串戶。那天做完工作連夜趕回老鄉家的住處，因天黑雨大路滑又不熟悉當地路況，途經一條小河，不慎失足落水。當花兒握著女兒冰冷的手，女兒卻再也不能回握她的手；當花兒呼喚女兒的名字，女兒卻再也不能回應她的呼喚。這時，花兒聽到了自己的哭聲。這哭泣，在女兒出生時也發生過，不過那時是極度喜悅的哭聲，這時卻是極度悲痛的哭聲⋯⋯。

　　花兒帶回了外孫女水月。三歲的水月一直在外婆懷裡睡大。長大成家後的水月有時想起來感到奇怪：屋裡有兩張擺成九十度的床，大的繡子床有圍帳與繡花圍頂是外祖父睡的，水月與外婆睡那張簡易雙人床。從水月記事起就沒見外祖父母同床共枕過。他們有夫妻之名，是否有夫妻之實呢？

　　是否那時階級鬥爭嚴酷，世道混亂，家人能吃飽飯且吃得較好，有一份相對平安日子過，已是很大的福分；或那時外祖父母已進入老來伴的年齡？抑或有其他更深層次的歷史與心理的原因？

　　水月只記得有天深夜，在睡夢中被驚醒。平時溫柔賢慧的外婆對外公大發脾氣，涕淚交流地一邊數落一邊破口大罵，外公則像做

錯了事似的膽小怯懦,一言不發。頭天傍晚,花兒像往常一樣做好了飯,卻遲遲等不回周醫師。花兒正擔心,有人帶話說周醫師去會外地來的朋友,不回家吃飯了。花兒一直等到深夜,周醫師方才歸來。

花兒說:「既然外地有朋友來,我們該盡地主之誼才對,明天我去買隻大紅公雞燉雞湯兼做麻辣口水雞,另做幾樣好菜,招待客人來家吃飯。」周醫師是不善說謊之人,立即紅了臉,支支吾吾東推西擋地不能自圓其說。花兒何其精明之人,三下兩下就榨出了丈夫外出的原因。原來外公是背著外婆去幽會了從外地路過此地的前二房。看來,這世上不吃飯的女人可能有幾個,不吃醋的女人一個都沒有。

雖然當年是外婆取得了勝利,趕走了那女人,但兩個女人,肯定一輩子心裡都較著勁。丈夫是否心在自己這裡,對自己是否有愛情、親情或僅是習慣和責任,也成了外婆一生探究的課題與迷惑。後來那二房女人活到九十歲,外婆得知她去世的消息,自言自語說了一句話:「哦,她那麼強勢、那麼厲害,還是比我死得早!」好幾年後,外婆活到九十六歲,比起她,卻是大大地勝利了!

二十年前,周醫師八十歲過世,老友們送給他挽聯:「良方劑世世留芳名,好心待人人皆懷念」,確是他一生的寫照。他走的那年,水月剛從學校畢業參加工作。水月非常悲痛,外公養育了她,卻沒把孝敬報答的機會留給她:「子欲養而親不在」啊。

二十年後,水月遠在美國三藩市(即舊金山),這天深夜她做了個夢,夢見九十六歲的外婆從床上緩緩起身,不一會兒,幻化成了年輕時的外婆花兒。

皓月當空,月色如水,花兒開始裸舞,只是圍觀的人群隱去,背景換成花兒娘家小院,那院百合花正開得潔白妖嬈,芬芳四溢。一青年才俊立於花叢,脈脈含情注視著花兒。

　　從夢境中走來的花兒若仙若靈。天上一輪明月，月下的女子時
而抬腕低眉，時而輕舒雲手；忽而雙眉顰蹙似有無限哀愁，忽而笑
靨粲然似有無邊喜樂；靜若處子，身體像被施了定形術；動若脫
兔，身影像一道道白光在月下迅疾閃過……。

　　花兒寂寞美麗地舞蹈著，她閉上眼睛試著去想像有人和她共舞，
她可以抱著她一生的熱情、懷著感恩的心和那個人一直舞蹈到死。她
睜開眼睛，停下舞蹈轉過身來，向百合叢中的青年走去，她向他伸
出雙臂，徒留一個等待的姿勢。她沒把握，他是否會回應她。不知
過了多久，終於，他走過來拉下她僵冷的胳臂，用自己的臂膀緊緊
牢牢鎖住她，用溫暖包圍她，用一輩子，不離開，不放棄。

　　「我歌月徘徊，我舞影零亂……」花兒牽著丈夫的手，兩人愈
舞愈輕靈，愈舞愈飛升，竟像一雙蝴蝶，翩翩躚躚而去……。

　　急促的電話鈴聲驟起，水月從睡夢中驚醒。她抓過床頭電話，
聽筒裡越洋長途中傳來李姨的聲音：「外婆剛剛走了，她走得很平
靜，很安詳……」

　　淚水悄無聲息流下水月臉頰，外婆說過：「我走時，你不要
哭，不要打擾我，讓我悄悄地、安安靜靜地被接走。」

　　這天，正好是二十年前，花兒的丈夫周醫師歸於大化的同一月
同一日。

蝴蝶水上飛

引子

「相傳人死後，過了鬼門關便上了黃泉路，路上盛開著只見花、不見葉的彼岸花。花葉生生兩不見，相念相惜永相失，路盡頭有一條河叫忘川河，河上有一座奈何橋。有個叫孟婆的女人守候在那裡，給每個經過的路人遞上一碗孟婆湯，凡是喝過孟婆湯的人就會忘卻今生今世所有的牽絆，了無牽掛地進入六道，或為仙，或為人，或為畜。

「孟婆湯又稱忘情水，一喝便忘前世今生。一生愛恨情仇、一世浮沉得失，都隨這碗孟婆湯遺忘得乾乾淨淨。今生牽掛之人、今生痛恨之人，來生都相見不識。

「可是有那麼一部分人因為種種原因，不願意喝下孟婆湯，孟婆沒辦法只好答應他們。但在這些人身上做了記號，這個記號就是要麼在臉上留下了酒窩，要麼在脖子後面點顆痣，要麼在胸前點顆痣。這樣的人，必須跳入忘川河，受水淹火炙的磨折才能輪迴，轉世之後會帶著前世的記憶，帶著那個『記號』，尋找前世的戀人。」

水月的胸口，有一抹朱砂痣！

那個女人，她是水月的前世？水月是她的今生？

1

水月總是照鏡子，她喜歡照鏡子。這習慣彷彿與生俱來，儘管在那時，人們總是穿著黑與灰的七十年代，水月從未覺著照鏡子有什麼不妥。直到若干年後的某天，閨蜜閒聊中提及：「中學時我到

你家，看你捧個鏡子左照右照，我心中就納悶：『這人怎麼這麼奇怪，當著別人的面也好意思照來照去。』而那時，我覺得照鏡子是很私密的事，我從不照鏡子，因為我媽說我長得難看。」

少女水月其實不知道自己長得好不好看，她照鏡子的時候喜歡比照著牆上照片中的年輕女人，看看鏡中的自己，又看看照片中女人的眉啊、眼啊、嘴角啊。照片中的女人燙著三四十年代流行的髮式，眉眼彎彎，微笑著的嘴角也彎彎往上翹，微露一線珠貝似的牙，臉盤月似的白淨光潔。水月從來沒看夠過這個女人：「這個女人怎麼這麼好看啊，像一款極品的玉，沒有一點點瑕疵。」水月在心裡讚嘆。

水月一邊照鏡子一邊撥弄自己的眉梢、眼角、嘴唇，慢慢地愈發有一點相似了，怪不得旁人總說她像她。只有一個人說不像，那個人是外祖母。

十六歲的水月穿著父親珍藏下來的那個女人的衣服，有真絲純白繡花及不同花色綢襯衫，有玫瑰紅呢大衣等等，這些衣服在封存十多年後穿在水月身上依然別致貴氣。她不像生活在七十年代，倒像是曾經深宅裡的富家小姐呢。讓熟悉那個女人的叔叔、阿姨們猛然間發出驚呼，幾乎叫出夕顏的名字。那個女人，她的名字叫「夕顏」。

「夕顏。」外祖母叫道。其實外祖母是在叫水月，怎麼就恍若隔世了呢？外祖母搖搖頭，為自己的時空倒錯嘆息：到底是人老了，靠進沙發打一個盹或恍見穿著夕顏白綢衫的水月在屋裡走過就看見了夕顏。

其實外祖母心知肚明，外表看去，水月與那一時節她的母親，真是一個模子裡倒出來的呢：細細彎彎的眉，黑黑亮亮的眼，溫柔可人。可那時的夕顏像透明的水滴般單純快樂，而水月則從小沉默

寡言、多愁善感，彷彿藏了很重的心事。外婆不喜歡旁人說起水月像她的母親，也可說是忌諱吧。外婆當年是白髮人送黑髮人，以外婆的性格，她不怨天，不怨地，只怨自己的命。外婆明白女兒夕顏心中的苦，從女兒那一方面來說可能是解脫了，可是外婆不能同意一代一代人命運的相同。

「美啊，美啊，你醒醒！」（水月一直不明白祖籍是哪裡的人叫母親為「美」，外婆曾說他們的前輩是「湖廣填四川」＊來的。）夕顏使勁搖著斜躺在「馬架子」（四川的一種竹躺椅）中，午後憩息的母親。

「我要游泳，我要游泳嘛！」夕顏嘟著個嘴，身子扭著麻花，使著小性子。

這個夏天確實熱得不像話。從成都新式學堂暑假回來的表哥，給表妹夕顏講起大都會的新鮮事，說若還在學校就可以舒舒服服地泡在清涼的游泳池裡了。

說者無意，聽者有心。可是這鄉鎮地方，哪裡找游泳池呢？母親從來是夕顏心目中的能人，沒有任何事難倒過母親。

終於不負女兒期望，母親指揮長工們在自家後院挖了一個小型堰塘，在四周及底部敷上水泥，待水泥乾後，再灌滿水，真的給了女兒一個「游泳池」呢。這事在幾十年後被表姑媽提及，說：「你外祖母是怎樣地『慣適』（溺愛）夕顏啊。」水月才知道，自己小時候纏著外婆要「跳房子」，外婆當即請人在自家院子打一塊長方

＊ 湖廣填四川是指發生在元朝末年到明代洪武年間和清代順治到乾隆年間的兩次大規模的湖廣省（今湖北與湖南全境、廣東北部等）的居民遷居到四川各地拓墾的移民潮。根據考證表明，江西、福建、廣西等十幾個省份的居民也在移民行列之中。由於湖廣填四川導致湖廣人口減少，又有江西填湖廣等移民運動。

形水泥地，專門提供給水月跳房子，是多麼地小巫見大巫啊。

夕顏後來的好水性顯然不是從自家「游泳池」練出來的。她會蛙泳、自由泳、蝶泳，當她蝶泳就像蝴蝶在水面翻飛，迷死人。

2

從小表兄、表姐妹們在一起廝混著長大，真可謂：「青梅竹馬，兩小無猜。」夕顏就這樣一直叫著表哥長大。雖然遠的、近的表兄妹們很多，但這個表哥是最憐惜疼愛這個小表妹的。

家鄉山清水秀，地傑人靈。特別是那整個春夏開滿荷花、有柳堤的湖泊，是表兄妹們的最愛。他們常常划了小船去湖中以採荷葉為藉口遊玩，荷花深處，還真有點像江南「採蓮南塘秋，蓮花過人頭」的意境呢。而這個湖，不知是哪一朝、哪一代見過世面的文人墨客，就早已把它命名為「小西湖」了。採來的新鮮荷葉用來煮晚餐的荷葉粥是最好的，說是煮，其實並不下鍋，只是揭開鍋蓋，把洗淨的整片荷葉蓋在煮好後剛熄火的白粥上，過不多久，荷葉的碧綠與清香就自然地與粥融合在一起，你中有我，我中有你，不分彼此。

他也不知為什麼，隨著一天天長大，心中慢慢對小表妹有了另一種說不清、道不明的情愫：

「春天，遂想起遍地垂柳
　的江南，想起
　太湖濱一漁港，想起
　那麼多的表妹，走過柳堤
　（我只能娶其中的一朵！）
　走過柳堤，那許多表妹

就那麼任伊老了

任伊老了，在江南……」

　　表哥在成都少城中學上學，回家總是講一些新鮮事給夕顏聽，聽得夕顏也心動了，吵著也要去成都念書。母親在心裡嘆息：本來應該到成都念書的是自己，當初華西醫科大學畢業的丈夫籌備自己開診所，在成都為妻子申請好了護理學校，想讓妻子學成後在自己診所當幫手。可是這個女兒卻來得不是時機，精靈一樣地附在自己體內，使自己失去了求學的機會，也使得別的女人有機會占了上風。

　　母親心裡是不甘的，也不願這麼冰雪聰明的女兒埋沒在鄉鎮小地方。但母親又是不放心的，常有街坊鄰居好心提醒她：「叫你家夕顏不要塗脂抹粉吧，瞧現在這兵荒馬亂不太平世道。」母親也不知怎麼辯解，只是心中無奈：夕顏哪裡搽粉嘛，她生就唇紅齒白，面若桃花，難不成叫她在臉上塗上煙灰？而夕顏本性又是如此少女嬌憨，對世界充滿善良美好的願望。母親知道他們兄妹感情很好，便叫來表哥，把妹妹交託給他，囑咐他在成都要好生照顧妹妹。

　　充當這種保護者的角色是個愉快任務。週末，表哥常常到夕顏學校接到她，帶她外出遊玩，他們不僅遊成都的名勝古蹟，也在大街小巷流連穿梭。成都好耍、好玩，並且人們耍得熱鬧、玩得新鮮。各地的民風民俗在沃野千里的天府之國的融合，不斷創造出新的文化底蘊與民風民俗：正月燈會，二月花會，三月蠶市，四月錦市，五月扇市，六月香市，七月寶市，八月桂市，九月藥市，十月酒市，十一月梅市，十二月桃符市。僅以燈會為例，青羊宮有道燈，昭覺寺有佛燈，大慈寺有水燈，富春坊有飲酒燈，街頭巷尾有流動的獅燈、龍燈、車燈。南宋著名詩人陸游評說成都燈會：「突兀球場錦繡峰，遊人仕女擁千重。鼓吹連天佛五門，燈山萬炬動黃昏。」

　　跟著表哥真的很好玩呢，表哥本身就是個性格外向、風趣貪玩的人，把個從小鄉鎮來的小表妹看得眼花繚亂，玩得暈頭轉向。特別是第一次去青羊宮看燈會，那麼多五彩繽紛的燈，那麼多垂涎欲滴的小吃，那麼多興高采烈的遊人，她雖感新奇開心，但心裡總怯怯的，被表哥緊緊地捏著手，稍一放鬆，她馬上拉住表哥衣角，生怕走散、走丟了。看完燈，從人堆裡出來，她終於大大鬆了一口氣。

　　還有成都的茶館，「坐茶館」是成都人的一種特別嗜好，成都茶館遍布大街小巷。不僅歷史悠久，數量眾多，而且有它自己獨特的風格。無論你走進哪座茶館，都會領略到一股濃郁的成都味：竹靠椅、小方桌、三件頭蓋茶具、老虎灶、紫銅壺，還有那堂倌跑堂添水的功夫，無一不給夕顏留下深刻的印象。且茶館很相因（四川話：「便宜」之意），閒來無事者三個銀角子泡一盞茶可以坐一天。

　　在表哥學校附近人民公園的茶鋪，週末除了休閒的市民還有不少學生坐茶館。表哥和夕顏常買了五文錢一碗的四花蓋碗茶，邊磕瓜子邊喝茶，豎起耳朵聽邊上的老茶客擺龍門陣。茶館附近有打新鮮鍋盔的，六文錢一個，還有更便宜的烤紅薯等。肚子餓的時候，表哥就去買了捧來，熱熱香香的，兩個人饞饞地分了吃。本來夕顏在家是個被慣壞挑食的女孩，可離開家在學校，平日裡學校的伙食不敢恭維，所以外出和表哥吃什麼都香。表哥吃得快，自己那一半吃完了，就在邊上靜靜看著她，不時叮囑她慢慢吃不著急。鍋盔邊上較硬部分，夕顏不愛吃，表哥就拿了來吃。還打趣說夕顏吃剩下的東西是最香的。這令夕顏想起以前在家時，表哥總喜歡盯著她碗裡，一有表妹不喜歡吃的蔥蔥、蒜苗之類，表哥就想伸筷子去夾了來吃，可礙於有大人同桌又不好意思，表妹就偷笑，在桌下淘氣地踩表哥的腳，兩人的腳就在桌下打起架來⋯⋯讓夕顏感覺有趣的是，母親一個勁要表哥多吃菜，卻沒發現兩人的小花招。

　　表哥假期裡常到夕顏家串門，有天看見她趴在桌上寫東西，就

好奇地問：「寫啥呢？」答曰：「日記。」表哥就要討了來看，夕顏瞪大眼說：「不可以，私看別人信件都是違法的，何況日記呢？」「得到別人許可就不違法。」表哥玩笑著說。然後就用激將法打趣她：「肯定都是些唱高調的語言，比如樹立遠大理想，要做國家棟樑以及永遠不能實現的新年計畫之類。」「才不是呢。」「那我要看了驗證了才相信。」表哥好像比以前「紳士」了，並沒強奪了夕顏的日記看。以前表哥一直把夕顏看成是個小孩子，常常逗她玩：趁夕顏不注意，摘了她頭上的花髮夾或取了她脖子上的長紗巾，兩人在屋裡追來追去地搶，推推搡搡、吵吵嚷嚷，鬧得不可開交。當看到表妹急得快哭，就故意慢下來讓她抓到，表妹不僅撒嬌般捶他，還故意找碴說表哥把東西這兒掛壞了、那兒擰彎了要求陪，結果是以後的日子夕顏得了許多「戰利品」，都是表哥每次假期時從成都帶回來「賠償損失」的，諸如小髮夾、各色絲巾、各種裝飾項鍊以及五顏六色叮叮噹噹的銅製手鐲等等。

只要有表哥在，家裡總是充滿夕顏的陣陣歡笑。這歡樂愉快的氣息，甚至感染了獨居的母親，她還常被女兒拉去當「仲裁官」，仲裁的結果是母親嘆氣似的笑著點她的額頭，說她小欺大，太欺負表哥了。又批評表哥把她寵得愈發任性、愈發不像話了。有次發生了一件意外，夕顏在與表哥玩耍追逐中撲了個空，鼻樑「砍」在了廚房灶台口，鼻子立即血流不止，表哥嚇得大叫撲過去，抱起她就朝附近醫院跑，夕顏的頭雖一直仰著，還是浸了表哥一臂的鼻血。表哥事後每想及此事，總免不了心疼自責。夕顏的鼻樑包了好多天白紗布，表哥反來取笑她，說她成了古裝戲裡的花臉，又半開玩笑半認真地要夕顏忌口，不要吃醬油、辣椒等，免得今後鼻樑上留下疤痕：「到時候嫁不出去嘍。」表哥打趣她。

每次假期結束，送別表哥，是夕顏最難受的時候。她追著長途客車哭得稀哩嘩啦，汽車轟鳴著朝前開去，揚起的灰塵與淚水遮蔽

了夕顏的視線。表哥走後好幾天，她心裡都空落落的，空得人都恍惚，不曉得心往哪裡依託。一陣陣的傷感襲來，覺得無比孤單寂寞和心灰意懶，對一切事物都提不起興致。真應了鄭板橋之詞〈無題〉：「中表姻親，詩文情愫，十年幼小嬌相護。不須燕子引人行，畫堂到得重重戶。顛倒思量，朦朧劫數，藕絲不斷蓮心苦。分明一見怕銷魂，卻愁不到銷魂處。」

　　茶館傍晚有打金錢板說書的，諸如《三國演義》、《西遊記》、《紅樓夢》、《梁山伯與祝英台》、《卓文君與司馬相如》……兩人聽到入迷，也可說是對夕顏古典文學與情感的啟蒙。

　　他們也騎單車去郊外，最常去北郊的沙河。穿過菜農的一大片菜地，他們找到一處世外桃源般的河灘，順手採了地裡的嫩豌豆、胡豆，撿了乾樹枝架起點上火，用隨身帶來的鋁飯盒盛了河水煮著吃，十分新鮮香甜，又拔了人家蘿蔔在河中洗淨脆脆地吃。為了不白拿農人的東西，就把自己帶來的蘋果放在蘿蔔坑邊，一會兒就看到有農家拖鼻涕小孩，一邊啃蘋果一邊朝他們胡亂揮舞髒兮兮的小手。

　　表哥早就是浪裡白條，有時故意逗夕顏玩，一個猛子扎下河，遠遠才冒出來，開初夕顏還為他擔心，等後來自己水性好了，不僅要和表哥比賽蛙泳、仰泳、自由泳、蝶泳，反而故意逗表哥，一個猛子下去藏在水草下不出來，暗中看他著急地四處張望，害他為自己擔心。這反倒令表哥不敢離她太遠，怕她太任性，不安全。紅色泳衣襯著夕顏膚如凝脂，煞是好看。當她蝶泳，就像一隻紅蝴蝶，在水面翻飛……

3

　　表哥雖只比她大六歲，但表哥出來讀書早，讀過的書、處過的人、經過的事、見過的世面都比表妹多得多。對表妹來說，表哥是最值得信賴依靠的「大」人，表哥像是她的守護神和保鏢。和高大挺拔的表哥走在街上，更襯得她纖纖嫋嫋，在別人眼裡真是一對璧人呢。

　　他倆的形象、氣質在不同場合總會不經意招來一些羨慕的眼光，這讓夕顏小心眼裡沾沾自喜，很喜歡和英俊的表哥走在一起。有時表哥也會打趣夕顏，說她有什麼東西掉了，夕顏四下找尋，表哥卻笑說：「我聽到從你裙上掉下來大珠小珠落玉盤的聲音，原來是眼珠子呢。」

　　對表哥來說，表妹單純、清秀、乖巧。他喜歡逗她玩，開她玩笑，聽了書就一會兒說她是卓文君，一會兒又打趣她像七仙女，又笑她多愁善感如林妹妹……本來兩兄妹聊著聊著其他事，表哥也會把話題議論到表妹身上，表妹知道自己上當了，就用小拳頭使勁捶表哥，在他面前撒嬌使小性子。而表哥最喜歡看夕顏撒嬌，既嬌羞又嫵媚。表哥在心裡發誓：要一輩子寵著、護著他的小妹妹。表哥一輩子也沒搞清，對表妹到底是親情的愛呢？還是愛情的愛？甚或暗戀？

　　豈是表哥，其實表妹也一樣，及至紅顏早逝，也沒搞清自己對表哥是親情的愛呢？還是愛情的愛？抑或兩者皆具？

　　也許，他們壓根兒就沒想過要界定他們之間的感情，兩個人就是自然而然地要好，要好到純樸天成，就像花自開放水自流……。

　　這個週末，夕顏在等表哥來。學校外面油菜花黃得燦爛，夕顏

在田埂上焦急地走過來又走過去，一直不見表哥的影子。每次路過校門口的雜貨食品店，表哥總是問表妹想吃一點什麼，哪怕是一包餅乾、幾顆糖，表哥都買了來給她。讓表妹聊解在異鄉思鄉思家之苦。可是，這個週末一直等不來表哥，表妹在田埂上迢望，金黃的油菜花在初春上午的陽光下散發著金子的光芒，蜜蜂、蝴蝶、蜻蜓們上下翻飛，引得風也動了，花影也迷離了。直至多年後，夕顏的日記中還有那時的感受：

「憶起你，眼前總是出現那一大片金黃燦爛的油菜花！那年初春，一個多愁善感的小姑娘，在校園外的田埂上翹首盼望。

你常來學校看我，帶給我一包餅乾、幾粒酸棗，你駕著軍綠色的摩托車，載我在校園兜風，也載著同學們驚羨的眼光，那時多麼幸福！

我望著你，和你不著邊際地談著笑著，你還教我跳交誼舞、探戈、倫巴……你開朗活潑，高大魁梧，英俊迷人。你常玩笑般打趣我，說我太小，讓我暗地裡很生氣！

現在回想起來，我彷彿一直戀著的是個影子，他也許是我自己造的：神祕，完美，高不可攀，無可限量……這種幻象其實是不真實，是不可能與某個人重合的，其實我也拿不準你就是我潛意識所設的他，所以也從未打算過要告訴你什麼。

我變得愛沉思、愛散步，你似乎還在窗下喊我，我照例探出頭，衝你調皮地一笑，然後慌亂地跑下樓梯。

我一直記得那個夏天的雨後，落日被洗得晶瑩剔透，它掛在天邊，就像一滴鵝黃的眼淚，欲滴未滴，或者，更像一枚成熟的梅子。

　　哦，真的，我不懂怎樣才算成熟？又意味著什麼？以今天三十歲的我，來記載這段少女的感情，是否顯得有點滑稽可笑？但這是我的初戀，鎖在我的記憶庫裡，靜謐無人時我會想起。這單純幼稚、一往情深的單相思，甚至有點古典，因為我想在現在的時代，很少有愛上一個人好多年卻讓對方一無所知。

　　不管怎麼說，是我走過的心路歷程，而且曾經怎樣地刻骨銘心！

　　我常常想：一個人成熟的標誌，是否是不再：為情所困？」

　　據水月後來分析：「那個夏天的雨後，落日被洗得晶瑩剔透，它掛在天邊，就像一滴鵝黃的眼淚，欲滴未滴……」就是表哥與表妹告別的時候。

　　投筆從戎是表哥的理想。國難當頭，世道混亂，身為熱血男兒當為國效力，這願望在他心裡很久了。功夫不負有心人，表哥終於考上了國民黨空軍士官學校，他一身戎裝開著軍綠色摩托來學校看表妹，正是雄姿英發的年齡，在學校操場載著表妹轉圈兜風，遠遠引得同學們一片驚羨眼光，他知道表妹是喜歡的，但表妹又羞怯地悄聲哀求表哥快點停車讓自己下來。

　　在學校，她的美麗成為男同學的夢，她的才華和靜雅、冰雪聰明和卓越見識，更是同學們的驕傲。她是那種溫婉細膩、寧靜曼妙的女子。

　　收到表哥的信，說他們國民黨空軍士官學校接到命令，即將開拔台灣，這週末他會開一輛軍用卡車順路過來看她。

　　這一天她都心神不寧，她不知表哥幾點來，又怕他因事耽擱來不了。不巧的是老天竟稀稀拉拉颱風下雨起來，那種夏天的雨：道

是無晴（情）卻有晴（情）的雨。弄得她愈發地不安起來。

　　傍晚，學生宿舍樓下響起了汽車喇叭聲，外班同年級的女同學萍在樓下喊：「夕顏，你表哥來了！」害得同樓女生宿舍與對面男生宿舍樓探出一些好奇的眼光。她像彈簧從盤腿坐著的床上跳起，慌亂地穿鞋，慌亂地跑下樓梯……。

　　他今天只穿軍褲，上身則是簡單的白圓領汗衫，可能由於軍隊訓練的需要，他的頭剃成光光的和尚頭，臉膛被曬得黑黝黝的。他肌肉結實的右手臂斜撐在半開啟的車門旁，左手隨意地叉在腰間，整個人簡單隨意又英氣逼人。他正笑笑地看著慌張跑下來的她。

　　他像是被她撿到，失而復得的珍寶，夕顏顧不得有同學在附近來來往往，她上前緊捏了表哥的手。她用一種好像她一不小心，他便會從她眼裡消逝了似的樣子直直注視著他。而他則從她的秋波流轉裡吸取了真正的愉快回來。他們都為此時的相見沉醉在喜悅裡而不覺有什麼窘迫。

　　他載著她，在郊外的田野邊漫無目的地行駛，他緊閉著唇，顯得有點嚴肅。黃昏中的景色迷濛美麗而哀怨，像極她迷茫的心、迷茫的情愫。她只預感今後較長時間會見不到他（而根本沒想到是一輩子！），而他時不時地出現已成為她生活、生命的一部分，之前為等他，等他的遲遲不來，她會想念他、思念他，那種刻骨銘心的感覺後來真的跟隨了她一生，使她幾乎喪失了愛的能力。任誰也再難激起她愛的熱情，她知道這就叫「曾經滄海」。其實這之前，他們兩個只是親人，只是互相喜歡，他呵護她、寵她，常常逗她，說她是個多麼小、多麼小的小姑娘。

　　在一條小河邊，他停下了車。他從司機座下來繞到右車門為她打開了門。這種車重且車身很高，他幾乎是把整個嬌小的她抱了下來。她情不自禁就這樣偎在他懷裡由他擁著朝前走，在水邊，他們坐下了，她把頭靠在表哥肩上，表哥闊大的手掌則握著她的小

手，指尖在她手心一下一下劃過，像在安慰她又像要訴說什麼。確實，她現在感覺虛弱得發抖，將會無所依託。而這個堅實的肩膀，她多想就這樣靠下去……。

淚水悄無聲息浸在表哥汗衫上，表哥捧起她的小臉，萬分愛憐。此時此刻，他倆心靈與肉體都產生了一種前所未有的悸動。

以下情節是水月的推測：

（情節一）：突然地，表哥擁她入懷。他吻她的淚，吻她的耳，吻她的脖子，吻她的唇。這少女的紅唇第一次被這年輕英俊瀟灑的男子親吻，她如此沉醉不能自拔，居然無師自通地送進了自己的舌頭與他的像兩條小蛇相互交纏……兩個人已呻吟狂亂得不能呼吸……。

（情節二）：他托起她的小臉，用闊大的手掌為她拭淚，半開玩笑道：「你看，你看，你這個小姑娘就是這樣，怪不得說你小呢，動不動就哭鼻子（他用食指刮了下她鼻子）。等我到了台灣，以後我會開飛機回來接你，而不是像現在這種破卡車，到時候夠你神氣的。哎，你喜歡吃台灣的什麼？我可以從飛機空投下來給你，到時怕你吃也吃不完呢。」表哥環顧四周，兩個小男孩在較遠處嘻笑追逐打水漂玩，附近農舍漸起炊煙，夏的天黑得晚，但表哥依然說：「太晚的話，怕學校要關大門呢，趕緊的送你回去吧。」

她抹了抹眼淚笑了，抬起頭來，就看見了天空的那輪落日：像一顆鵝黃的眼淚，欲滴未滴……。

由於歷史和政治的原因，表哥隨國民黨空軍撤退去了台灣，從此音訊渺無。任誰也想不到，海峽兩岸的阻隔，這一隔就是三十八年！

而中國大陸，一次又一次的政治運動，讓人們噤若寒蟬，特別是那些有海外港台關係的家庭，都盡量閉口不提，以免惹火燒身。但在夕顏心中，對表哥卻總是牽念不已。

4

　　若干年後，夕顏嫁給了她學校高年級的學長，在校時他們曾一起組織詩社及話劇社，一起演《放下你的鞭子》。夕顏扮演劇中的「香姐」，學長扮演「青工」：

「……

青工：放下你的鞭子！

漢子：辦不到。（觀眾亂叫：「打呀，打這不講理的老頭子！」）

青工：我偏要你辦到。（兩人扭在一起，打了起來，鞭子掉在地上，青工叉住漢子的喉，推倒在木箱上。觀眾叫好。）

青工：你說，你還敢用鞭子打人嗎？

甲　：叫他說，再敢用鞭子打他的姑娘麼？（漢子不應，直瞪著兩眼發呆發癡，驚泣著的香姐走近青工。）

香姐：好先生，請你放了他吧。

青工：這畜生，我非教訓他一頓不可。

香姐：請放了他吧！這不是他的錯。

青工：不是他的錯？這樣狠毒地用鞭子打你！

香姐：（悲傷）是的。

青工：把你當畜生看待，你還替他說好話。

香姐：不是說好話。

青工：（放開手）這怎麼講？姑娘，我說，究竟是怎麼一回事呢？可以讓我們探聽一個仔細麼？（稍頓）他為了掙錢，把你買了來？

　　香姐：不，他是我的爸爸。
　　青工：是你的爸爸？怪了，世界上哪有這樣狠毒的爸爸，用
　　　　　鞭子打他的女兒。
　　香姐：這是我可以原諒他的。
　　青工：你可以原諒他？為什麼？
　　香姐：他也是沒有法子呀！
　　……」

　　學長一直默默喜歡她、關心她、呵護她，卻不像其他男同學偷偷遞情書給她，學長是敏於行拙於言的男孩子，出生於農家的他善良、樸實、厚道。畢業工作後他們在同一城市，在那個物資匱乏的年代，學長會把自己單位分的水果、食品罐頭等提來夕顏的集體宿舍，若夕顏不在，就放在單位收發室轉交。

　　有次夕顏父母從外地來，夕顏因工作走不開，學長便自告奮勇去車站接，接到單位招待所安頓好住處又忙不迭地打來開水泡茶，打來溫水洗臉……自己卻忙得滿頭大汗。過後母親有意無意說給夕顏聽：「這個小夥子還不錯嘛。」其實夕顏是不反感學長的，她一直覺得學長是個很好的朋友與兄長，卻找不到「愛」的感覺。夕顏的家庭成分是「地主」，學長家是「貧農」。學長看夕顏就是懸崖上的一朵花，常有可望不可及的感覺，若能採到，即使粉身碎骨也是在所不惜的。

　　而夕顏所在銀行的行長也愛上了夕顏。夕顏是個對工作極端負責的人，工作沒做完、沒做好常自己在辦公室加班。有天晚上，剛調任不久的行長路過辦公室，見有人還在加班，就進去看看。橘黃燈光下，這個清純美麗的女孩子認真工作的態度著實惹人憐愛。軍旅出生的行長問清緣由後開了一句黃腔：「唉，總賬報表差一分錢不平衡就不平衡吧，何必把自己搞這麼辛苦。」行長隨即從褲兜裡

摸出一分錢拍在辦公桌上。夕顏不禁啞然失笑，那一線珠貝似的牙使整張臉更加地生動起來，那種古典的「巧笑倩兮」啊。

做會計工作，除了平時不定期加班，到了月末、季末、年終趕會計報表，加班也就是家常便飯。行長時不時會來關心看望，要單位食堂炒了小炒給夕顏晚餐，或天晚了行長護送夕顏回幾個街口外的集體宿舍樓下。有個冬天夜晚，夕顏加完班出了辦公樓，才發現天空飄起了雪花又冷又濕，憑藉街頭昏黃燈光就看見了裹緊軍大衣朝這邊走來的行長。行長緊跑兩步上到台階，跺了跺腳上的泥水，脫下軍大衣披在夕顏身上，夕顏堅辭不受，這樣冷的天行長肯定會感冒的。行長嘆口氣，說：「你這小鬼怎麼這麼固執！」重新穿回大衣後，不由分說就撩開軍大衣一角，把她整個人一裹就裹在了臂彎裡，夕顏就聞到了一股好聞的混合著煙草味的男人氣息。她就這樣被他挾裹著回到宿舍樓下。

行長也不知自己何時就被「丘比特之箭」射中。行長是南下幹部，是帶過兵打過仗的那種硬漢，在單位也是說一不二的頭面人物，這種男人對涉世未深的女孩子多少有一定的吸引力。加之行長比夕顏年長許多，令夕顏感到父兄般的關懷，那天晚上被行長裹在臂彎裡的「肌膚相親」，夕顏自然而然地對行長有了一種親近感、信託感、依賴感。她喜歡絮絮叨叨向他述說女孩子的小心事，行長耐心傾聽並不時指點一二；而夕顏喜歡聽行長講他的戎馬生涯九死一生，這是離夕顏遙遠陌生而新奇的生活經歷，聽著聽著愈發覺得行長是一個傳奇，她甚至有點崇拜他了。

軍人出身的行長，令夕顏感覺到一點點表哥的影子：比如當行長闊大的手掌握著她的小手，行長堅實的臂彎擁著她，都讓夕顏有一種似曾相似、恍若隔世的感覺。當然表哥身上還有的一種儒雅，是行長沒有也不可能有的。

行長要與鄉下的結髮妻子離婚。當初行長進城後就想接來老

婆、孩子的,可是身為當地鄉裡農會婦女幹部的老婆卻熱衷搞婦女運動、農村改革。那種風風火火、粗枝大葉的勞動婦女,與夕顏這樣受過良好教育、溫婉雅致的小女子真是很大不同呢。奇怪的是,原本粗獷陽剛的行長,面對夕顏時心裡就會不自覺地泛起細膩柔軟、溫情脈脈,彷彿這種女人天生就是惹人愛、惹人疼、惹人呵護、惹人寵的,這也是行長從未有過的情感體驗。看來真的是「英雄難過美人關」,槍林彈雨都能過來就是過不了美人這一關,他鐵了心要娶夕顏。

　　黨組織發覺苗頭不對,開始挽救行長,一次次大會小會、私會公會都在全力幫助行長懸崖勒馬。各種閒話與謠言四起,夕顏所遭受的精神、感情的壓力衝擊可想而知。因她家庭出身不好,其罪名就是腐蝕、拉攏革命幹部。有時候,障礙反而是最好的刺激,本來沒覺得特別好的,因為得不到會變得更好。像夕顏這種剛入社會不久、小資情調的學生,她想起的是梁山伯與祝英台、羅密歐與茱麗葉……。

　　結果單位和組織上毫無辦法,就專程派人去鄉下接來了行長的老婆、孩子,並採取了一個最簡單直接且最有效的方法,那就是「棒打鴛鴦」。他們把夕顏調離省城,發配到一個非常偏遠的小鄉鎮,夕顏的淚水灑了一路……。

　　行長受了處分。迫於社會和家庭的壓力,很顯然行長當時沒有踏著夕顏的淚水一路尋去。尋去的是學長,這個夕顏的忠實粉絲,他們閃電式地結婚了。

　　在這民風淳樸的小鎮,夕顏慢慢地習慣起來,學長的溫柔體貼也使她從情感的傷痛中一點點緩過氣來。她把自己的絲綢襯衫、漂亮花襯衫送給身邊貧困的姐妹們,她們也愛戴她像自己親姐妹。夕顏喜歡唱歌,常常身邊跟了一幫小姐妹,夕顏教她們唱歌,最常唱

的是〈紅岩上紅梅開〉。夕顏最喜歡的花是梅花，冬天她最喜歡穿那件玫紅色的呢子大衣，整個人就像一朵臨風傲雪的紅梅。

　　這一對大城市來的小夫妻是當地公認的金童玉女。學長寫得一手好字，閒時也喜吟詩作賦、小酌兩杯，還時髦地挎個照相機，東拍拍，西照照，小河邊、山坡上留下了他們歡樂嬉戲的場景。

　　日子就這樣水似的流過，夕顏成了三個孩子的母親，每天除了工作還要照顧孩子，實在忙不過來，就把一歲多的水月送到另一城市的外祖父母家，由外公外婆照料。其實家中是有老人的，那是學長的母親。夕顏頭胎生的是女兒，大眼睛，薄嘴唇，捲捲頭，像極了當時電影中阿爾巴尼亞小女孩，左鄰右舍街坊都喜歡牽了去玩，小女孩又極是玲瓏乖巧、口齒伶俐。

　　第二胎是個兒子，學長迫不及待把這好消息告訴自己母親，把自己母親從鄉下接來帶孫子。農村人觀念是重男輕女的，奶奶視這個繼承他家香火的孫子為掌上明珠，對孫女倒並不怎麼待見。若發生小孩子間的爭執或僅僅是姐姐「偷懶」了（小女孩要承擔很多家務：比如去單位食堂買早餐、掃地、疊被等等），奶奶就會惡罵或責打姐姐，在自己兒子跟前編派小女孩的種種不是。

　　偏這個兒子又是極孝順的長子，極信老太婆的話，不免對女兒也是常常打罵，把個玲瓏的小女孩變得有點怯懦木訥。母親常是維護女兒的，這不免造成婆媳矛盾，婆媳矛盾又不免轉化為夫妻矛盾，夫妻間爭吵便時有發生。另外家中也不寬裕，丈夫不時要陪他母親回老家看其他子孫，還要不時周濟農村的兄弟姐妹、三姑六婆，都是些可憐貧窮的人，也實在是沒有辦法。夕顏是個善良的女人，她總是盡力滿足，克己濟人，但多年下來也不免抱怨、生氣，因為實在是太不容易了。

　　不曉得何時，老太婆就擦到耳邊風，是關於行長的事。老太婆年紀輕輕就守寡，把幾個子女盤大也不易，所以身為長子的他總是

事事順著老太太。在老太太盤問下，兒子講了婚前夕顏和行長戀愛被發配到這裡、自己跟來的事。老太太心裡就埋下了疙瘩，替自己兒子冤和不值，看夕顏就左右不順眼。偏夕顏又是愛跳、愛唱、愛笑的個性，工作生活中也難免接觸異性，老太太便常常把自己的「看不慣」嘮叨給兒子聽。天長日久，他心裡也打了結。

遇到夫妻爭吵，他就不自覺地把積怨吵了出來，嫉妒當初她和行長的感情，說自己犧牲了大城市的條件，犧牲了在事業上的發展前途，全是為了她。而學長有次酒後失言，竟懷疑大女兒不是自己親生骨肉，只因是「門檻喜」，又略微早產。這種猜疑與誹謗，令夕顏大為震驚，真的傷害到夕顏骨子裡！她覺得這不爭的事實，連辯解都是可笑的，而這件事整個否定了夕顏的純情美好，摧毀了夫妻間基本的信任。

小小年紀的女兒看到媽媽暗地飲泣，怯怯地搬來小凳子，知道媽媽愛乾淨，又掏出小手絹先擦擦灰再讓媽媽坐。看到這麼乖巧懂事的女兒，媽媽摟女兒在懷中，更加傷心難過，覺得對不起女兒。原來冰凍三尺非一日之寒，丈夫與婆婆根本不僅僅是重男輕女！而那個多年前一直默默關注她、愛護她，要別人放下鞭子的人，如今卻舉起無形的鞭子，鞭打得她內心傷痕累累。

多年來，夕顏委曲求全，其實心裡面也是有內疚感，畢竟不是每個人都能自願捨棄大都市到這窮鄉僻壤來。而學長是在自己最脆弱、最需要安慰的時候，不離不棄守著自己，就像最後的一根稻草。夕顏又在心裡嘆息：多年的夫妻，其實也是不瞭解的。夕顏心裡的人其實並不是行長，而是去了台灣的表哥。而夕顏目前的生活，也許只是為了生活，因為深愛著某人，就永遠無法再去愛別人，就失了愛的能力。

夕顏常在夏天的清晨，趕在上班前把木盆裡的衣物端到附近河邊淘洗。河水清澈透明，水流潺潺，河岸草木葳蕤，雜樹生花。夕

顏喜歡這樣的清晨，喜歡這晨霧迷濛的水面，萬物都還沒有醒來，空氣中飄著水草的香味。河岸有很多石頭、石板，夕顏踮著腳跨到離岸較遠的石板上，一邊在水流中搓衣一邊哼著小曲。可以說，清晨的河邊，是夕顏最簡單快樂的時刻。但今天夕顏回想起昨晚的爭吵：

丈夫黑著臉坐在飯桌前，見她進來，整張桌子掀翻，杯盤碗碟、食物湯汁嘩啦啦潑濺碎落一地。夕顏回家晚了，心下原本內疚，見這陣仗，知道又是一場暴風驟雨。

夕顏挑戰似的冷著臉說：「行長來了，他要離婚和我結婚！」此話無異於一罐汽油投進他的怒火裡，「嘭」地炸開。氣瘋了的丈夫在房裡轉來轉去，瞥見虛掩的睡房門後，七歲的大女兒睜著驚恐的眼睛，便對女兒道：「平時殺雞的那把刀呢？你去把它找來，今天就了斷吧。」女兒嚇得大哭，跑出來抱著夕顏的褲腿哀求：「媽媽，我以後要乖，不惹爸爸生氣了，嗚，嗚，嗚。」女兒抽泣著。老太太更是在其房間嚎啕：「我每天為你們做飯做菜、帶孫子，這種當牛做馬的日子我也過夠了，要了結就先了結我吧，眼不見心不煩……」丈夫忙不迭進去安撫老太太，夕顏便也抱著女兒回了睡房。

有時，夕顏也欣賞自己在水中的倒影，隨手掐朵花別在鬢角。據說，水仙花是希臘美少年那喀索斯落水幻化而成：「他凝視著水中自己的倒影，終於為自身的美而失去了生命……」可是今天，夕顏在水中看到的是表哥：表哥一身戎裝，佩掛整齊，依然英氣逼人卻面容淒愁，似有放不下的心事。表哥正欲走來，可是怎麼總也走不到，身影在水波晃動中不時模糊，似要消失……。

夕顏急叫，撲向表哥懷裡，眼淚簌簌而下，「帶我走吧……」夕顏語不成調。水裡葦草的根盤根錯節，夕顏愈掙扎愈好像被繩子一條條縛住，又「咕咕嚕嚕」嗆了好多口水，身體好似被一股漩渦

拽著往下沉……不知過了多久，表哥雙臂把她往上托起，使她仰面朝向自己。看到當年含苞欲放的表妹如今已被生活磨折得日漸枯萎，表哥心疼地吻著表妹的眼淚，想止住這淚，止住這相思相惜的悲愁，可這吻也吻不盡流成河的淚水啊……。

　　天色漸亮了，有人陸續來到河岸洗衣，人們看到一隻木盆、一些衣服，有些似已洗好，有些似正在淘洗。有人認得是夕顏家的，卻不見夕顏。起初人們以為她臨時離開，可是家裡及工作單位都找不到夕顏，這時大家才開始慌亂了。整個鎮，上至鎮長，下至單位雜工，都開始找她。好多人挽起褲管在岸邊草叢中反覆找尋，好多人划著小船從上游到下游搜索了若干遍、許多天，均不見其蹤影。其實這條小河既不湍急也不闊大，從此無人見到夕顏，不管是生是死。這也成了小鎮的一個謎，一個傳說。

　　為紀念夕顏，大家在河邊小山坡立了一衣冠塚，十里八鄉的人都趕來了，這場缺少主角的葬禮盛況空前。從此水月的父親意氣消沉，不時借酒澆愁，無力無心照顧孩子，就打算只留下兒子由奶奶幫忙撫養，把兩個女兒送人收養。

　　遠在外地的外婆接信後，不忍自己女兒的骨肉飄零分離，就把水月繼續留在身邊，又顛著小腳千里迢迢乘車轉車接回大的孫女。從此，水月兩姐妹與外祖父母相依為命。水月的父親一年後結婚又離婚再結婚，娶的都是沒多少文化的農村婦女。幾十年來，再婚的家裡一直掛著夕顏的大幅照片，使每個來訪的客人驚嘆於夕顏的美麗。

　　十八年後，水月第一次回出生地為母親掃墓，推開故居厚重的大門，一老婆婆正在天井旁淘米，抬頭看見水月，不禁驚呼：「夕顏！」當知道是夕顏的女兒，她拉著水月的手就哭了。她當年是單位的雜工，水月的媽媽常常周濟她，至今她還保留著夕顏送給她的

花衣裳，雖然顏色已分辨不清。聽說夕顏的女兒回鄉掃墓，一會兒門外就擁滿了人，其中有當年夕顏教她們唱歌的女孩子，現在已是人到中年，講起夕顏姐姐，仍禁不住眼眶潮紅。

人們七嘴八舌，憶起夕顏，憶起當年夕顏的失蹤之謎。可是水月的記憶卻不一樣：媽媽走時情景，一直像電影在水月的頭腦中重播，那年水月約莫三歲，她記得河岸紛紛擾擾的人們，人們把媽媽平放在門板上，有人把水月抱去趴到媽媽身上，水月與媽媽臉貼臉，感到媽媽溫軟柔和的氣息，媽媽似乎還親了水月的臉頰說了一句什麼。可是不僅是別人，就連自己的外祖母都不相信，說是不可能的事，因為水月一直在外地的外祖父母家，與事發現場隔了十萬八千里呢。

5

隨著中國八十年代的改革開放，愈來愈多的海外華人回國尋找自己親人。有一天，水月的家裡來了特殊的客人，他叫傑克，從美國回來，回來尋找自己的表姨媽夕顏。

他約莫三十歲上下，牛仔褲、白圓領汗衫外披著休閒純棉襯衫，整個人簡單隨意而帥氣，他進門時頭差不多快頂到水月家的門框，讓水月疑心他會不小心撞了頭。那天，年方二十四的水月正坐在飯桌邊寫字，赤著腳，穿著淡黃色連衣裙，紮一條鬆鬆馬尾辮。

他是夕顏去了台灣的表哥的兒子，從輩分和親緣關係上看來，他也應該是水月的表哥。

那表哥傑克就一手撐了頭頂門框，欲進未進地盯牢了水月，像電影的定格。而水月在回眸一瞥那人的瞬間，心裡突然一動，就有一種前世夢迴的感覺：

「今生的相遇不會輕言分離

前世的輪迴，註定了愛你

奈何橋上等著你／孟婆的湯裡留下了回憶／……

心中的祕密，註定是天意／就像牛郎和織女

好好地愛你，乞求天的旨意／我們這輩子要在一起

……」

　　水月的手裡有母親當年的日記，日記中夕顏與表哥的故事猶如電影重播；而這個男人帶來了他父親的日記，正是從這小小日記本中他才瞭解自己父親一二，知道父親與一個叫夕顏女子的情感傳奇。父親對他是個謎，那時他還小，他的父親──當年正日上中天的國民黨空軍上尉軍官，殉職於一次空難。

　　現在才知，那正是水月的母親溺水的同年同月同一天。那天，表哥應該是來與夕顏告別的。可是夕顏，她卻生生死死地要跟了表哥去，跟了表哥私奔而去？

　　傑克在台灣出生長大，留學美國後留在了美國，在美國有了一個完美的家且初為人父。這本日記讓他心裡有個願望，有機會他一定要去中國，去中國四川，四川自貢的小鎮，一個叫小西湖的地方，他的父親在那裡出生長大，他的戶籍籍貫也是那裡，那裡就是他的根，如果他不親眼看到、不找到那條根之所在，就一直有一種生命漂浮的感覺；另外他想見到表姨媽，和表姨媽聊聊過去的故事。在美國加州，他是矽谷高科技的工程師，愛好戶外運動和寫作，已發表過一些小說與散文。他一直想寫父親與表姨媽的故事。

　　表哥傑克後天就要返回美國了，他與水月約定去看那條河，水月家鄉的那條河，夕顏溺水的那條河。其實水月也是好多年沒有去過了。

　　他們早早就動身了，到達那裡時盛夏的日頭已開始偏西。小鎮

變化很大，過去的老房子大都拆掉重建了，包括水月上次回來還見到過的故居。小鎮也沒了原來的古樸清靜，隨著商品經濟的發展到處變得熙熙攘攘，好像成天都在趕集。過去的左鄰右舍也都四散飄零，不知所終。唯有那條河依舊在，寂寥清靜，倒像是被忙著賺錢的人們忘記了。他們事先準備了香蠟、紙錢，先去小山坡上為水月的媽媽上墳祭拜，隨後沿著山坡慢慢下來走去河邊。

那表哥傑克就清了清嗓子，用他充滿磁性的男低音輕輕唱道：

「一世的情緣我擁有了你／把這份甜蜜好好地去珍惜
滄海桑田的愛帶給了你／把你的純潔留給了你自己
時間飛逝愛得那麼徹底／老鼠大米推了世俗在一起
感動上天與你經歷風雨／今生的相遇不會隨便放棄
……」

表哥傑克的歌聲使得表妹水月與他自己心裡激起一層一層的浪花。在水邊，他們坐下了，水月的頭靠在傑克肩頭，傑克闊大的手掌握住水月的小手，指尖在水月手心一下一下劃過，似在安慰她又似在訴說：「跟我走吧……」

水月輕輕搖頭，淚水盈眶，她知道有太多的障礙，太多的無奈，太多的萬水千山。她更懂得有一種愛叫無望，有一種放棄叫成全。

那表哥傑克要趁天黑前多拍一些照片，便在河邊及附近漸行漸遠了。水月懷著剪不斷理還亂的心事與滿腹離愁別緒，一人沿了河邊較為茂密的葦草叢走。有一隻蝴蝶，一隻紅蝴蝶，在夕陽下像塗了一層透明胭脂，燦若桃花。水月眼睛一亮，她從沒見到過這麼漂亮的紅蝴蝶，翩翩落在她身邊的草葉上。

她輕輕曲下腰伸手去捉，可蝴蝶卻在兩指間滑走了，翩躚到近處水上石頭邊。她躡手躡腳踩在石板上過去，一捉又飛了。如是者

三,這讓水月很不服氣。這次蝴蝶落在更近旁的蘆葦上,水月用雙手去捧,身體前傾,卻不料用力過猛,整個人撲到了水裡。水裡葦草的根盤根錯節,水月愈掙扎愈好像被繩子一條條縛住,又「咕咕嚕嚕」嗆了好多口水,身體好似被一股漩渦拽著往下沉⋯⋯。

不知過了多久,彷彿有股無形的力量把她往上托起,使她仰面朝天,長髮、衣袖、裙裾四散開來,白皙胸口那抹朱砂痣,紅豔如血⋯⋯。

神志迷糊中,她覺得非常舒服愜意,彷彿自己本來就生長在水中一般,她看見的天是海水的湛藍,一朵朵柔軟的雲絮跟著她飄,耳邊響起輕柔曲調,是母親在晃動她搖籃時所哼的那些歌調⋯⋯。

剎那間,醍醐灌頂:她悟出了媽媽在臨終時對她的耳語,彷彿是拚盡全力置入她幼小身體內的護身符。遠處河邊,表哥傑克的吟唱,餘音嬝嬝:

> 「今生的相遇,註定了我愛你
> 今世的輪迴,愛了你無悔
> 下輩子還要相會
> ⋯⋯」

空花

1

　　水月三歲喪母，被雨縣的外祖父母接去。直到十六歲那年的寒假，她才第一次坐了長途客車回古鎮，到父親劉思家探親。

　　第一位繼母水月從未見過，只知是個農村婦女，小名叫風兒。父親與風兒結婚一年後離婚了。父親寫信給水月的外祖父母，告知自己離婚的理由：那女人是個沒文化的農村婦女，無法交流。更重要的是那女人家族有精神病史，婚後有時會瘋瘋癲癲。而他娶的這位新娘子，讀過初中，平時也把他照顧得很好。

　　見第二位繼母，水月心裡多少有點忐忑。繼母黑瘦高挑，頭髮編成辮子盤在腦後，更顯得脖子細長。單眼皮，狹長眼睛，看人時眼皮下塌，漠然的目光斜視。她對遠道而來的水月，淡淡地招呼了。水月放下行李之後，看到繼母泡好了茶，還為她打了盆洗臉水。

　　繼母是個精明能幹的女人，終日繫著圍裙，袖口挽起地忙個不停。家裡一直窗明几淨，傢俱什物都像編了號似的各就各位。她確實把丈夫照顧得很好，劉思除了上班，在家什麼都不用做。

　　但劉思總是鬱鬱不樂，始終思念著水月的母親鏡華。這痛楚在綿延歲月裡揮之不去，反而是經年累月愈加沉重，鬱結於心。

　　年輕的劉思在臨近大學畢業時，毅然放棄學位，投筆從戎，不顧父親脫離關係、斷絕經濟來源的威脅，奔赴延安。在革命隊伍中，因他不僅文化高，且寫得一手漂亮毛筆楷書，就一直被安排做文職工作——負責宣傳或做老領導的祕書等。

　　當年南下的戰友同僚，如今大都在省城高就，有的已是省級主要領導。而劉思，為了追求鏡華，主動放棄了大城市的職位，來到偏隅西南一角的古鎮，原以為幸福即是：「執子之手，與子偕老」，一生一世的攜手相隨，恬淡長遠。曾幾何時變成一場鏡花水

月的夢。

劉思的工作單位是當地主要企業，占地甚廣。分配給他的宿舍位於鎮南一幽靜處，房前有個非常大的堰塘，堰塘邊的一溜兒平房，中間是堂屋，右邊是廚房灶間，左邊是臥房。春夏之際敞著堂屋的大門，一片天光水色映入眼來。

此處偏僻，劉思索性把堰塘的一部分圍進他家院子裡，塘邊種花種菜，塘裡可釣魚網蝦。早些年，夏天常有頑童翻牆進來，在堰塘裡「狗刨搔」，水花四濺，玩得不亦樂乎。

曾有過小孩溺水，外面就傳說堰塘裡鬧鬼。

據說，曾有家長晚間來塘畔，呼喚遲遲不肯歸家的孩子。正值月明星稀，無意間望去，但見慘白月光下，一個披頭散髮的鬼魅暗影懸掛在樹梢間，飄啊飄的，把頑童們嚇得尖叫著落荒而逃。

水月看到：父親的臥室，床頭左邊掛著父親與生母的結婚照，右邊掛著父親與繼母的結婚照。

堂屋正中靠牆，擺放著一張雕花八仙桌，左右各一把雕花硬木椅子。正牆上掛著父親毛筆楷書的納蘭容若詞，裝裱過的書法橫幅〈浣溪沙〉：

「誰念西風獨自涼？蕭蕭黃葉閉疏窗，沉思往事立殘陽。
　被酒莫驚春睡重，賭書消得潑茶香，當時只道是尋常。」

納蘭容若的這闋詞，常把劉思帶入深深的緬懷之中。當年與新婚妻子鏡華在一起，兩人常常論詩品文，說古論今。更如小兒女般逗趣玩笑，猜拳行令，罰輸家一杯小酒。一情一景恍然在眼前，其中說不盡的纏綿悱惻，如不歸之雁，芳蹤難覓。

當劉思對女兒憶起這些，他站在冬天的窗前，面對滿院蕭瑟，

傷感莫名。

　　左邊牆上，精緻鏤花相框鑲嵌了水月母親的大幅單人照，照片中的女人燙著三四十年代流行的髮式，微笑著，眉眼彎彎。女人嘴角輕輕上揚，露出一列珠貝式的牙齒，皮膚皎月似的光潔柔潤。每一個跨進堂屋的來客，驚訝於這女人的美麗，然後感嘆唏噓……。

　　靠堰塘西邊，另有兩間平房，是單位廢棄的倉房，穹頂很高，窗戶開得也很高，即使在白天，裡面也光線暗淡。劉思沒過多整修，就用一間來做書房，並收藏了鏡華的遺物，這種氛圍正符合他懷念亡妻的心境。另一間用來做客房，閒置時落滿灰塵與蛛網，如有親朋來做客，才開門打掃布置一番，平時一把鎖鎖了。而書房也是常年落鎖，除卻劉思自己，是任何人的禁地，包括繼母。

　　這次水月來訪，劉思清理出鏡華生前穿過的四季衣服：有玫紅色呢大衣、手織毛衣、白色繡花府綢短袖衫、百褶長裙。這些衣服經過漫長歲月，穿在十六歲的水月身上依然十分別致，彷彿時光倒流。怪不得劉思那天酒後由衷感嘆：「水月哦，水月，你像極了你的母親！」

　　劉思對女兒水月的來訪，非常開心。除了叮囑老婆安排好每日伙食，平時從不下廚的劉思，也拿出深藏多年的十八般廚藝，為水月做石磨黃豆豆花、黑豆豆花等。黃豆豆花不稀奇，外婆也常做。黑豆豆花卻是水月第一次吃到，覺得又香又糯，既可拌入白糖吃，又可蘸麻辣佐料。在物資供應相對貧乏的七十年代，父親傾其所有，似乎想要在這個短短的寒假，把欠缺十多年的父愛補償給女兒。

　　父親推磨的時候，水月就用勺子往磨眼裡加泡漲了的豆子和水。劉思詢問外祖父母的身體情況，感嘆老人家的不容易，叮囑水月要聽他們的話。父親說：「知道你要來，我和你繼母把每月定量的肉票積攢下來，買成板油，熬製了一大罐豬油，到時你帶回雨縣

給外公外婆。我們鄉鎮地方，總歸比城裡要容易一些。」

父親又問起水月在雨縣的日常生活，以及水月的老師、同學等等。閒話家常中，豆汁一圈圈從兩扇石磨間的縫隙中流出，流進石盤，又從石盤的缺口汩汩流入下面的鋁鍋中。這時的父親，是慈祥溫暖、平易親近和具體的。與以往去雨縣做客的父親很大不同呢，以往的父親，遙遠而陌生，彷彿只是一種稱呼與較為抽象的概念。

水月住在書房隔壁的客房。客房由於水月的到來煥然一新，打掃得很乾淨，窗戶新貼了白紙，四面板壁新糊了報紙，散發著未乾透漿糊的味道。沒有過多傢俱，僅一床、一書桌與一大衣櫃，房間顯得空曠整潔。父親常在晚上秉燭進到書房，一燈如豆，父親的身影映在窗戶紙上。月光下，堰塘邊的雜亂樹枝也映在窗戶紙上，隨著燭火搖曳閃爍不定。

有天夜裡，水月睡夢中聽到似有飲泣聲。她知道自己在做夢，卻無法醒來。像所有夢中人一樣，水月具有超自然的能力：她好奇地捅破相鄰板壁的報紙，從板壁細縫隙中，向父親書房裡窺視：白色的宣紙漫天飛舞，書桌上，鋪板上，地上，凌亂鋪陳。宣紙上面是父親的毛筆手書：「十年生死兩茫茫，不思量，自難忘，千里孤墳，無處話淒涼。……君住長江尾，我住長江頭，日日思君不見君……。」紙張雲捲，墨汁淋漓，交疊重合，有的看不清寫了什麼，但從層層疊疊的數量看來，不知書寫堆積了多少年。

2

當年劉思與鏡華，是在銀行系統的工作會議中認識的。作為省裡主辦單位，劉思是單位軍管會領導兼這次會議的會務接待。當差不多所有人都已登記報到了，劉思在會務名單上看到，還有一名為周鏡華的還未到來。劉思派了司機去車站等候鏡華。下午借用省政

府寬大的會議室,舉辦歡迎舞會。

鏡華因車次延遲,最後一個來報到。下午的歡迎舞會已經開始。鏡華提著有「航空」字樣的灰色旅行包,風塵僕僕地被接到了舞會上。從明亮的室外進入幽暗、燈影閃爍的舞廳,鏡華顯然不大適應,她瞇縫著丹鳳眼,問劉思:「我可不可以先回住處休息?」

身材高大威猛的他竟一把將嬌小單薄的鏡華拽出舞廳,劈頭蓋臉地說:「你搞清楚沒?這是集體活動,怎麼能說走就走!」還沒等鏡華反應過來,他已「噗」地笑出聲來:「小姑娘,你要聽話一點,我們一會兒就該走了,啊。」

這就是當年性格外向開朗、骨子裡略帶一點兒玩世不恭的劉思。

鏡華坐在舞廳角落百無聊賴,又因旅途勞頓,差點睡著。劉思索性拉她起來跳舞,他的舞技確實不敢恭維,但鏡華的舞步卻能以不變應萬變地適應他的毫無章法。一曲終,他退下陣來。

接著工會主席吳君邀鏡華跳舞,見到吳君從燈影闌珊處趨近,一個白淨高挑的文弱書生,身材瘦削,腳步輕盈,竟有點飄飄欲仙的感覺。鏡華眨了眨眼,掐了掐掌心,確信不是幻覺。她很快調整好自己的情緒,與吳君手牽手步入舞池。

吳君的舞技在單位是出了名的,大家私下開玩笑說他之所以放棄所學專業,被安排去當工會主席,全是跳舞跳得好。

隨著〈梁祝〉纏綿音樂聲起舞,原本疲乏的鏡華像破繭而出的蝴蝶:一曲〈梁祝〉演盡人間悲歡離合,問世間情為何物,直叫人生死相許。愛情由始至終都是一種感受,來的時候,預知不到,走的時候,無法挽留。不過,至少有一首曲、一段舞,可以表述與紀念,愛情確實發生過存在過。

一曲終,鏡華形同虛脫。眾人殊不知,鏡華與吳君曾經是舊識,同窗兼同鄉,眾所周知原因是,鏡華因家庭出身不好,為追求進步,改造自己世界觀,主動要求離開省城,去到偏僻艱苦的古鎮

工作。

劉思就是那天愛上周鏡華的，從見到鏡華的第一眼起。

劉思展開了對鏡華猛烈的愛情攻勢。多年的軍旅生活讓他養成一種執著，凡認定的事必全力以赴達到目的。他骨子裡既有軍人的雷厲風行又有文人的至情至性。

會議落幕的聚餐晚會，鏡華見到鄰桌的吳君癡望著自己。她對吳君舉了舉酒杯，笑著一飲而盡。一杯，二杯，三杯……吳君在那邊看得呆了，似乎很著急：雙手撐著下巴，皺著眉關切焦慮地望著她。鏡華不太會喝酒，這點吳君知道。半醉的鏡華喜歡吳君這種眼神，這份關愛，所以故意喝給他看，讓他乾著急。

鏡華恍然記起前天的休會之際，大廳裡，劉思正幫了鏡華裝照相機膠捲。鏡華偶爾抬頭一瞥，二樓過道上，吳君雙手撐著圍欄望著他倆。眼神的醋意不言自明。鏡華轉開臉去，故意問劉思：「裝好了膠捲，你能陪我外出拍照嗎？」

「我一定陪你的！」劉思似乎有所體察兩人間的暗湧，善解人意地悄聲安慰：「小姑娘，千萬不要哭出來，啊！」

鏡華強笑著點點頭。待周圍的人抬起頭來，吳君已消失。

會議間隙，劉思攜了鏡華外出遊玩，他們去到市郊的金鳳寺山上。沿著蜿蜒曲折的石階攀登上去，走入閒花野草的山坡。遠遠見一寺飛簷，走近才知，古剎被簇擁於一大片碧綠修竹林之中，十分澹然清遠。粗大的竹身，密密麻麻地雕刻著到此一遊的人名，更有男女相愛的山盟海誓。可惜寺廟看來已被廢棄，香案朽壞，佛像傾倒，僧人不知去向。

正是桃花盛開的季節，竹林背後，在一片坡地上開滿了爍爍桃花、雪白梨花。層層疊疊，密密綻放，瀰漫了整座山谷。花林中，鏡華仰頭揚臂，酒醉般踉蹌，東轉一下，西轉一下，面對了這滿世界的繁華，彷彿不知該怎樣處置。他拉起她的手，奔向山澗深處，

美景疊出，她為此驚喜呼叫。回聲悠長，驚起落英繽紛，灑滿她的一頭一身。空氣中充滿暖意與芳香，低頭看簇簇花團，仰首看白雲悠悠。絲絲陽光透過密密樹枝，光影變幻跳躍，難以捉摸，就像鏡華細密難解的心思。

劉思的仕途走得頗順。省裡的實權人物，是他當年做祕書時的老領導，劉思的業務能力突出，老領導對他頗為器重，後來兩人竟成了忘年之交。看來前途無限，可劉思卻突然打報告要求離開省城，調到偏僻的古鎮工作。老領導苦口婆心曉其利害，不要一時衝動耽誤自身前程。但劉思去意已決，這使得老領導很生氣，說他竟為了一個資產階級小姐，變得如此固執不可理喻。起初劉思一直低著頭，耐心內疚地恭聽訓導。但聽到老領導說自己心上人是資產階級小姐，劉思立刻黑了臉，起身不辭而去。老領導恨鐵不成鋼地氣得大罵：「你要滾就滾，不要讓我再看到你！」

劉思義無反顧追隨鏡華來到了古鎮。

春日的時候，他倆去小鎮東頭的牛峰山，爬上山頂，有一大片緩坡，是放風箏的好地形。劉思左手拿著線軸，右手拿著風箏逆著風使勁跑，風箏漸漸飛起來，他右手扯線，左手放線軸。鏡華迫不及待地接過來，一邊繼續放線，一邊得意地喊：「瞧，我放得多高、多遠！」話音未落，風箏突然往下栽。劉思趕緊幫著收線，並用右手帶著風箏，風箏終於飛高了。當鏡華手裡的線放完，風箏變得愈來愈小，愈來愈遠，愈來愈高……。

鏡華索性放開手中牽著的線，這風箏便像她的心，正自由快樂地飛向藍天。風箏扶搖直上，努力想飛得更高更遠。可是，它的尾巴掉了下來，風箏立刻像船失了舵般失去了控制，又像個酒醉的人，搖搖晃晃。不一會兒，便掉頭俯衝下去，墜入了深深的山谷……。

鏡華似感不祥，頹然坐地上，心情隨風箏墜入谷底。劉思走過

來蹲下，擁鏡華入懷：「小姑娘，這只是一隻風箏而已，沒啥可惜的，下次我多買幾個給你，啊？」

夏天，他倆常到小鎮北邊的沙河游泳。劉思本是浪裡白條，有時故意逗鏡華玩，一個猛子扎下河，潛得遠遠才冒出來。開初鏡華還為他擔心，等後來發現他的詭計，不僅要和劉思比賽蛙泳、仰泳、自由泳、蝶泳，反而故意嚇他。一個猛子下去藏在水草下不出來，暗中看劉思著急地四處張望。黑色泳衣襯得鏡華膚如凝脂。當她蝶泳，像一隻墨色蝴蝶在水上翻飛，煞是好看……。

3

劉思有時帶女兒水月在小鎮上閒逛，坑坑窪窪的街道，油漆斑駁的商店招牌，小食店裡油膩的餐桌與碗筷，拘謹土氣的小鎮鄉民，沿街住戶樓上伸出竹竿晾曬的衣物被單淅淅瀝瀝滴著水，汽車過處揚起的塵土……劉思是個愛體面的人，外出總是衣衫齊整，褲線筆直，皮鞋鋥亮，一襲米色風衣，風度翩翩，氣宇軒昂。劉思走在街上，周圍環境黯然失色，水月覺得整個小鎮簡直就配不上父親！父親真的像省裡的大幹部呢，哪裡像長年生活在這種偏僻小鄉鎮的人？感覺真是明珠暗投。

父親帶水月去看她出生的地方。從一排破敗的平房拐入一條窄巷，是一處四合院。有三三兩兩的老婦人坐在自家平房門口，納鞋底做針線或看街景。水月父女走過，引得人們好奇張望，竊竊私語，目光尾隨他們拐入小巷。院中是水泥地，四周凌亂種了些花草，有小雞在蓬亂草叢裡啄蟲子，靠牆角有一眼水井，蓋著木蓋。井旁木梯「吱吱呀呀」通向二樓，樓上並排有三間寬大空曠的房間，堆了幾疊稻草席子，看來長久無人居住。水月一走進屋子，恍然對這兒的環境似曾相識，宛若夢中來過？

　　水月這次的探親，大大加深了對父親的感情。看到父親不僅沒有忘記母親，而且對母親日思夜想一往情深，水月心中甚為感動。過去十多年來，父親只去雨縣探望過女兒幾次，每次來去匆匆，小小的水月差不多忘記了父親長得什麼樣子。

　　倒是吳叔，差不多每年春節假期都會回到雨縣，除了探望他自己父母，便是拜訪水月外祖父母家。常從省城帶回漂亮的燈芯絨繡花童裝，有玫瑰紅、橘黃各種顏色，說是他愛人小宣逛百貨公司，看到喜歡就買來給水月。吳叔夫妻無生育，頗鍾愛水月。早些年，水月常把吳叔與劉思弄混淆，有次放學回家，以為父親來了，就叫了聲「爸爸」，吳叔與外祖母幾乎同時一驚，心照不宣對望了一眼。當水月發覺自己認錯了人，不好意思紅了臉。吳叔彷彿有些情緒失控，掏出糖果一個勁往水月懷裡塞。

　　外婆也常讓吳叔帶回一些禮物給小宣：除了雨縣特產的筍子，有時買隻香噴噴的油淋鴨，有時做一大瓶又酥又脆的麻辣小魚。外婆說：「小宣和鏡華小時都喜歡吃這些香東西。兩人像親姐妹般要好，小宣童時在我家進進出出，就跟著鏡華一樣，叫我媽。害得她媽媽醋兮兮地，背地裡與我開玩笑，說自己有個養不家的女兒。你媽媽去世後，小宣姨與吳叔曾找我說，想收養你。我說這樣不合適的，水月還有自己爸爸，我不可能做主答應。」

　　水月小學畢業後，吳叔就沒再來，據說得肺癆去世了。小宣姨從此也沒了音訊。

　　水月好奇地問父親，是否認識吳叔夫妻，父親好像並不太願談起此話題。只是說：「你母親與吳叔夫妻，三人曾是同窗兼同鄉，吳叔愛人小宣曾是你母親閨中密友，兩人要好得不得了。可後來發生了一些事情，造成對你母親的傷害。你母親曾一度傷心欲絕，後來主動要求從省城調到偏遠古鎮，就是為逃避他們。可是你母親去世後，他們卻又去討好你外祖父母。我之所以少有去雨縣看你，是

因為你外祖父母對我有成見與誤解，不喜歡我。水月，你還小，好多事情你不會懂得，我知道你與外祖父母的感情，聽不得我講他們半句不是，但我仍然要說：你外祖父母做的有些事，讓親者痛，仇者快。」

父親上班的時候，水月外出閒逛。小鎮不大，無意中就逛到她出生的地方。

登上樓梯，進入空曠的房間，舉目一無所有，但又令人徘徊不去。水月久久地坐在稻草席子上發呆，思前想後⋯⋯有天想著想著，竟趴在席子上睡著了。

睡得迷迷糊糊中，水月見一個女人推門進來。是個皮膚黝黑粗糙的農村婦女，長得虛胖。她的穿戴怪異，像是袍子又像披風，倒也還算乾淨，衣服的袖子和下襬破爛不堪，下襬的破布條隨腳步擺動，腰上繫著根草繩。乾枯凌亂的頭髮用頭繩歪歪地綁在腦後，一縷長長的髮絲留在額前，不時用嘴向上吹氣，髮絲飄動。奇怪的是，她手裡拿著一本髒兮兮、邊角翻捲的書。她兀自在屋裡踱了幾圈，然後蜷縮在稻草席的一個角落，專心致志地翻動著書頁。她似乎沉浸在自己的世界裡，外面的一切都與她無關。

水月並不覺得害怕，反而站起身來，身影遮擋了透進來的光線。那女人抬頭，用游離的眼神看著她，若有所思地說：「鏡華，是你嗎？我知道你會來，你終於來了。」

水月好奇地問道：「你是誰？」

「我是風兒，你不認得我了？」

水月微微地搖頭。

風兒凝望著水月身上的手織毛衣：「這件衣服撕破了，我為你補好的。」風兒表功似的：「你看，這蝴蝶，這花草，是我織上去的，我知道你會喜歡。」

水月低頭細看，織花部分確實不像原裝，卻補得非常巧妙，既遮蓋了破處又好看。水月以前聽說過風兒發瘋之事，可此時的風兒說話條理清晰。

「我在這兒等你，有時也到堰塘邊找你。開初他們不讓我去，一俟被發現，他們就把我抓回去關在黑屋子裡。後來我變聰明了，我不是風兒嗎？我可以變成風飄呀飄，飄進飄出（風兒用手臂比劃著風飄的樣子），風掛在高高的樹枝上，他們就抓不到了。」風兒為自己的狡猾嘻嘻笑著。

「風兒，你識字嗎，你看的是什麼書？」水月好像跟風兒自來熟似的。

「他嘲笑我不識字，我就天天看書，看得書上的字都認識我了，我還會不認識它們麼？你看，我還會唸──『千萬不要忘記階級鬥爭』。」風兒頗為得意胡亂指點著書頁，一字一頓地說。

水月注意到，這是一本掐頭去尾的《毛主席語錄》。

4

在農村山溝裡長大的風兒，心靈手巧，不管縫紉織補、養豬餵雞、田間地頭都是一把好手。但風兒是個胖妞，人說女大十八變，風兒不僅沒變得苗條好看，原本單純的鄉村女子卻變得落落寡歡。所有青春女子都愛美，希望自己的容貌能被大眾讚賞、愛慕。

風兒知道自己長得不好看，心裡更是對美有一種特別的、癡迷的崇拜，常為自己的容貌而煩惱。

風兒嫁到劉思家時，看到堂屋牆上鏡華的照片，相中人的目光與她在一瞬間交會。照片中的女人面容姣好，皮膚白皙，美目流轉，注視著這樣一雙眼睛，風兒簡直移不開目光。丈夫在後面問她什麼，她充耳未聞，一言不發地站在那裡。風兒被鏡華吸引，鏡華

美麗成熟，令人振奮，是她對美的夢想與目標。

此刻，風兒彷彿看見一朵鏡中的花，好似嵌在黑暗裡，又像是懸浮在水中。兩人是那樣契合，好像事先就安排好的，風兒走進劉思的生活就走進鏡華的生活。

風兒常問丈夫：「鏡華那麼美，我這麼不美，你為什麼會娶我？」

劉思答道：「還是毛主席說得對，美是有階級性的。在這個時代，鏡華的美是不合時宜的，所以鏡華易碎易逝。你在林間山野待慣了，知道樹上太鮮豔美麗的果子大都不能吃，是用於招來鳥兒，誘惑牠們中毒。說來說去，還是地裡的包穀、紅薯最實在，最宜人。況且：『取次花叢懶回顧……。』」

風兒聽得似懂非懂，但她全身心投入了婚後生活。她是農村戶口，沒有工作，待在家裡照顧心灰意懶的丈夫生活日常。她在堰塘邊砌了豬圈，養兩頭小豬，搭了雞窩，養一群小雞，在堰塘中放養鴨子，在院子裡種滿蔬菜，自給自足，這樣大大補貼了家裡生活開支。在山裡野慣了的風兒，豐沛飽滿，充滿活力，日復一日操持這些家事，並不能填滿她的生活。好多空閒時光，不知怎樣打發，常常會覺得寂寞與無聊。劉思白天上班，她獨自一人。即使劉思下班在家，兩人也多是話不投機。劉思文謅謅的語言她大都聽不懂，她一開口不外乎雞啊鴨啊豬啊，更令劉思心生厭煩，更願意自己待在書房，吃飯時才出來。

風兒收拾整理劉思書房，見了鏡華生前衣物，十分別致好看，就一件件翻出來在穿衣鏡前比試。可惜風兒太胖，根本穿不了。但風兒仍然非常喜歡愛惜，疊得平平整整碼在箱裡，放入防蟲的樟腦丸。一些衣服紐扣掉了、鬆了或有破處，風兒就拿出來，拿到堂屋裡，晚上沒事就坐在堂屋八仙桌邊的硬木椅子上縫縫補補。不知從哪天起，鏡華就常常從照片中走下來，坐在八仙桌另一邊椅子上與

風兒話家常。

有天夜晚，風雨交加，劉思撐著傘從書房回來，在堂屋門簷下抖著雨水收傘，聽到屋裡有人說話，透過門縫，只風兒一人在燈下做針線，口中卻念念有詞。見劉思進門，風兒舉著手裡衣服，眼神直愣愣地：「你為什麼要打她呢，你看，衣服都撕破了。」

劉思一看，風兒手中拿的竟是鏡華的手織毛衣，一陣暈眩，回憶突然襲來。

鏡華平時常有頭暈目眩，醫生診斷為嚴重貧血。她有次下鄉做信用社工作，竟然暈倒在地，劉思為此擔心不已，到處為鏡華購買營養品。

一日劉思下班跨進家門，手中提著一籃特為鏡華買來的新鮮雞蛋，卻見到吳君來訪，正與鏡華在八仙桌邊相對而坐。鏡華眼圈紅紅的，好像是剛剛哭過。劉思本就對吳君有所成見，見此情景，心中不快，黑了臉，一籃雞蛋「嘭」地頓在桌上，轉身摔門進了裡屋。

吳君走後，鏡華怒氣沖沖地與他評理：「人家大老遠來，你這是待客之道嗎？」

劉思也不服氣，說：「他們害你害得還不夠？這樣的客人不要也罷。」

兩人由爭吵到抓扯，手織毛衣就是那次扯破的。劉思第一次打了鏡華，一個耳光搧過去，鏡華捂著臉呆了。劉思也呆了，打在鏡華臉上，痛在劉思心上，夫妻戰爭，兩敗俱傷。鏡華轉身便跑，劉思立即抱緊她，使勁搧自己耳光，請求鏡華原諒。結果兩人都哭得稀哩嘩啦……。

鏡華說，吳君是出差來到古鎮，也是第一次到家裡來。他說來鏡華家有個主要任務，是代為妻子小宣負荊請罪，請求鏡華原諒。小宣與鏡華不僅是從小一起長大的發小，又一起到省城同窗共讀，畢業後分配到同一單位工作，彼此情同姐妹。

出身於大家閨秀的鏡華，在眾人的愛護和誇讚中長大，總是自我感覺良好，言行直爽，有時並不考慮別人感受。所以對小宣，即使是出於善意與維護，也表現出不自覺的居高臨下或言詞不當。比如，鏡華的漂亮衣物，小宣可隨意拿來穿戴，但有些衣服，穿在小宣與鏡華身上確實兩樣效果。鏡華便開玩笑：「同樣衣服，你穿上咋就這麼難看呢？」小家碧玉的小宣，對諸如此類的事最為沮喪與惱火，卻也不好發作，因鏡華對她很慷慨，一直是把她當親妹妹看待。

小宣較有市井聰明，雖明白自己總是被鏡華搶去風頭，卻也常常恭維鏡華，令鏡華很受用。小宣會當面讚美鏡華：「你穿這件玫瑰紅呢大衣，真是太美了，像臨風傲雪的紅梅！」小宣背後也讚美鏡華，聽起來是誇，卻留給人聯想：鏡華穿玫瑰紅呢大衣太漂亮了，不過，像資產階級小姐。

表面看來，鏡華對小宣事事照顧呵護有加，小宣則有點崇拜稍年長一點的鏡華。她們住集體宿舍，宿舍裡有四張床，另兩位同宿舍的父母家在省城郊區，所以並不是天天住在宿舍裡。

有天股長把鏡華叫到辦公室，很嚴肅地告知：「有人揭發控告，說你在日記裡發牢騷對新中國不滿，聲稱自己家的糖坊是祖傳家業，鄉下田產也是家人多年勞碌辛苦置辦，根本不是剝削來的，所以家庭成分不該劃成地主。日記中還有許多反動思想……」等等。股長平日對鏡華和小宣頗為喜愛，日常生活常像母親般噓寒問暖，工作上股長更器重鏡華，一心想培養提拔她。兩人工作生活中遇有什麼疑難不解，總是請教股長。

事情是這樣的：那天小宣手裡拿了鏡華日記，忐忑不安走到股長辦公室，敲門進去才發現副股長也在，小宣趕緊背過手去，正要退出，副股長卻熱情上前，拉了小宣進去並拿過小宣手上日記本，問：「這是什麼啊？」翻開看了看，馬上變了臉色，立即心照不宣

交給了股長。股長對鏡華說：「這事若我一人知道也就罷了，問題是還有別人知道。現在正搞『大鳴大放』、『批評與自我批評』，我怕你日後會有麻煩。今天既是給你通風報信，也是出個主意：近期要下派一批幹部到偏遠艱苦地區，幫助建立當地銀行系統、農村信用社工作等，你不妨主動報名，讓人覺得你思想覺悟高，積極爭取進步。實際上是躲避出去，以免引火焚身。」

鏡華這才明白，她放在枕席下的日記本，有天怎麼也找不到，後來卻在自己辦公室抽屜裡。心下還以為自己記錯，原來確實被人偷走過，這人就是小宣！鏡華懵了，想不通情同姐妹的感情竟會做出如此勾當！但鏡華並不想捅破此事，而是祕密報名第一批下派，為避免吳君阻止及節外生枝，所以何去何從，未留下任何信息，不辭而別。

吳君捧起桌上鏡華為他沏的綠茶，吹去上面浮葉，喝了一口。說道：「我找不到你，意氣消沉，經常到酒館買醉，有幾次醉得不省人事，是小宣把我找到，連扶帶拖弄回宿舍，我哭，她也哭，甚至比我哭得更厲害。她把我擦乾淨，為我醒酒，無微不至照顧我。有次酒後我竟把小宣當成了你……事後我追悔莫及，她卻說是她願意的，她本來就暗戀我多年，你走了，她願意替你照顧我，要嫁給我。她送出求愛的橄欖枝，我終於為她的愛感動，後來我們就結婚了。」

「你知不知道，是她出賣了我？」鏡華問道。

「婚後，她主動告訴了我，我很憤怒。可她說不是故意的，因為當年鼓勵大家『批評與自我批評』、『大鳴大放』。互相提意見，要知無不言，言無不盡；有則改之，無則加勉。出於好奇，她想瞭解你思想動態，看了你日記，覺得你思想覺悟有問題，本想私下求助平時關心你們的股長，向她尋求怎樣幫助你改造世界觀，卻

不料闖出大禍。她一直有心理壓力，內疚得很，覺得對不起你，也對不起我。希望有什麼方法贖罪。」

鏡華就在這時候委屈生氣得紅了眼圈：「她贖罪的最好方式，就是這輩子離我遠遠的，不要讓我聽到她，也不要讓我看到她！」

這時劉思進了家門，拿著一籃雞蛋……。

從此，劉思與鏡華和好又爭吵，爭吵又和好。奇怪的是，有時爭吵得愈激烈，和好得愈親密。在某個瞬間，愛人之間竟會充滿怨恨，一股敵意固執地橫亙在兩人之間；在另一種情景中，兩個仇敵又會在融融的溫情中，再度成為愛人。就是這樣，從情感到理智，從幽怨的情緒到庸常的現實，從和平到戰爭，從戰爭到和平……。日子就在這種愛與恨、情與欲中慢性病一樣蔓延。水月也在這種循環中出生。

三年後，一個夏天的清晨，鏡華像往常一樣，趕在上班前把木盆裡的衣物端到附近溪邊淘洗，溪水清澈透明，水流潺潺，岸邊草木崴蕤，雜樹生花。鏡華喜歡這晨霧迷濛的水面，萬物都還沒有醒來，空氣中飄著水草的腥味。溪中有一些石頭、石板，鏡華踮著腳來到離岸較遠的大石板上，一邊搓洗衣服一邊努力回想昨晚的事情。昨晚酒喝多了，到現在還有點恍惚。

吳君每次出差來古鎮地區，不管多遠多晚，即使繞道也要來看她，給她帶些省城的東西。吳君因了上次去鏡華家，不受劉思待見的經驗，便不再去她家，而是約定附近某個招待所。這種偷偷摸摸避人耳目的來往，久而久之，已令鏡華煩惱與厭倦，因吳君每次倒是一走了之，卻給鏡華家庭留下爭吵的風暴。

鏡華昨晚告知吳君：「你以後別來了，來了也不會見你！」

可吳君說：「我一直把你當自家妹妹，你不能一點念想都不留給我，我活著又有什麼意思？索性我與小宣離婚，也從省城調來古鎮，不管你理不理我、嫁不嫁我，我都會默默在你身邊，生生死死

與你相守。」

鏡華心下淒然，但為斷他念想，面上卻不留情：「你這不是無理取鬧嗎？我是不會與劉思離婚的，劉思處處包容我，你卻自私地擾亂我的生活，從此我倆一刀兩斷！你也別再做春秋大夢了。」

說罷跨出門去，卻被吳君一把抓回，抵在門後。吳君氣得滿臉通紅，額頭青筋暴露，左手勒緊鏡華領口，右手捏緊的拳頭，最終卻落在自己胸上。他放下鏡華，抱頭頹然坐在地上。鏡華被嚇壞了，吳君向來謙謙君子，看來狗急也要跳牆？但天愈發晚了，鏡華來不及細想，丟下吳君，匆匆地趕回家去。

劉思心有千千結，以往凡是鏡華回家遲了，他總是黑著臉，兩人吵得凶了，劉思會一下子暴怒，掀翻餐桌，杯盤碗碟、食物湯汁嘩啦啦潑濺碎落一地。

鏡華在回家的路上心中打鼓：今晚又將是一場暴風驟雨。

劉思坐在飯桌前，見鏡華進來，卻並不似以往黑著臉，也未追究她去了哪裡，劉思溫和說道：「記得今天是什麼日子嗎？我準備了好飯菜，一直在等你回來。」

鏡華見橘黃燈光下，等待她的丈夫，這個曾經意氣風發的陽剛男人，頭髮竟已花白，面容疲憊，背略微駝了。鏡華一時恍惚：作為妻子，每天為工作忙忙碌碌，竟沒注意過丈夫身體的變化，更別說丈夫的心理感受。鏡華回家遲了，心下原本內疚，這樣一想，喉嚨哽咽，差點落下淚來。望著丈夫精心準備的晚餐，方想起今天是他們結婚紀念日。鏡華相挨劉思坐了，兩人舉酒交杯，氣氛溫馨；酒過三巡，昏醺之中，交頸而眠。

誰也沒想到，就在這清晨寂靜的河邊，鏡華莫名其妙地失足溺水⋯⋯。

風兒囈語的時候愈發多了，不僅在堂屋，也在灶間，不僅在晚

上也在白天。有個夜晚，劉思在書房，門外響起敲門聲，他走過去打開門，卻沒人。當他回到房間時，再次響起敲門聲，他生氣地衝出門外，連個人影也不見。靜悄悄的夜裡，只有樹葉隨風而動發出的「沙沙」聲、堰塘裡青蛙的「咕咕」聲，他轉回身，屋內的燈忽然熄滅了，他順著房門摸索著回到屋裡，劃著火柴點上燈，燈光閃動一下，屋外一個影子閃過……。

劉思把風兒的反常情況聊給朋友李醫生聽，李醫生是從省城下放來的「反動學術權威」。李醫生聽後心下一驚，說風兒的表現像是一種精神疾病──臆想症或妄想症。

此一疾病主要症狀在於，患者會錯覺另一個人（故去的或臆想的，患者崇拜或愛慕之人），是真實存在的，患者癡迷於此人，他們祕密地交談著，來往著。

「可是，怎麼會發生這種情況呢？」劉思問道。

「這癡迷不是沒有緣由的，是來自一個落寞的心境與思想鬱悶。特別是有家族精神病史的，加之意外驚嚇，極易誘發此病。」

不久，劉思以感情不合為由，與風兒離婚了。

5

水月對父親書房頗為好奇，有天走到門口，從兩扇門縫中探望，無意中拉到門鎖，卻不料字碼鎖「咔嚓」一聲彈開，水月猜父親忘記把密碼轉開。她雙手推開吱呀的大門，眼睛過了一會兒才適應裡面的黑暗，她走近書桌，果真如夢中所見，重重疊疊毛筆書寫的宣紙從桌上蜿蜒鋪到地上：「十年生死兩茫茫，不思量，自難忘……」

水月正好奇地掀開宣紙，想看看都寫了些什麼。可是，一個細長的影子映在宣紙上，像是有雙眼睛，陰森森從背後射來，令水月

不寒而慄，僵立原地。一個冷冷的聲音響起：「你父親不容許任何人進來，你為何要破門而入呢？」

水月轉頭，看見幽靈似的繼母，她又驚又嚇逃出門去。繼母在後面「咔嚓」一聲鎖了書房大門。

水月結束了假期的探親之旅，離開了古鎮。

劉思心中悵然若失，遺傳的力量如此強大，水月的一顰一笑、一舉一動，無不令他看到鏡華，勾起他對往事的回憶，掀起他心中的波瀾。這些天，他常待在書房至深夜，自酌著一壺老酒，伴著一碟花生，一邊翻看鏡華的遺物及書信，愈發陷入哀傷憂鬱。隨著年歲漸長，彷彿身體與心靈都愈發地脆弱易感。從書房出來，他常在堰塘的水邊或坐或站，發一會兒呆。

有一晚，夜深了，酒後的劉思，頭腦恍恍惚惚，走路跌跌撞撞。月光下，他站立水邊，夜色中的堰塘，像一面巨大的鏡子。他俯下身來，鏡中有月色映照下的樹影花草，微風吹來，月就碎成了虛影。他感到，自己的生活比水中的殘月更蒼白。劉思試圖在「鏡中」找到亡妻的影子，卻是徒勞，他用雙手搜尋，卻攪出一池破碎。碎影一圈圈游走，彷彿有歌聲從水中悠悠飄來，飄到劉思心坎上：

> 「鏡照佳人花無眠，水映殘月月無顏。風吹花，枝兒擺，月
> 兒走，心卻留……」

第二天早上，繼母發現：劉思昨晚酒醉，神志模糊，一頭栽進了堰塘。

水月得到噩耗，從雨縣趕來古鎮。水月幾度哽咽，心中說不出

的悲傷難過。

繼母把水月領到父親書房，請她收拾整理，裡面都是水月父母遺物，她可以把自己需要或留做紀念的東西帶走。原來那字碼鎖早已年久失靈，任何數字都拉得開，父親生前卻從未覺察。而書桌抽屜並未上鎖，水月拉開各個抽屜，是一些印章、印盒、裝飾項鍊、耳環、胸針等小物件，更多的是書籍、往來信件稿箋、日記本等等。水月清理出一本紅色塑膠皮封面的日記本，是父親舊日日記，大都是一些生活瑣事，其中記載有水月出生時間、地點、當時情況。

水月準備把這本日記帶走，又發現這日記本後面封皮裡夾了一封信，就抽出來看。信是從省城一重要部門寄來的，可信封裡另套著一封信，卻是從雨縣寄往省城法院的。水月好奇抽出信紙，卻原來是外公筆跡，是一封〈申訴書〉。

信箋的頂端寫著很大的字：千萬不要忘記階級鬥爭。

敬愛的法院領導：

毛主席教導我們：「千萬不要忘記階級鬥爭。」為給我屈死的女兒鏡華討個公道，我要向人民法院提出申訴請求。

據我和我愛人所知，鏡華與其丈夫劉思感情不和，長期吵吵鬧鬧。劉思是北方人，大男子思想極為嚴重，認為妻子就該承擔所有家務，照顧他的生活。鏡華因工作繁忙，有時確是心有餘而力不足。另外原因是劉思無端猜疑鏡華，鏡華與吳君純屬同窗兼同鄉關係，偶爾吳君出差古鎮地區，順道探望鏡華，劉思不滿，為此爭吵不休。

特別是他們的女兒出生後，這種矛盾爭吵加劇，劉思出於「莫須有」之心理因素，極端厭棄女兒水月，以致我們不得不把嬰孩時的外孫女水月接來雨縣撫養。劉思常酗酒，酒

後與鏡華鬧到不可開交。

出事頭天，吳君還專程從省城去到古鎮，想調解澄清其誤會。

我和我愛人有以下不解疑惑：其一，我女兒鏡華擅長游泳，水性極好，不可能自己落水而亡。其二，鏡華性格開朗，工作認真負責，人緣極好，沒與任何人樹敵。其三，按照醫學常識，溺水女屍通常是仰浮水面，可鏡華卻臉朝下趴在水中，更奇怪是她右耳背有一極深的傷口，像是被人從背後鈍器襲擊所致。

懇請人民法院依法，本著不冤枉一個好人，也不放過一個壞人的原則，調查澄清我女兒鏡華死因，昭雪此冤屈，把殺人凶手繩之以法。

順致　謝禮

申訴人：周熙

水月看完信，竟呆怔在那兒。

繼母的聲音從背後傳來：

「還記得嗎？上次你擅自進到書房，我怕你看到不該看的，就尾隨而來把你趕跑了。據我所知，風兒並非完全不識字。這十里八鄉土生土長的人都知，她外祖父是前清落魄秀才，有間歇性精神病，人稱癲子秀才。回鄉後肩不能挑，手不能扛，唯一能做的是教農家小孩讀書識字，人家就送一些田裡或山裡土特產權當學費；且農家孩子都要幹活，大都學得『三天打魚，兩天曬網』。風兒就在那時，斷斷續續跟著外祖父學習，識得一些字。

「這些材料我也早看到了。但我只想過一份平安日子，這種事誰也說不清。在當時文化大革命年代，清白無辜的人也會以『莫須有』投入監牢。如果展開調查，可能為圖方便，不分青紅皂白就隨

便定了案。也可能拖個十年八年，完全擾亂一個人、一個家庭正常的生活。」

回到雨縣，水月把有雙重信封的信交給外祖父母。

外祖父母說：「我們確實做過此事。因為有愛就有掛礙，有掛礙故而生憂，有憂便患恐怖，故而癡纏難休。但申訴書發出後，我們就後悔了。就想等法院一回覆，我們就反悔，就撤訴。

「因我們想到你。若調查結果出來，真如我們所懷疑猜測：其一，在『血統論』的年代，漫長的人生，你將如何立足於這社會？其二，情何以堪？你又將如何面對你的內心？這輩子怎樣達到內心的平衡？可後來我們的申訴書如石沉大海，音信全無，我們也就任其不了了之，不再過問。現在看來，是你父親的老領導暗中庇護，把信寄給了他。」

水月哽咽：「可是，現在我生命中最重要的當事人都不在了。我母親的死因、我的身世，都成了不解之謎。我又怎樣帶著這些謎團過一輩子？」

吃齋念佛的外婆，左手撚著佛珠，右手豎在胸前，頷首閉目，唸了一聲：「阿彌陀佛。」

「外婆，您總是唸『阿彌陀佛』，『阿彌陀佛』到底是什麼意思啊？」

「人生的一切，都不能永恆存在，最終都會像灰塵一樣被吹散，離我們而去，緣生則聚，緣滅則散。

「『阿彌陀佛』的意思，則是無量光，無量壽。無量光就是空間無邊，無量壽就是時間無限。能使時空無限無邊，就能超越時空，了生脫死，就能轉迷成悟，跳出心靈撕扯疼痛的苦海，達到內心的平衡。

「該來來，該去去，本無蹤跡……卻留一朵空花，癡人，孤芳

自賞。」

　　說完這些，外婆再度頷首閉目，手執佛珠，雙手合併，口中唸道：「阿彌陀佛……」

莊生曉夢

楔子

大洋洲上有一座孤島。凱撒醫院座落在島的東邊,依山面海,景色迷人。遠遠望去,樹木花草掩映著白色樓群,是極佳的度假勝地。

初秋傍晚,天色尚明,遠山顯出夢幻般的顏色,嫣紅的晚霞在雲層上翻捲聚集,形成一幅美麗耀眼、變幻莫測的印象派畫卷。

剎那間響起急救車刺耳的笛聲,一路尖叫嗚咽,刺破了這幅寧靜祥和的景色。

門診大樓的右側是急救室通道。急救車停下,醫護人員抬著擔架,舉著氧氣瓶,急匆匆地把病人送進急救室。

燈火通明的手術室裡,醫生們正在緊張地搶救這個因車禍而生命垂危的女人。

昏迷中的麥子平躺在雪白的床單上,臉上戴著氧氣罩,手臂插了許多管子。好幾個身穿白大褂的西人醫生,正緊張地忙碌著……

此時的麥子,身邊既沒親人,也無戀人或朋友。她今夜頭腦中所有殘存的意識,都與姐姐葉子有關。

多年來,失眠困擾著麥子,常常躺在床上輾轉難眠,在靜謐安詳的夜裡,窗外蛙聲如鼓。原本,在夜朦朧、月朦朧的仲夏之夜,蛙聲是一道特有的風景。可是,對於失眠者來說,蛙聲卻是難以忍受的雜音,像把銼刀銼著她脆弱的神經。

白天,麥子在屋後廢棄的魚塘裡遍尋青蛙,試圖用過濾網做成的長柄大勺,把牠們撈起來移居別處。奇怪的是,她從未找到一星半點蛙跡,連蝌蚪也不見,卻從水草叢中翩然飛出許多蝴蝶。一到晚上,蛙們卻又冒出來,開起了音樂會。

難道青蛙在白天變成蝴蝶,蝴蝶在晚上又變回青蛙?這樣一想,麥子自覺好笑,笑自己像莊子。記得有次她去台灣,南投溪邊

的優美小鎮，民風純樸，很寫意的世外桃源。有一則民宿廣告引用
了古詞：「明月別枝驚鵲，清風半夜鳴蟬。稻花香裡說豐年，聽取
蛙聲一片。」麥子想：既有蛙又有蟬還有鵲，倒是詩情畫意，只怕
吵得一夜無眠，便沒了住此店的意願。

　　她試著用過各種方法入睡，比如數羊，數著大羊、小羊，黑
羊、白羊，不知不覺間卻滑到各種亂七八糟事情上；比如專注地讓
自己思維沉潛下去，告訴自己：要像一條鯨魚般沉入海底，黑暗無
光的海底。剛沉到要睡著的臨界點，卻忽然渾身一抖醒了過來。

　　無數次的輾轉反側，床架子「嘰嘰」地響著，被單被揉得皺巴
巴的，她仍然是睡不著。麥子茫然地從床上坐起，向著黑暗與虛無
祈禱：給我一絲安寧吧，讓我睡上幾個小時吧。

　　在一切方法都失敗之後，麥子索性不睡了，仰面躺在床上，望
向天花板。

　　小時候，她和姐姐葉子並排地躺在床上，把閣樓天花板上的木
紋或污漬，想像成各種各樣的動物或人物，再編排出各種離奇古怪
的故事，是小女孩時的姐妹常玩的遊戲。

　　葉子想像力豐富，很會編故事。一則姐姐年長麥子七歲，二則
姐姐喜歡讀書。家中積滿灰塵的樓梯間，凌亂堆放著許多書籍、雜
誌、拓印、碑帖，趙孟頫的小楷毛筆字帖，字體既剛勁又娟秀。葉
子常常對著字帖臨摹，練得一手好字。學校裡寫壁報的任務，非
葉子莫屬。雜誌中還有些電影畫報，諸如《劉三姐》、《五朵金
花》、《馬路天使》等，均是當時被禁的電影，兩姐妹半夜躲在被
窩裡看得津津有味。

　　但是，葉子最喜歡看的是《民間故事》中的神話和傳奇。

　　麥子崇拜姐姐，姐姐不但聰明、漂亮還特別會講故事，麥子常
在葉子繪聲繪色的故事中漸入夢鄉。

　　從小學到中學，麥子與姐姐上的是同一個學校，有的老師教過

葉子之後再來教麥子。麥子比較淘氣,老師會用姐姐的自律來敲打她。有次,麥子的作文被語文老師選作範文,私下裡,老師卻半玩笑半認真地問她:「是否你姐姐幫你寫的?」令麥子氣結。

從此,麥子常常感覺她的人生籠罩在姐姐的「陰影」之下。

今夜,睡眠對麥子已失卻了意義。在半昏迷中,她的潛意識裡卻感到了恐懼,怕自己就此沉入「永久的睡眠」。一切發生得猝不及防,此時她只覺得痛楚難耐。

昏迷中,麥子的靈魂與肉體分離,像一葉輕盈的羽絮,飄啊飄,飄到了一個美麗的山谷。許多華蓋巨樹、灌木藤蔓、奇花異草、珍禽鳥獸,清澈的溪流從懸崖上墜落,飛珠濺玉。麥子正納悶這是哪裡,卻看見當時與她同在車上的顧影,籠罩在一團輕薄的煙霧中,成千上萬的彩蝶撲閃著翅膀,在他身邊飛舞,在他頭頂飛舞,甚至在他腳下飛舞。顧影伸出手,蝴蝶居然就停在他掌心。麥子看得發呆,看著看著,彷彿自己也變成了蝴蝶,一會兒飛到這兒,一會兒飛到那兒,不知不覺又飄回到病房,飄浮在病床上自己軀體的側面或上面。

奇怪的是,麥子又看見了顧影。他穿西服,西服裡面的白襯衫被血染紅了。那襯衫領口緊緊地繫著領帶,勒得他滿臉通紅呼吸艱難。他不時伸手進脖子,想拉開那領帶,不管他怎樣用力,用力得整個嘴臉扭曲變形,卻是徒勞。

領口處在滲血。奇怪的是,顧影像個隱身人,穿梭在病房與醫生們中間,不時俯身來看她。飄浮的麥子對圍繞她病床的醫生喊:「救救顧影!」可人們毫無反應,既聽不到她也看不見顧影。

麥子恍然看見一個婦人,那是照片上的母親。母親臨終前,曾期望麥子姐妹:「你們要相親相愛!」事實並未如願,母親肯定怪怨她。母親不願現身,但還是來了,就在門後。

麥子努力把雙手伸向母親，祈求她的寬恕。但母親還是把自己埋在門後深深的陰影裡。

俗話說，看見死去的人到來，卻欲迎還拒，產生「陰眼」現象，如同卡在物質與精神的二元世界，掙扎在生死關口，卻將生而不得生，將死而不得死。這是六道輪迴的「中陰」界，難脫輪迴，難得解脫。

麥子不再平靜，竭斯底里發作起來，在一種幻象似的空洞裡，她叫喊道：「放我出去，放我出去……」

這個請求似乎與現在這特定的病房與時刻無關。它來自往昔，而這個往昔向她伸手，把她包圍，將她俘擄。

在她的喊叫聲中，護士來了，像飄來的一縷精靈：泛著藍光，金髮碧眼。精靈俯下身，輕拍她手臂，安撫道：「噓，噓，這就出去，我去開門。」

「我從門口出不去，我從來沒有出得去，從來沒。」

「我出不去！」麥子嗚咽著……。

麥子的魂識穿越時空，回到多年前那個雨雪之夜，孽緣之夜。麥子與亦非喝了太多太多的酒，酒精在身體與空氣中燃燒……

他倆知道闖出大禍，酒也嚇醒了。到處找不到葉子，兩人心裡急得要命：怕葉子出事。

凌晨方歸，渾身潮濕冰涼的葉子精神異常，發著高燒。葉子時而清醒時而糊塗，她握住身邊麥子的手，對麥子說：「你認識我妹妹嗎？她叫麥子，我正等她來，她會來看我的。」

麥子說：「我就是麥子，你的妹妹。」葉子驚訝而生氣地甩開手：「你這女子，不要亂說。我妹妹在很遠的中國，你不要冒充我妹妹。」

「姐，不信您問姐夫，他在裡屋。姐夫，姐夫。」麥子叫喚

道。姐夫亦非應聲推門出來，彷彿一夜間因焦慮自責而兩鬢斑白，形容憔悴。多年的夫妻，卻相見不相識。說不相識還好，糟糕的是葉子一見他就驚恐，就情緒失控。

亦非進到客廳，葉子一見到，便撲向他，揮動雙拳，破口大罵：「你這混蛋，你這無恥之徒，你為什麼要這樣對待我？」麥子趕緊上前，從後面抱住姐姐，用眼睛示意亦非離開。亦非嘆口氣，無奈地轉身進屋，把門關上。葉子依然不依不饒，掙脫麥子，用手使勁拍打房門：「開門，開門，放我出去，放我出去……」

「我必須從這兒出去。不管從哪兒都得出去，我已不愛這些人，這些地方，這些東西，我要出去……」葉子嗚咽著，像一個受到傷害而不知所措的孩子般哀訴。

焦躁不安的麥子躺在雪白的床單上，頭上戴著氧氣罩，身上插了許多管子。好幾個身穿白大褂的西人醫生，正緊張地忙碌著……

「放我出去……」葉子的嗚咽從重度昏迷的麥子口中傳出。突然間，麥子彷彿掉入一個無底的黑洞。她墜於無邊無際的黑暗悠長深巷中，她飄浮、掙扎，努力向上游走，伸出雙手，想抓牢什麼……。

此時，一位高大的主治醫生，他用心臟起搏器一次一次地試圖使麥子的心臟跳動起來；然後他又用雙手重疊在她左胸部上，用力均勻地、有節奏地按壓著……。

1

葉子蜷曲在藍色被面上，肌膚更顯白皙柔滑。她濃密的長髮散開來，遮擋在臉上。他緩緩地、溫情地進入，又如幽暗的波浪湧來，層層翻捲。

他們纏綿做愛，無休無止，地老天荒。彷彿整個真實的世俗世

界都已隱退，不復存在，天地間只有這兩具如飢似渴、磁鐵般相互吸引的男女肉體；甜美的心神交融，激烈歡暢的肉體滿足；極致的快感，彼此融化消失於對方身體之中……。

他的這處居所，臨水而建，與其說是房子，其實更像一艘船。因為從客廳窗口望出去，看不到岸，彷彿身在水中央，只有一片蔚藍浩渺的水波。它位於孤島西南端，背山面水。經過的山路盤旋起伏，路上鋪滿落葉。屋後藤蔓纏繞，一些大樹遮擋了陽光，只得一隙隙光斑漏下，使得院子裡暗淡清涼。臥室落地窗戶，也無須任何窗簾裝飾或遮擋，海上白帆點點，偶聞大貨輪悠遠的汽笛。

落地窗戶像一個畫框，鑲嵌了太平洋這幅風景畫，隨四季更迭及天氣不同，美輪美奐，變幻莫測，豐富靈動。

葉子恍若夢中，此時此地此景，酷似當時在香港淺水灣之電影重播。所不同的是，此處在南半球，彼處卻在遙遠的東半球。

當時，從香港淺水灣他的家中出來，越野車開過一段山路，再沿著曲曲彎彎的高速公路行駛，右邊是峭壁或山坡，左邊是懸崖下的驚濤駭浪。不久，視野變得較為開闊，因右邊的緩坡是一片甘蔗林，高舉的穗鬚，在海風中颯颯作響。

他把車開到路基邊的沙石地停下，從駕駛座下來，從車後面繞到右邊，為她拉開副駕座的車門。這種車身頗高，他幾乎是把她半抱下來。

他拉著葉子的手，弓身進入蔗林深處。他頗老練地選了一根上好的甘蔗，「砰」地從下半部折斷，再折斷上半部分，撕掉邊上的枯葉，再「砰」地一分為二，兩人便坐在蔗林中啃起甘蔗來。他的牙齒好，「刷刷」地撕下甘蔗皮，把白生生的蔗肉遞給葉子，再拿過她手上未撕掉皮的啃起來。葉子在國外生活多年，超市出售的甘蔗都是削好皮，裡面一小塊一小塊，用塑膠袋真空包裝的，哪有如此吃甘蔗的野趣與情趣？

　　吃完甘蔗，繼續開車前行。遠遠望見有白色別墅群，像是隱在白雲深處。越野車進入此社區，竟令葉子如若闖入畫中：靜謐得彷彿時空停滯。中間停車場零星停了幾部小車，卻不見人影，不聞人語。停好車後，沿著一道長長紫薇花覆蓋的長廊，他把葉子引向深處的噴泉花園。

　　花園周圍規則地分布著一些哥特式小房子，好像安徒生的童話世界。每棟房子的形狀完全相同，塗著相同的米白色。有一些小徑，把每棟房子分開而相隔不遙遠。每棟房子前面都有一方草坪，碧綠整齊，房前花木錯落有致，均經過精心修葺。

　　他的老姨媽，就住在這所高級養老院中。他敲響花木扶疏中一扇白色的木門，過了好一會兒，一個清瘦的老婦人開了門。她披著白色鏤空披肩，肩背因年老略顯佝僂，但慈祥親切，氣質極好。

　　老姨媽和他，幾乎同時張開雙臂。老人被魁梧的他擁入懷，更顯瘦小。他輕拍她的背，老姨媽好開心：「哦，baby，my dear baby，我就知道這幾天你會來看我……」

　　來的路上，他就告訴葉子：他母親在家中排行最小，老姨媽是他母親的大姐，幾乎是長姐當母。大姐早年嫁來香港，與先生共同經營房地產公司，也就是現在他管理的香港九龍房地產公司之前身。夫妻兩人感情極好，除了工作便是周遊世界，為享受兩人世界的甜蜜，便決定不生養孩子。先生十年前過世後，她在自己家常常睹物傷情，也乏人照顧。便搬進了這所環境幽雅、管理上乘的養老院。

　　室內有客廳、廚房、臥室和浴室，另有一間是書房兼客房。老姨媽的居所舒適整潔溫馨，看不到多餘雜物與過多裝飾。室內傢俱均是古色古香的配套系列。沙發與座椅，是由高級梨花木雕製，用酒紅色絲絨面料做成靠枕，配以流蘇。一切都很合宜主人風格，雖陳卻不舊，彷彿人與物共度久遠年代後，已兩相廝守，不能分割。

　　他進去廚房備茶。葉子環顧客廳四壁，有一些畫，大都是海景

與花草樹木。壁爐上面有一幅很大的人像油畫，吸引了葉子的注意：畫中的老先生，布滿皺紋的臉部線條剛毅，輪廓分明，畫面光線明暗有致，栩栩如生。特別是老先生的眼睛，深陷的眼窩，瞳仁中散發出的柔光，竟讓人有一種「只可意會，不可言傳」的祥和與深情。

姨媽說，這是她先生。是外甥出重金請名家所畫，作為送給她的生日禮物。有了這幅畫，她就不再孤獨。望著丈夫的眼睛，那麼一往情深，如若生前。彷彿丈夫從未遠去，他的氣息時刻環繞著她，無處不在，充滿這所房子的每個角落……。

姨媽的語調與神情營造出的氛圍，若非天色尚早，肯定會讓葉子覺得陰氣逼人，毛骨悚然。

姨媽伸出左手，細長枯瘦的手指輕柔摩挲到畫框，她其實是想摸摸丈夫的眼瞼，可是畫像太高了。葉子注意到姨媽手腕上的玉鐲，碧綠晶瑩，玲瓏剔透。特別是鐲子上有一小朵金色的夕顏：這種夜間開放，黎明閉合，悄然含英的花朵，令葉子想到易碎易逝的美好，暮光中永不散去的容顏，生命中永不丟失的溫暖。

葉子情不自禁讚嘆：「阿姨，您這隻玉鐲，真是太美了！」

聽到葉子誇讚手鐲，姨媽的臉竟像戀愛中的女人，害羞似的紅潤起來。她告訴葉子，玉鐲是幾十年前丈夫給她的定情物。玉諧音「遇」，是緣分註定的天作之合，寓意相愛永無止境。

姨媽說：「今天你一來，我就直覺，你是我外甥生命中最重要的女子。玉與人，和人與人一樣，都是有緣的。我已年邁體衰，來日無多，走之前，我會摘下來，囑咐外甥，把這隻玉鐲轉送給你。」

葉子趕緊說：「阿姨，這麼貴重的東西，您不要這樣。」

姨媽堅持道：「這是我願意的！玉鐲的寓意和象徵性，反映的是美麗與華貴。它是一種紀念，一種信物，一種情感的莊重體驗。

玉鐲原本成雙，卻被人偷走一隻，」姨媽嘆息似的搖了搖頭，「餘下的這隻，就算是老姨媽對你們兩人，感情與緣分的祝福。但不管你們今後如何，也可作為你與他，這一段私密感情的寄託與存放。」

姨媽接著說：「唐朝著名詩人李義山，其〈錦瑟〉中有這麼兩句：『莊生曉夢迷蝴蝶，望帝春心託杜鵑。』即使是入道的莊子、地位顯赫的王孫，也無法擺脫情感的牽絆，又有誰能真正做到忘情忘愛？」

此時，他托著茶盤出來，聽姨媽提到這首詩，便接口說：「〈錦瑟〉，也是我的最愛。」

他一邊斟茶給每個人，一邊吟道：「錦瑟無端五十弦，一弦一柱思華年。莊生曉夢迷蝴蝶，望帝春心託杜鵑。滄海月明珠有淚，藍田日暖玉生煙。此情可待成追憶，只是當時已惘然。」

葉子嘆道：「到底是莊生夢蝶，還是蝶夢莊生？好詩只能意會，不可言傳。多少感慨，多少辛酸；人生如夢，夢如人生，古人、今人同思同感呀！」

說到此，氣氛變得有一點傷感。葉子凝視窗外，轉移話題，笑道：「阿姨，您這裡太美了，真是人間仙景。彷彿與世隔絕，也隔斷了塵世的諸多憂愁煩惱。我都想待下來，與您住在一起，不走了。」

姨媽說：「傻孩子，姨媽也想你留下，想這美好的時光停駐。姨媽老了，可你還年輕，你還需要去積累經歷，經歷這世界上的許多人和事。人生的經歷與體驗也是生命中至為重要的財富。」

那天傍晚，與老姨媽相擁道別後，走出一段路，一回頭，老人依然佇立在門口，目送著他們。

葉子從回憶中醒來。他說：「我帶你去一間法式餐館晚餐，保

準你喜歡。」兩人出門，他開著車進入孤島的某片住宅區，停在一幢西班牙式的小房子附近。葉子好奇，餐館照理開在商業區，這裡卻像是居家的小別墅。進入餐廳，頭頂是黑色水晶吊燈，腳下踩著櫻桃木製地板，老舊但有特色的磚牆，看似隨意，卻是不著痕跡的用心設計。內部空間不大，最多容納二十來人。可不但沒讓人有逼促感，反倒是有種家庭式的隨意溫馨。用餐環境輕鬆，客人也不用穿得很正式。

他告訴葉子，這家餐廳非常注重食物的調味、新鮮、口感、搭配和美觀，可說每道菜都是精品。他們前菜點了鵝肝，主食是鴨胸和普羅旺斯紅酒燉牛肉。菜肴香醇美味，甜點更是驚豔。兩人胃口很好，談興也濃。葉子說：「這兒的情調，倒令我想起莫泊桑的小說《蠅》，據說小說中的法國餐館『偷情餐廳』，至今仍屹立於塞納河畔，走進去恍如時光倒流，旖旎中隱藏著神祕，加上環境窄小，正是偷情的氛圍。」他笑著接口說：「只要你喜歡，總有一天，我肯定會帶你去的。」

他又說：「你記得嗎？小說中還有這樣的描寫：『偷情餐廳』的包廂裡，鏡子均有被刮花的痕跡。因當年幽會用餐後，男士會送情人一枚閃亮的鑽戒，女士戴上後，會將戒指往鏡子上刮，以辨明鑽石的真偽。」

葉子玩笑說：「到時我正好把指上的這枚鑽戒，也往包間的鏡子上刮一刮？」

葉子很晚才回到孤島北邊自己的家。第二天早上，葉子醒來，身上竟像灌了鉛似的沉重，原來昨天太過激情，所有力氣用盡。她從被窩裡欠身，卻又酸軟得倒了回去。

幸好今天週末，不用上班，不然真的好難過。葉子在心裡慶幸。她伸手從床頭櫃拿來手提電腦，斜靠枕上，在郵箱留言視窗寫道：「身上酸痛，不想起床。」

葉子想撒撒嬌，看對方怎麼安慰自己。過了好一陣，視窗上回覆道：「好好休息。」便沒了下文。

整天，葉子似乎都在盼著什麼。他總是忙，可是卻忙到沒時間多寫幾句話？葉子心裡有點悶悶的。

葉子平時很少表露情緒化的需索。她個性中也有桀驁的成分，不喜歡粘連依附的關係，更願意隨性自在，安之若素。

兩人若在一起，便盡享甜蜜快樂；不在一起，便保持獨立自我。彼此牽掛而不糾纏，隨緣自在。

從最初開始的時候，就要竭力控制愛的火苗，若難於控制，就等待，等待愛火燒得再也燒不起來。

當「瘋癲」的發作正處於頂峰時，就要等待它自己去消退。要想在它發作正盛時制止它，往往是枉費精力的。

激情易逝，溫情持久。葉子很懂得這些道理。

可葉子今天怎麼了，連她自己都覺得奇怪？

昨晚，他告訴葉子，老姨媽仙逝了。他此次回孤島之前，已在香港安頓完老人的後事，遺產處理及捐贈等諸多事宜。他點燃香煙，在嫋嫋輕霧中，陷入緬懷。

與慈祥的姨媽在一起的時光，清晰如若昨天，怎麼就已天人永隔？葉子心裡溢滿傷感。葉子也想問他：那隻玉鐲呢，玉鐲去了哪裡？但又怕一旦問出，顯得自己小家子氣。

她並非想要那隻玉鐲，只是想弄清楚去處。正如老人所說：玉與人是講緣分的。姨媽當時是要以玉鐲，做他與葉子信物的。

他曾送給葉子紅寶石項墜、白金項鍊、鑽石戒指等禮物，他說之前從未送給其他女人首飾。她是他迄今為止遇到的最好女人。他繾綣地傾訴愛悅戀慕，從容不迫遞進，循入生命最幽暗的中心……

葉子每次聽到他那種有魅力的奉承，就會像夏娃在極樂園中聽

到蛇引誘她的聲音一樣。畢竟，愛意是首先經由耳朵，再到達心臟的。讓她覺得自己是世界上最美好的女人，正處於宇宙的中心。

他一直說：「我早已對愛情失了信心，卻不料如此幸運，今生能遇到你！遇到你，我才知這世上真的有愛情，真的有好女人，只是看自己是否有運氣碰到。」

葉子說：「你這麼好的男人，是上天垂憐，才讓你遇見我，派我來安慰你。而且我這麼好的女人，若不給你這麼好的男人，也挺可惜的。」

他說：「不見得！我以前並非對每個女人都好，只是遇上了好女人，自己好的一面才展現出來，不好的一面得以退隱。」

他是個企業家，也曾經是個浪子！

他們常玩的遊戲：在臥室的落地鏡前照來照去。鏡中的兩個人，看上去很登對。一個是女人中的女人，那如夢似幻的淺笑，低眉嬌羞的嫵媚，溫柔得像一朵馥郁的花兒，暗香浮動，脈脈含情。沒有比此時此刻，性之欲火輕柔地浮上臉龐時更美的容顏。一個是男人中的男人，健壯的身板，完美的二頭肌，剽悍陽剛，俠骨柔情。此時的他，身體與靈魂都充滿活力與旺盛的生命力。

他的身體有種粗獷的成分，撩撥她天性中那種單純的情懷，令她感到一種痛苦的快感。高品質的性愛通常是緣分和造化，刻意不得。

葉子覺得，他就像《一千零一夜》故事中，那強悍的海盜船長，把她從丈夫處擄了來，時光流逝，自己卻不願被「救贖」了。肉體的快樂既天真無邪，又令人暢快。

2

葉子與丈夫亦非已很長時間不做愛了。

葉子像是得了一種怪病，當丈夫的身體從上面覆蓋她，皮膚接

觸摩擦到她小腹，她的腹部便莫名其妙地癢起來，癢得極不舒服且想發笑。葉子不得不試圖用手掌隔開肌膚的摩擦。可想而知，事情往往虎頭豹尾，草草收場。

看來男女之愛確是雙重的，它既是肉體的，又是精神的。葉子知道是自己的情緒參與了進來，阻礙了性中的溫情歡愉與和諧。

性經驗與快感，其實都屬於心智的活動，即使看起來像是發生在肉體上。即使就快感而言，純粹肉體性質的快感也是十分有限的，差不多也是雷同的，情感的投入才使得快感變得獨特而豐富。最難忘的性愛經驗一定是發生在兩人都充滿激情的場合。

葉子與丈夫亦非有過激情。特別是若干年前，亦非離家，遠涉重洋去孤島，兩人都意識到不是小別。葉子陪同送別丈夫到廣州。

在外出辦事和應酬的來回車上，他倆總是坐在後座，雙手緊緊交握，難捨難分。

回到旅店，用鑰匙打開房門，亦非便用腳後跟踹上門，把葉子拉進懷裡，抵在門上，或是桌旁的椅子上……他們迫不及待，瘋狂做愛。就像將被斷食之人，而暴飲暴食。

葉子送別亦非去廣州白雲機場。深秋的清晨，街道空曠，車輛稀少，枯黃的落葉散落地上，車行處，風捲起的黃葉在車窗邊枯蝶般翻飛，然不知所終……。

葉子目送亦非排隊通過了安檢通道，亦非穿上鞋繫好皮帶，轉過身來踮著腳，用目光搜索到通道那頭人群中的葉子，他高舉雙手揮舞道別，然拖著隨身行李箱，肩背沉甸甸挎包，留給葉子一個躊躇志滿、行色匆匆的背影……。

亦非登上飛往孤島的波音七四七客機。飛機向東飛去，太陽西行，機艙外的白天便格外短暫，很快就進入夜晚了。電視上正播放橄欖球比賽，亦非座位上的小電視，不時出現飛機的速度、位置等圖示。飛機飛越在浩瀚的太平洋上，過了斐濟等群島，太陽出來

時，孤島島嶼已遙遙在望了。經過十幾個小時的航程，當地時間上午九點三十分，波音飛機降落在孤島地區的奧克蘭國際機場。

從奧克蘭國際機場出來，便有接駁車開去奧克蘭輪渡碼頭，去孤島的輪渡，約十五分鐘一班，航程僅半小時。

孤島風景秀麗，三面環海，氣候宜人。島上居住著大約一萬名常駐人口。孤島文化多元，是個吸引作家、藝術家之地。畫家亦非是被孤島國立大學聘為簽約教授，教授當代繪畫與雕塑。

在孤島地勢較高處，可遠眺眾多美麗的海灘、酒莊、橄欖樹園、藝術館，以及星羅棋布在海邊寧靜的小鎮。

亦非給葉子寫信：「孤島太美了！我一定努力打拚，爭取早日接你出來。」

充滿希望又無望的漫長日子，一天一天過去，一週一週過去，一月一月過去……已近三年，亦非還沒能接葉子出國團聚。

有一天，葉子接到個神祕電話，對方說是亦非的大學同學，從香港業務出差此地，想來看看葉子。葉子問他名字，他卻只說是他認識亦非，兩人同級不同系，亦非並不一定記得他，而他倆有一共同的大學好友顧影。

他來了，一個外表粗獷的陌生男子。他穿著泛白的牛仔褲和玄色短皮夾克，足蹬旅遊鞋。一副風塵僕僕，隨時行走在路上的感覺。

他說以前見過葉子：有次葉子去學校探望亦非，晚上顧影約了一幫好友在校外簡陋的小酒館聚會聊天，其中就有他。當亦非推門進來，亦非身後的葉子令他驚若天人。當晚藉著酒勁，他主動上前與葉子搭訕，聊天中還給了葉子自己的姓名、班級、聯繫地址等。此時，他問葉子是否記得，可葉子毫無印象。在葉子的生活中，獻殷勤、寫情書的男士不少，甜言蜜語，輕諾如風，葉子哪裡記得這許多？

他告訴葉子，自己未婚妻現在國外，出國前偷走了他家的一件

『寶貝』。出國後隱姓換名，連年齡也改小了好幾歲。經他多方打探，現證實未婚妻在孤島與一男人同居。

他來的目的之一，是要告訴葉子：與他未婚妻同居的男人，就是亦非！而他未婚妻，曾是他們大學低年級女生，也曾為亦非前女友，看來他們舊情復燃。

說起自己未婚妻，這男人眉宇緊蹙，神情間充滿盡力壓抑的痛苦與憤懣。他雙手捂在右腰間，臉色泛青，肝部不舒服起來。

葉子為他端來一杯溫開水，讓他平息下情緒。看到外表這麼陽剛的男子漢，內心也如此脆弱，也會為情所傷，葉子心有戚戚焉：世間最厲害的武功，看來都不如一個「情」字，傷人更甚。

此時的葉子，心裡也是翻江倒海，五味雜陳。但她強裝鎮靜，並未在他面前流露。反而好言相勸：「既然如此，看來你與她並無夫妻緣。你若為此事惱氣，氣壞了身體，便是用別人的錯誤來懲罰自己。天下何處無芳草，保重身體最重要。況且，在事情無確鑿證據時，不要瞎猜疑與輕易下結論。正所謂莊周夢蝶，因為我們聽到的、想到的，甚至看到的，往往並不真實。」

「葉子是個好女人！」他真心讚嘆道。他感到不虛此行，今天與葉子的接觸與交談，令他瞭解葉子的聰慧、善解人意、善悟事物的真諦以及對事情理解的深刻。他的讚嘆像在下結論，像對第三者說，聽起來有點奇怪。可能這是他獨特的說話方式吧，葉子心想。

他說：「亦非不願辦理你出國；若你願意去香港的話，不管是旅遊、工作還是定居，我都會全力為你提供幫助。」他遞給葉子一張名片：「這是我在香港新成立的房地產公司，上面有姓名、地址、電話等信息，希望你隨時聯繫我，我們能在香港見面！」

葉子與他握手道別，囑他愛惜身體，祝他事業成功。他雙手回握，再次讚嘆：「葉子是個好女人！」

好女人葉子並沒把他的名片當回事，隨手放入抽屜後便忘了。她

壓根兒就沒打算與他聯繫，更沒想過要與他香港重逢。她只是把他的建議當好心與客套話，認為彼此萍水相逢，不久也就相忘於江湖。

後來葉子到了孤島，夫妻重聚。亦非否認與前女友有染，是那男人張冠李戴，亂點了鴛鴦譜。亦非一面之詞的辯解，聽起來空洞蒼白，並不能完全消除葉子的疑慮，抹去葉子心裡的陰影。

同樣，近三年的分離，葉子這三年的歷史，對亦非說來也是空白。在出國潮與情人潮交相澎湃的九十年代，留守女士是城市最獨特的風景，最脆弱的防線。不管怎樣，人們總會說點什麼。難免，亦非也從國內曾經的工作及生活圈子，聽到不少小道消息閒言碎語。亦非對葉子，心中便有了千千結。

葉子剛來孤島，語言不通，她每天上午去孤島社區大學學習英文。因在國內堅持自學，葉子英文進步較快，半年後她開始學習專業的會計課程。幾年後她拿到會計學學位，進入會計師事務所工作。工作並不輕鬆，加班熬夜是常有的事。

最初的幾年，葉子上學之餘，能找到的都是非常辛苦、低收入的工作。她做過學校清潔工、超市收銀員、臨時保姆等等。

經朋友介紹，葉子週末去一家西餐館打工。試工那天，她下巴士後走錯路，好不容易才找到那家餐館。因葉子長相柔弱，老闆娘表現出明顯的失望，勉強說道：「先試試吧，能做則做，要不就算了。」

葉子的工作是洗滌堆積如山的一筐筐盤碗、打果汁、切洋蔥，忙得要命。餐館打烊後，還要把大而重的垃圾桶拖出去倒掉，一塊塊很重的廚房塑膠墊拿出去沖洗……第二天葉子全身散架似的酸痛，手也腫得握不上，但仍咬緊牙關，一聲不吭。第一個週末做下來，得到老闆夫妻一致讚賞，說看不出葉子如此吃苦耐勞。

葉子的一週七天，排得很滿。工作、生活、學習十分繁忙，沒時間休息與娛樂。身體的勞累尚可忍受，精神的枷鎖卻實難解脫。

　　曾經，他倆是人見人羨、被譽為郎才女貌的恩愛夫妻。亦非也為此自豪與驕傲。他最在意的是人們的看法，最受用的也是別人的誇讚與羨慕。可現在每次回國，卻總會聽到關於葉子的流言蜚語，身邊親朋好友也曖昧不明地說三道四，令他又煩躁又羞怒。問題是：他並沒有維護自己老婆，當面斥責傳謠之人。相反，卻刨根問底，想要挖出葉子更多「祕密」來。這樣無疑助長了那些嚼舌根者的積極性與創造性。

　　亦非心裡極端不平衡，自視甚高的藝術家才子，卻因了葉子「行為不檢」而遭人恥笑。彷彿是對他功成名就的否定與諷刺。況且，那三年自己在孤島省吃儉用、頑強拚搏，多不容易啊。

　　孤島國立大學的簽約期滿後，沒有了合法身份，亦非只能四處偷偷零星打工，幹著最苦的工作，掙最少的薪水。窮得租不起房子，只能借住別人客廳的沙發。將每個月的生活費，控制在兩百紐幣之內，其中還包括給葉子打國際長途的電話費。常常懷揣幾個烤土豆（馬鈴薯），步行五十分鐘去上班，僅靠這幾個土豆度過漫長辛苦的一天。

　　夜晚下班，路過麥當勞店外，好多次想進去買個熱乎乎、肉汁飽滿的大漢堡，可都強忍住。三十多歲的大男人，透過麥當勞燈火通明的窗口望進去，竟有點像「賣火柴的小女孩」。

　　亦非的賬戶中雖也存著一點錢，但不到萬不得已，不會動用。就想節省每一個銅板，早日接妻子出國團聚。

　　可是，留守在國內的妻子卻流言四起？亦非很想搞個清楚，這三年中，妻子到底發生過什麼事，接觸過什麼人，這個人對自己家庭的危害？

　　亦非常常為此煩惱得雙眉緊鎖，頭痛欲裂。夫婦倆一旦發生爭執，不管是家中柴米油鹽、日常瑣屑，亦非都會把話題扯到那三年。比如，身為藝術家的亦非，不拘小節，總是把顏料盤、畫筆、

抹布等扔在廚房洗碗池裡洗，葉子便生氣道：「我們洗碗、洗菜、洗肉都在這個水池，你那些各色顏料均是有毒性的化學物質，抹巾既抹畫又抹地多髒呀。你為什麼不肯在衛生間水池洗？真是屢教不改！」亦非馬上被激怒：「為什麼我在自己家裡做一點事，總是動輒得咎？你要怎麼樣嘛？你是因為那三年，在國內對誰有了感情？所以才這樣對待我，動不動發脾氣！」

到了孤島，由於一些日常小事引發的爭吵，亦非總會把話題扯到過去三年：「某天你早出晚回，難道你不是去約會某個人？還有次是上班時間，我打電話去你辦公室，你卻不在。後來說是外出辦理業務，誰知是真是假？有天晚上你告訴我在加班，回到家我卻看你臉色神態不正常⋯⋯」

諸如此類的懷疑質問，葉子開始還解釋辯白，慢慢地已無話可說，煩不勝煩，內心氣惱卻無可奈何。

總之，彷彿所有的矛盾衝突都是因為那三年。他常常旁敲側擊，話中有話。他逼迫葉子坦白那三年在國內的情感經歷，包括所有的細節。

葉子每次看到亦非「心如刀絞」般糾結，都非常地擔心。亦非那麼計較，是否出於對自己的愛與在乎？葉子便陷入深深的自責內疚；雖說自己沒做錯什麼，但流言蜚語顯然對他造成了傷害，彷彿是自己也有錯。葉子是那種忍辱負重、很善於把不是自己的錯誤加諸於自身的「傻女人」！

正所謂：「愛之深，恨之切。」他們為分離中「不清不白」的三年，互相懷疑、爭吵、傷害、內疚、自責、道歉、抱頭痛哭⋯⋯

葉子心裡像塞滿了亂麻，她只能用「內心的痛苦」來形容。她愈來愈意識到：多年來，自己一直在受精神折磨！因為他愛她，所以他痛苦，痛苦使人自私，使人狹隘，並且反過來把這痛苦加諸在葉子身上。

「你到底要我『交代』什麼嘛？我一個留守女人，又不是生活在真空，追求是別人的權利，又不是我的錯。況且，生活在人群中，人們總會說點什麼。若不說誰追求我、我愛上誰，或我與誰有染，便會說我沒魅力、性冷淡，更糟糕的，還可能被說成同性戀。你為什麼總是自尋煩惱，『天下本無事，庸人自擾之』。另有個成語叫『疑人盜斧』，那人的斧子不見了，左看右看鄰居都像小偷。當他自己找到斧了，便左看右看鄰居都不像小偷了。你說說自己像不像這個疑神疑鬼的人？

「況且，凡是人都有尊嚴與私人空間，都有內在的自我與獨處的時候，即使是夫妻之間，也不容干擾。你卻總想給我洗腦，讓我覺得，你作為藝術家，所有的情感經歷都是美好的、詩意的、人性的。反之，別人的情感經歷都是自私的、醜陋的、可恥的。我沒拿你和前女友之事，與你糾纏不休，你卻一直對我『相煎太急』。這麼多年，你真是欺人太甚了！」

葉子終於忍無可忍。

亦非的偏頗還在於：他說自己與前女友清白無辜，葉子就應該相信也必須相信。而葉子的話，他卻一點也不信，總要一遍一遍翻出來，長年累月地敲打葉子。葉子真想仰天長嘯，我即使是犯人，坐了這麼多年牢也該刑滿釋放了，何況我還任勞任怨在為這個家付出。他為什麼不活在當下，總在翻那三年的「不清白」的老賬，這樣的日子何時到頭啊？

這心中的千千結，只有愈扯愈亂，愈扯愈長，終究是一團更紛亂、更纏繞、更理不清的亂麻……。

久而久之，葉子像得了性冷淡。嚴重時，每當亦非挨近她，她會像刺蝟般蜷縮，身體裡的每個毛孔都在拒絕。她曉得，小腹發癢，是身體不想做愛的過敏反應。

3

麥子出國，是由姐姐葉子夫婦一手操辦的。

姐妹倆年齡相差七歲，她們的媽媽生麥子後得了產褥熱。由於當時沒經驗，未得到足夠重視，以為是感冒所致高燒。不幸當感染的血栓脫落進入血循環，引起大量細菌進入並繁殖，產婦不久便死於敗血症。

葉子愛媽媽，她是媽媽的心頭肉。病榻上奄奄一息的媽媽拉著葉子的小手，把這小手放在懷中嬰兒的小身體上：「葉子，這是你的妹妹麥子。你要好好愛她，你們一定要相親相愛！」

媽媽不在了，葉子亦姐亦母，令麥子十分依賴。麥子從小像個尾巴跟著姐姐葉子。姐姐與同學或朋友玩耍也帶著她，大家頗喜歡這個小妹妹，喜歡逗她玩兒。

姐姐喜歡讀書，小學課餘常用自己零花錢在小人書鋪看書，看了好多連環畫。除了《瓜秧的祕密》、《雷鋒的故事》、《董存瑞》等，還有《梁山伯與祝英台》、《尤三姐》、《西遊記》、《三國演義》等等。

開書鋪的女子生得濃眉大眼，一頭自然卷曲的長髮黑亮豐沛，可她是個拐子，因小兒麻痺症。她每天早上跛著腳，把這間離家不遠，城中心東大街的店面門板一張張卸下來，把頭天看亂了的小人書，分門別類整理擺放整齊。她便拖長著一條病腿，把拐杖斜靠在腳邊，坐在櫃檯後的椅子上織起毛線來。

她在家排行最小，大家叫她小夭。如果不是腿拐，她其實非常健康、漂亮，像一頭發育較早而健美的小母獸。小夭愛漂亮，手巧，鬼點子又多。所以葉子教妹妹識字：「她的名字叫『小妖』。」姐姐葉子故意把那「妖」字，寫得張牙舞爪。令麥子愈發

覺得小妖像是被施了魔法的古靈精怪。

　　小妖家與葉子家同住大雜院，從小在一起玩。小妖住在院盡頭她家陰暗狹窄的閣樓上。小妖有個鰥夫乾爹，是本地京劇團有名的花臉，姓「伍」，街坊叫他「五花臉」，原名倒少有人知。五花臉會算命，小妖有時也學著神神叨叨的。

　　有次出於好奇與好玩，幾個女孩聚在小妖昏暗的小屋中，小妖便像個女巫，拿著紙牌煞有介事給大家算命。輪到葉子與麥子，小妖把兩副紙牌排列組合，翻來覆去好久，說道：「既生瑜，何生亮（這句台詞，怕是常從她唱《草船借箭》的乾爹處學來的），算來你姐妹倆，命中相剋！」

　　麥子人小，不大懂這文謅謅的語言。可葉子一聽就生氣了，罵小妖胡說八道：「自己沒妹妹，出於嫉妒，故意破壞我們姐妹感情。」

　　小妖辯解：「又不是我說的，是命說的。」

　　葉子便罵她真是個巫婆妖怪！

　　兩人為此大吵一架，嚴重影響了彼此友誼。好在女孩間總有許多共同語言，不久也就忘記此事，又玩在了一起。

　　小妖比葉子年長兩三歲，因家貧腿殘，小學畢業後，便輟學守起了書鋪。出於友情，小妖常常給葉子優惠，少付錢，且多看一兩本書。而那節省下的二分錢，葉子則給妹妹麥子買了「光板板」（無單獨包裝紙的）硬糖。讓麥子坐在書鋪長條凳的那頭吃。麥子一邊吃糖一邊看街景，不時咬半顆糖來，塞在專心看書的姐姐嘴裡。

　　上中學後，姐姐葉子的作文常常被語文老師選做範文，油印出來發給同學們學習。看來，葉子表現出的文學潛力，怕是與小妖曾經友情的慷慨分不開吧。

姐姐葉子出國了，麥子在信中寫道：

「姐姐，你我雖在不同的國度，天各一方，但命中註定的是你我的姐妹情緣，難以割捨的是你我的心心相連，剪不斷的牽掛，隨時間與時空的變遷，愈來愈濃。

小時候，我常搶你的東西，但你總是讓著我。有次，你用攢了很久的零花錢，買到那隻心愛的蝴蝶髮卡。我吵著要，你不捨得給，我賴在地上耍起潑來。你好說歹說，哄我趴在你背上，要背我回家。可我竟像個小野獸，在你右肩狠狠地咬了一口。你痛得尖叫起來，流了好多血。至今肩上還有印跡。想來我多麼任性不懂事啊。

晚上，你依舊給我講故事。你會把我扮成白雪公主，扮成過家家的新娘子，我們兩個在樓上的繃子床上蹦著跳著，瘋瘋癲癲。這童年裡的一點一滴，直到如今還記憶猶新。

在我心裡一直記得，你帶我長大的日日夜夜，你的寵愛與寬容，我們倆在一起的快樂時光。想你，我親愛的姐姐，願你在遠方平安幸福……」

麥子厭倦國內的生活。她彷彿看得到自己的未來，與同事在有限的空間裡，為了彼此的一點小利益，營營苟苟地相互爭吵、纏鬥。生活只不過是無盡的日常，重複與操勞。但人們沒有選擇，只能被動地接受。像接受四季循環一般地接受。生活雖然有所保障，但沒有自由卻令人窒息。麥子活躍的性格，被鎖在重門之後。內心的激情，神祕的本能，令她靈魂焦躁不安……加上前一段日子無疾而終的戀情，麥子常常寫信給姐姐傾吐自己的鬱悶。

姐姐葉子，也曾對自己的人生心有倦意，十年如一年，一年如一月，一月如一週，一生便如一天了。人生苦短，時間無多，應該

用來做有意義的事，增加生命的密度和濃度。所以葉子頗能理解妹妹的感受，加之妹妹從小就被帶在自己身邊，如今卻海天相隔，免不了牽掛惦念。葉子夫妻便積極地辦理麥子出國。

到了約定簽證的那天，麥子起了個大早，等她趕到領事館，發現已排了長隊。看得出，隊伍中的人們既充滿期待又忐忑不安，麥子也不例外。此時每個人的命運，完完全全是掌握在簽證官手裡。即使所有文件完備齊全，那枚簽證大印是否蓋上護照，全憑運氣。辦完出來的人，從他們的表情，便可知事情成敗，有人興高采烈，也有人垂頭喪氣。

隊伍行進得很慢，時間已過午，夏天的太陽當頭照下，愈來愈毒。麥子沒帶水，又熱又渴，快要中暑的感覺。好在不久就輪到了她，簽證官是個和氣的白人老頭，麥子遞上自己的有效護照、出國邀請函、經濟擔保書等必需文件材料，還額外遞交了邀請人亦非的繪畫作品與葉子的散文集。麥子運氣不錯，很順利得到簽證。不久來到了孤島。

在這個美麗的孤島上，人們的休閒活動，大都是較孤立，獨自完成的海灘文化與親近大自然：衝浪、潛水、游泳、日光浴、划橡皮艇；也有人騎山地車、徒步跋涉、滑翔、開私人飛機等等。並不像國人喜歡紮堆，一起吃喝玩耍。

出國的短暫新鮮感過後，麥子卻不大適應。因在國內熱鬧慣了，一下子面對國外無邊無際的清靜寂寥。而且從小是被姐姐照顧長大，獨立生活能力較差。姐姐葉子在上學、打工之餘，仍像在國內一樣，幫麥子洗衣、做飯。怕她孤寂，自己沒空，便讓丈夫亦非寫生時，帶她到海邊散步散心。

公寓背後，穿過一片小樹林，走路約十幾分鐘便見大海。岸邊怪石嶙峋，蒼松枯木；海浪擊打著岩壁，發出巨大的聲響；眾多海鳥飛來飛去，難見人蹤。此處風景絕佳，卻寂寞荒涼，很像電影

《蝴蝶夢》中的海岸。

他們下到平緩的沙灘，浩瀚的太平洋波濤湧動，席捲而來的海潮一浪接一浪，急湧上來，再緩緩退下，在沙灘上留下無數海藻、海帶、小貝殼、碎珊瑚。麥子捲高了褲管，歡叫著，前前後後追逐海浪，又撿拾了許多可愛的小玩意兒。

麥子說好想念中餐。亦非聽了，就用沙灘上的沙子，捏出滿漢全席的造型。肉有肉的樣子，魚有魚的樣子。惟妙惟肖，麥子在一邊叫好。

亦非開玩笑道：「看你這麼饞，冷盤等頭抬就不上了，咱直接上主菜吧，蒸羊羔兒、蒸熊掌、蒸鹿尾兒……」

麥子笑道：「要等你一盤盤捏出來，急都被你急死了。別淨上這些虛的，來點實際的吧。」

亦非說：「好嘞！香腸、熏雞、扣肉、栗子鴨、燜黃鱔、鍋燒鯉魚、醋溜肉片兒……」

兩人坐在「滿漢全席」沙地旁精神會餐。亦非若有所思：「你姐最愛吃扣肉、栗子鴨。」

麥子說：「那我不吃，你也不准吃，留著打包給我姐。」

常常，麥子嫌這裡的人衣著單調，不像自己在國內，上午穿這套，下午換那套。正在作畫的亦非便讓麥子牽開裙襬，隨手在她衣角描朵蓮葉田田的荷花，或在後背繪兩隻蹁躚蝴蝶……麥子穿出門，不時引得西人讚賞：「I like your dress, It is pretty!（我喜歡你的裙子，好漂亮！）」

作為一個藝術家，亦非在大學裡的簽約工作並不穩定，且在攻讀傳媒學學位。葉子是家中重要經濟來源，除了房租、水電、車輛保險、醫療保險以及日常各項生活開支，還要支助亦非昂貴學費。葉子非常忙碌辛勞，每天下班回家，已累到極限，第二天早上鬧鐘一響，不管身上肌肉如何酸痛，仍然擰緊發條，開始新的一天。

　　葉子不敢休息，甚至不敢生病。有天清早，她出門下台階時拐了下右腳，痛得抱著腳坐在地上，好久才緩過勁來。自己的身體怎樣她從不擔心，她心裡擔心得要命的是怕幹不了活，她肩上挑著這個家的重擔啊。在國外，首先面對的是生存的壓力。所謂自由世界，既沒人領導你，也沒人為你安排。不管曾在國內怎樣的名氣與成就，照樣從零開始，白手起家。葉子的堅韌、吃苦耐勞、克己隱忍，多年後連她自己也感覺驚訝。

　　難得的假日，葉子在家休息。亦非便用摩托車後座載了麥子，麥子戴上頭盔，雙手環繞亦非腰間。亦非左腳撐地，右腳使勁踩踏油門，摩托轟鳴，風馳電掣。海風吹舞著麥子的長髮，在她臉頰上撩來撩去，麥子不敢騰出手來，便不時在亦非後背蹭一下亂髮。

　　他們來到附近小鎮，麥子很喜歡這種異國情調：街道旁是一幢幢漆成各種顏色、風格各異的小房子，式樣可愛，色澤明亮。與《安徒生童話》中的圖畫一模一樣。麥子感嘆：「不出國不知道，原來現實中確實存在童話般的仙境！」

　　他們在白色帳篷搭成的農夫市場買水果、蔬菜後，便在街邊咖啡座閒坐。麗日藍天，不一會兒，陽光就透過皮膚，通過血液傳遍了全身。

　　亦非不經意地聊起與葉子的恩恩怨怨、矛盾與衝突。麥子驚訝以前在國內志得意滿的青年才俊亦非，如今變得消沉頹廢。亦非緊皺雙眉，聊到對葉子的情到深處，為情所傷，幾度哽咽又強嚥回去。常言「男兒有淚不輕彈」，麥子知道，亦非心裡充滿的煩惱，就像漩渦找不到出口，濃煙無處消散，蜷曲著身體的疼痛……。

　　同是天涯淪落人，麥子也為情所困。她癡戀的顧影，來去無蹤。現在雖同在國外，卻咫尺天涯，難得相見。

　　他們相識於家庭聚會。聚會中，顧影信步到主人亦非家陽台，聽到斷續且生澀的鋼琴曲〈獻給愛麗絲〉，他循聲而去，卻是一間

空房。

　　房中空洞無物，只有一架鋼琴。他走進去，才看見隱在鋼琴後，琴凳上的女子：一襲白裙，纖弱嬌小，未施粉黛。雖算不得美豔，卻如清水芙蓉，令人心曠神怡。琴凳邊上，擺放著一本書。

　　她是葉子的妹妹，任性自我又嬌憨可愛。這個週末，姐姐姐夫邀朋友們來家，算是出國前的告別聚會。與姐姐的別緒離愁，令她心中不爽，便躲入琴房邊看書邊亂彈琴。

　　亦非三年前獨自去了孤島打拚，如今拚到了夫妻倆的綠卡。此次回來辦理完所有移民手續，訂好了機票，家中大部分物件也已收拾打包，處理停當。

　　顧影是亦非的大學死黨，當年在學生宿舍睡上下鋪，兩人常常交流約會體驗。

　　八十年代初，顧影便留學孤島附近的紐西蘭。在紐西蘭的十多年裡，顧影曾做過當地華文媒體的記者、編輯等，後改行保險經紀行業，如今是保險業事業有成的百萬經紀。此次回國探親訪友，參加亦非家庭聚會，與亦非交換了在國外的地址和電話。想到多年好友，以後將同在相鄰的異國他鄉，心中多了一份歡喜溫暖與期盼。

　　「我來教你吧。」顧影嘴裡叼著雪茄，筆挺的深色西褲，雪白襯衫外是深色西服背心。他看上去成熟老練，中等身材，略微發福。

　　麥子立起身，裙襬把書掃落地板上。顧影彎腰拾起，發現是《英兒》。此書正風靡，是有關一個詩人與兩個女人在激流島的故事。後來詩人殺妻自縊。

　　麥子欣賞此書文字的清新脫俗，喜歡故事營造的浪漫氛圍，崇拜詩人的才華橫溢。麥子癡迷《英兒》，曾與姐姐姐夫討論此書。可姐夫亦非厭惡那詩人，評價道：「再有才華與名氣，他也是殺人犯！」

　　顧影在琴凳坐下。他的指尖在琴鍵上時而沉穩時而跳躍，顯然

是訓練有素。節奏時慢時快，音符在不斷地變動著，兩人的心情也隨著旋律由喜至悲，又從悲到喜，反覆交錯。

接下來的曲調很安詳，讓人覺得世間的一切多麼美好溫馨，處處洋溢著花香與歡笑。蔚藍的天空，柔和的陽光，拂面的春風……突然間，曲調又起了轉折，宛如一葉小舟，孤獨地飄在風浪中，狂風四起，電閃雷鳴……當海面變得平靜，輕風徐來，水波蕩漾，小舟慢慢駛向那迷茫的愛之海洋……貝多芬譜這首曲，是為了送給他心愛的人——愛麗絲。但終究是一場美麗卻無望的愛情。

夜深了，麥子毫無睡意，她走到陽台，憑欄遠眺寂寂夜色。她想起今天下午結識的那個男人，他的音容笑貌盤旋在她腦海，他的到來驅散了陰霾，像一個全新的天地展現在她眼前，他的神態沉靜如水，眼光熾烈，簡直能把她熔化。麥子無可救藥地崇拜他，愛上了他。

但她的情人顧影像天上的雲朵，飄忽不定，自由不羈，是她難以把握的。顧影回紐西蘭後，一直與麥子保持若即若離的關係，沒有承諾。顧影時有回國，總是不期而至。當麥子要找他時，顧影卻萍蹤難覓。他總是把各方面關係安排好，只有在最合適、最方便的時間才見她。麥子為他的每次到來欣喜不已，又為他的匆匆離去黯然神傷。顧影總是來了又走，好像麥子僅是驛站，不是他停下來的理由。而麥子在愛，雖然這愛如此遙遠，如此寂寞，好像只是她一個人的事情。

麥子想忘懷顧影。此次來孤島，也未事先告知他。據說，長時間看不見某個事物，這個事物就會從你的心中消失。同樣，長久見不到的情人，他的位置就會被別人所取代。

麥子現在才知，時間根本不會令你淡忘某個人，這個人在自己生命裡注入的美好、溫暖、激情、甜言蜜語，已深植心中；當然，深植心中的還有嫉妒、謊言、爭吵、被忽略與被傷害。在國外愈是

孤寂，回憶愈是充滿了她的頭腦，揮之不去。麥子向亦非訴說心事，亦非便寬慰勸解她。兩人相處愈多，聊得更多，彷彿互舔傷口，愈發惺惺相惜。

　　下雪的冬夜，葉子下班回家，把她的二手車開入車庫，她順著車道走上樓梯。這是只有一個睡房的公寓，寬敞的客廳，客廳靠窗處擺了亦非的書桌，他常用功到深夜。客廳靠裡面角落，用屏風隔出供麥子棲息。葉子敲門未開，便用鑰匙打開房門。一股濃重刺鼻的酒精味撲面而來。客廳裡無人，葉子進到臥室衛浴，簡單洗漱後，困倦襲來，葉子沉沉睡去。

　　在睡意朦朧中，葉子似乎聽到客廳有聲響，她起身拉門，門卻打不開。她未在意，恍惚中返身再睡。可睡眠中依稀聽到奇怪的呻吟聲與衣裙窸窣聲，葉子感到不對，披衣起身拉門，還是打不開，像是從外面給閂上了。

　　葉子使勁拍門，氣憤而屈辱地大聲呼叫：「開門，開門，放我出去！」……門終於「嘭」的一聲拉開，客廳沒人，空空如也。

　　葉子衝出屋子，她的心在痛苦地抽搐。她跑到街上，寒風刺骨，臉上淚水與雪水交流。白雪在便鞋下被踩得「喀吱」直響。她沒有穿靴子，沒帶手套與帽子。兩耳凍得又麻又痛。身上這件淺灰色花呢上裝，平時穿著從公寓裡走到車內，或從車裡走到上班的地方，還是挺暖和的，今夜卻擋不住這無情的嚴寒。

　　她迷亂地奔跑，左衝右突。跑累了，她想找個地方避避寒，街道兩邊排滿了厚厚實實的木質建築，有的像戰艦似的塗成灰色，有的滿是塗鴉，十分陳舊，醜陋不堪。葉子走進一條黑黝黝的走道，又退回房前階沿坐了好一會兒，想讓心神稍微平復。

　　這街壘般的建築，同她內心深處的憂傷、屈辱、絕望混為一

體。這是什麼地方，她一點都認不出來。只是覺得自己被包圍、隔離、關押、墮入陷阱，無論在內心世界還是外在世界。

右前邊不遠有個巴士車站，不時有巴士停靠，車內橘黃的燈光在黑的夜裡，竟令葉子感覺溫暖。葉子夢遊般走向車站，隨便跳上了一輛巴士，她不知道：巴士開向何處？自己的下一站又在哪裡？

葉子身上又冷又濕，便鞋也灌進了水。她雙手交叉抱緊雙肩，竟靠在座位上迷糊睡去。

不知過了多久，葉子被人輕輕推醒，原來她不知不覺地靠在了一個黑衣男人肩上。這男人面目模糊，竟像一個飄移的影子，與那些巨大厚實的建築物一樣，讓葉子感到錯亂迷離。

男人的大手覆蓋在葉子額頭，說：「哦，你在發燒，讓我送你去醫院吧。」

葉子虛弱恍惚，既沒點頭又沒搖頭，男人便自作主張把葉子攙下了車。巴士站後面是燈火闌珊的希爾頓酒店，酒店外排著長長的一隊計程車。男人打開最前面一輛車的右後車門，把葉子安頓進計程車，自己從左邊進去，坐在了葉子身邊，告訴司機去附近的某某醫院。

男人幫葉子登記、填寫病歷單，等待葉子驗血、大小便化驗等。葉子病得東倒西歪，頭髮蓬亂，憔悴不堪。她伏在這個男人肩上哭了，男人輕拍她背：「不哭，不哭，葉子是個好女人！」

從醫院出來已是下半夜，此時的葉子清醒一些。男人攙扶她進入計程車，問清了葉子住址，計程車穿過市區，駛上高速公路，約半小時後，在一個高速出口右轉下去，不久停在了葉子公寓樓下。

事後，葉子努力回想他的模樣，卻是徒勞。這個粗獷的男人，葉子似曾相識，彷彿在哪裡見過。他扶著她，坐進計程車，把自己的肩膀讓她靠著，這不經意的動作，卻令她產生了一種安全與信賴

感。他身上散發帶著淡淡煙草味的男人氣息，十分好聞。特別是他說：「不哭，不哭，葉子是個好女人！」像是個接頭暗號，令葉子印象深刻，在頭腦中揮之不去。葉子的潛意識裡有個奇怪的預感：在茫茫人海中，自己與此人，肯定後會有期。

4

麥子來到孤島後，葉子不時會接到顧影的電郵，主要是想從側面瞭解麥子的情形。因為麥子還在與他賭氣，不願回覆郵件。

漸漸地，除了談麥子，他們也開始談論人生、旅遊見聞，以及寫作。顧影寫道：「一開始，是無意中從亦非博客連結到你的博客，先入為主，想來是文學女青年之類的文字。但讀下去，就覺得欲罷不能。

「一是你對生活沉重的感悟，二是你的文字有靈氣且無藻飾，這是很難達到的境界。三是你閱讀的作品，不是瓊瑤式的風花雪月。

「我喜歡你的文字，如同與一位優雅女子客廳聊天，不覺中變成了你的粉絲。

「麥子有勞你多照顧。以前我出差時，多次去過你們的城市，說不定哪天會故地重遊，來看看你們呢。」

葉子回道：「有粉絲總是令人開心。在愈來愈繁忙的現代社會，一個人能靜下心來進入另一個人的文字，本身就是一種機遇或緣分。

「你的評價很中肯，蘇東坡說過：『寄至味於淡泊。』我一直追求文字的極境——平淡。我如實地記下自己的人生經歷，也許在別人看起來沒什麼大不了的，但卻是我切身的感觸和回顧。」

顧影寫道：「也許是我的經歷比較跌宕。到了我們這個年齡，可以直接面對並理解自己的欲望，覺得年輕女孩對我沒有任何吸引

力了。依你看，我是不是太過滄桑了？」

「顧影，你和亦非是好友，你們都已不再青春年少，有太多的荷爾蒙作怪。考慮問題可以更全面一些。麥子方面，我希望你們互相有個交代。我作為她的姐姐，也十分擔心與不解。」

「葉子，只有青春年少才有荷爾蒙嗎？我覺得現在荷爾蒙只多不少，可能生活安定，各方面壓力愈來愈小的緣故。是否女人到了一定的年紀，荷爾蒙會逐漸減少呢？對這個問題我沒有發言權。」

「我和亦非大學時代是死黨。當年宿舍的『臥談會』，亦非常常講到你。讓我對你瞭解不少且心生傾慕。另有我校的莊文凱，當年你驚鴻一現，讓他懷戀半生，嘿嘿。

「你是否記得那晚？我們一幫同學，在學校外的小酒館喝酒聊天，當時莊文凱也在其中。後來亦非和你先走了，我們喝酒到深夜，從酒館出來，莊文凱發著酒瘋，對我說他喜歡你，他要追求你！以後的日子，我們又多次聊到你，莊文凱說他暗戀你，還夢見與你親昵。又說你對他也有意思，讓我豔羨不已。這小子現在可發達了，是什麼香港九龍房地產公司副總裁，動不動還電視上露露臉。

「你是很有傳奇性的。可以說，從性格到外表到氣質，你都是我的傳奇。還因為兩位有詩性的男子，莊文凱和亦非，都欣賞你，傾慕你，愛戀你。我們都是理智的人，知道生活、世俗的沉重，但有一個傳奇和愛的感覺，不是很好嗎？

「我收藏著許多你所不知的祕密，像牙膏筒，要一點一點擠。總之，我的祕密在夢中，正如我的願望在沉默中。至於牙膏筒底部，是兒童不宜部分，你想聽嗎？」

「估計你牙膏筒中所裝的，與我想瞭解的大相逕庭，並非同一回事。據我分析，到了我們這個年齡，男的不是荷爾蒙只多不少，而是有了一種想抓住青春尾巴的緊迫感；女的也並非荷爾蒙在減少，而是經過了歲月沉澱，愈來愈從容淡定。

「你的牙膏筒還真禁不住擠，就那麼一點兒就快到底了，看來果真是沒我所想瞭解的內容，不過已不重要了。」

顧影：「不僅如此，我知道的事情比你想像的還多。按照西方習俗，我輕易不願談及別人隱私，怕影響你們的家庭，同時，也希望為如夢的年華，留下純美的回憶。

「告訴我，你想知道什麼？」

葉子：「我想知道的是：亦非的前女友，聽說她曾來孤島找過亦非？當年你們同系不同級，你應該知道此人此事？」

「說到亦非前女友，你就問對人了。她曾是我系系花，性格外向活潑，不少男生拜倒她石榴裙下。亦非當年是藝術系小有名氣高材生，籌畫過多起當代行為藝術：表達對靜態的、有限平面語言，和物體語言的傳達力；表達出物體和社會等無形、有形東西中的關係等等。這在當時是非常前衛，並引起爭議的事件。她被亦非才華吸引，主動追求亦非。

「後來，亦非發現她與高年級一高幹子弟關係密切，欲攀高枝。亦非迷上了你，便捨棄了她。

「莊文凱畢業後，工作不久，即被單位派駐香港分支機構。聰明的文凱看準了香港房地產市場，業餘做起了房地產生意。當時生意艱難起步，他準備結婚後夫妻一起努力，共同打拚。莊文凱未婚妻即是亦非前女友。

「奇怪的是，結婚前夕，好像出了什麼事，他未婚妻不辭而別，不知所蹤。後來才知，她與當年學校的高幹子弟是藕斷絲連的情人。情人幫她辦出國了。

「至於亦非的前女友去孤島找他，也是可能的，因為高幹子弟始亂終棄。但我可以肯定，亦非絕不可能信任她，絕不可能因為她而對你的感情有一絲一毫的改變。我可以打個包票，和亦非前女友相比，做妻子和情人，多數男人都會選擇你。那個女人有浮躁乃至

虛榮的一面，生活太順，以致太任性了，不知道苦難和堅韌。這是你同她最大的不同。

「今晚我喝了兩杯葡萄酒，有點想入非非了。你方便接我電話嗎？很想和你說說話，如果有一天我突然出現在你面前，你會吃驚嗎？」

令葉子吃驚的是：當年，從香港來家裡找到自己的，難道是莊文凱？

顧影：「其實，當初接觸麥子，是為了更近距離地接觸你。如果沒你深藏在我心中，我其實是愛麥子的。知道了這個祕密，希望你不要罵我無恥。我不否認，人是奇怪的動物，人性都是複雜的。」

葉子：「顧影，你要明白，你與亦非是好友，而你我以前並無什麼交集，彼此之間也互不瞭解。至於我成了你的傳奇，也是出於你自己的牽強附會。暗戀，更是你的一廂情願，不應該把我生拉硬扯進去。這樣下去會影響到你與亦非兄弟般的情誼。

「你真正應該負起責任的是麥子。

「我只想過一份單純平靜的生活，請你以後不要再打擾我。」

5

此次海外華文文學研討會在香港舉辦，來自世界各地的文學同好濟濟一堂，共襄盛舉。此次活動主要由香港九龍房地產公司贊助支持。

葉子是此次與會嘉賓，兼任開幕式主持。

會議開幕式，由香港九龍房地產公司副總裁莊文凱致開幕詞。

頗有老闆氣度的莊文凱走上台來。他穿著棕色皮鞋，米色西褲，熨燙平整的長袖襯衫，繫了領帶。銀邊眼鏡令他的粗獷中透出

些許儒雅。他清了清喉嚨：「女士們，先生們，大家好。鄙人不才，雖中文系出身，也曾立志當作家，可僅在大學時胡謅過幾首詩。俗話說：『男怕入錯行，女怕嫁錯郎。』看來是我誤入歧途，沒能當上作家。好在今天能有機會，成為在座各位作家朋友們的超級『粉絲』，深感榮幸。」

莊文凱詼諧的開場白，令會場氣氛輕鬆活潑起來。

「秋天是個果實累累的季節，也是象徵豐碩圓滿的季節。海外華文文學研討會，在香港宣傳司、文藝司的大力支持下，由香港九龍房地產公司鼎力贊助，在這個美麗的金秋十月，在花團錦簇的香港大學校園召開。

「我們似乎可以感同身受，此時流散在世界各地以華文寫作為使命、為宿命、為生命、為快樂的同好們，藉此機會，打起各自的文學行囊，聚攏而來，投身到這具有歷史意義的聚會中來，這是海外華文文學及香港文學界的盛事。在此，請允許我代表香港九龍房地產公司，向所有與會作家表示誠摯的歡迎與敬意，祝願會議圓滿成功……」

莊文凱剛上台時，趁與主持人葉子握手之際，玩笑般地悄語：「葉子是個好女人！」像接頭暗號，更像是一把鑰匙，「咔嚓」打開了葉子緊閉的心扉、記憶的閘門。葉子頭腦中電影蒙太奇般切換：當年那個從香港來家找到自己，被未婚妻欺騙，為情所傷的男子；後來在孤島的巴士上巧遇，送自己去醫院的黑衣男人；以及此刻站立主席台致詞的成功企業家。最後重疊成了一個人——莊文凱！

葉子終於恍然大悟：眾裡尋他千百度，驀然回首，那人卻在燈火闌珊處。看來冥冥之中有天意，終於後會有期。

從會場出來，走到停車場，莊文凱很紳士地為葉子拉開右車門。香港的秋季仍陽光燦爛，光彩晃得她眼前恍惚。雖情景殊異，葉子彷彿穿越時空，回望到那個雨雪綿綿的夜晚，她病得虛弱，最

孤苦無助時，文凱的細心呵護；文凱扶擁著她，出入計程車時的「肌膚相親」，令她產生安全與信賴感。文凱身上混合著淡淡煙草味的男人氣息，十分好聞。文凱說：「不哭，不哭，葉子是個好女人！」

莊文凱的越野車越過繁雜市區，在窄窄的小街小巷裡穿行，再駛上處在山崖與海邊之間的高速公路，沿著七彎八拐的山道往上開，再拐下去，大約個把小時後，他說到了。

莊文凱把車停在道旁，右邊是窄石板鋪成的台階，依階而下，是一棟漆成淺灰色的木質房子。階前屋後樹木花草繁盛。走進客廳，大幅落地窗外是毫無遮掩、一覽無餘的海景。

這是香港南端的淺水灣，依山傍海，海灣呈新月形，坡緩灘長。眾多的別墅豪宅遍布於海灣的坡地上。

葉子蜷曲在藍色被面上，肌膚更顯白皙柔滑。她濃密的長髮散開來，遮擋在臉上。他緩緩地、溫情地進入，又如幽暗的波浪湧來，層層翻捲。

他們纏綿做愛，無休無止，地老天荒。彷彿整個真實的世俗世界都已隱退，不復存在，天地間只有這兩具如飢似渴、磁鐵般相互吸引的男女肉體；甜美的心神交融，激烈歡暢的肉體滿足；極致的快感，彷彿彼此融化消失於對方身體之中……。

翌日，他們去了文凱的老姨媽處……。

臨別前，葉子玩笑：「阿姨，您這裡太美了，真是人間仙景。彷彿與世隔絕，也隔斷了塵世的諸多憂愁煩惱。我都想待下來，與您住在一起，不走了。」

姨媽說：「傻孩子，姨媽也想你留下，想這美好的時光停駐。姨媽老了，可你還年輕，你還需要去積累經歷，經歷這世界上的許

多人和事。人生的經歷與體驗也是生命中至為重要的財富。」

那天傍晚，與老姨媽相擁道別後，老人依然佇立門口，目送他們良久。

莊文凱因公司業務關係，經常往返香港與孤島。以前他來孤島，主要下榻希爾頓酒店。他十分喜歡孤島三面環海的美景，四季如春的氣候，很多地方酷似他在香港淺水灣的家。

後來莊文凱便在孤島西南端海邊買了房，一為投資，二為自住，並且說：「因為一個人，愛上一座城。」

那晚，莊文凱本是回孤島的希爾頓酒店。剛上巴士，就看到有個女人，靠在座位上打盹，女人穿著單薄、潮濕、渾身發抖。當從她身邊經過，莊文凱大吃一驚，怎麼會是葉子！

不及多想，他坐到發燒迷糊的葉子身邊，讓葉子靠著自己的肩膀，這樣她可以舒服點。葉子到底遭遇了什麼事情？怎麼會變成這樣子？他的心為她疼痛，為她柔軟。發覺自己依然暗戀著這個女人。可是病得昏昏沉沉的葉子卻一無所知，甚至沒把他認出來。

莊文凱明白，刻意需索的東西，往往是得不到的。天下萬物的來和去，都有其時間。況且，自己一介浪子，他不願給葉子的生活帶入複雜的關係，造成她更多困擾。所以從醫院送葉子回到公寓後，並未再與她聯繫。

當年，莊文凱正在籌備婚禮期間，老姨媽找到他，說自己的一隻貴重玉鐲不見了。莊文凱知道這可是姨媽的寶貝。姨媽近日從保險櫃取出這一雙玉鐲中的一隻，是想作為結婚賀禮，送給文凱未婚妻的。姨媽平時深居簡出，這些日子，只有從中國大陸來結婚的文凱未婚妻出入過她家中。老姨媽的珠寶首飾，平時也是隨手放置於梳粧檯上或抽屜中。莊文凱未婚妻無意中看到這隻玉鐲：碧綠晶

瑩，玲瓏剔透。特別是鐲子上有一小朵金色的夕顏，真是太美了！她非常喜歡，便順手牽羊拿了。她以為老姨媽珠寶首飾眾多，不會察覺和在意少了一隻玉鐲。因她並不瞭解，玉鐲在老姨媽心中的情感分量與實際的貴重價值。

莊文凱萬想不到未婚妻會做出這種事，太丟臉，婚也不想結了。老姨媽反倒勸解安慰他：其實玉鐲終歸是她的，只是君子愛財，取之有道。她年輕不懂事，一時糊塗。人非聖賢，孰能無過？你和她好好溝通交流下，若她能認個錯，這事就過去了，再也不提。婚禮還是照舊舉辦。

莊文凱接受了姨媽的意見。不料，第二天未婚妻人卻不見了。因事情敗露，她既羞愧又慌張，便決定腳板心搽油，攜了玉鐲溜之大吉。她找到在香港出差的情人，說因前些天情人來看她，他倆暗渡陳倉後，情人不小心遺留的物證被莊文凱發現。莊文凱搧了她耳光，取消婚禮，把她趕出來了。她目前走投無路，若回大陸遭人恥笑，不如死掉算了。她這套涕淚俱下的說詞，情人還真的被她說動了：「別死呀活的，你放心，我會負起責任的。」

幾天後，情人交給她一本護照和一張去紐西蘭的機票。護照上除了照片是她，姓名、年齡全改過了。情人叮囑她道：「以後，你就是護照上的那個人了。我們將在那兒會合。」

可是，當她到了紐西蘭月餘，情人的蹤影、信息全無，再等下去將面臨彈盡糧絕。想到這裡離孤島不遠，靈機一動，便投奔亦非而去。

在臥室裡，亦非的前女友半真半假道：「我從未婚夫處偷得這件寶貝，可以賣個大價錢，到時供我倆花天酒地。」她邊說邊從左手腕褙下一隻碧綠晶瑩、玲瓏剔透的玉鐲，隨手放在亦非床頭櫃上：「這東西很貴重，平日我戴在手上也不安全。且為表明小女子

我之誠意，這隻寶貝玉鐲就交由你保管了。這樣，我有錢，你有身份，一舉兩得，天作之合！趕緊與你老婆離婚吧，她那種長像一般、滿大街都找得到的乏味女人，沒什麼稀奇，有什麼捨不得的？」

亦非原本與她還有些舊情，但聽她輕慢自己老婆，馬上氣不打一處來，變了臉色：「請你放尊重點，不要亂說話。我老婆與你相比，長得怎樣，大家都長著眼睛呢。你與她，根本就不可相提並論。她才是我生命中的女人，其他人都是過眼雲煙，所以，稀不稀奇也不是你說了算。」

前女友看亦非真生氣了，只好涎著臉：「喲，我只是輕描淡寫說了你老婆兩句，你馬上就跳起來，揮舞著長鞭，捍衛她女神的形象。你把那麼美的女神留在家裡，我出國前倒是聽說，女神周圍圍了一群狼呢，全都綠著眼睛，狼視眈眈！」

「算了，看來我也靠不住你。你放心，我有足夠本事找個洋人，儘快把自己嫁出去，遠遠離開這個彈丸之地，我的世界大著呢。到時候，怕是你後悔都來不及！」

沒過多久，前女友真的要走了。她在街上結識的白人老頭，據說是個藝術家。藝術家迷上了這東方美女，要娶她，帶她過浪漫的波西米亞式生活。前女友說，老頭雖不富有，但嫁給他便可解決身份問題。有了身份，才可能另謀發展。只是跟著這率性而為的藝術家，下一站不知會走到哪裡，自己身邊的這幾件金銀首飾，包括這隻貴重玉鐲，還是請亦非代為保管。

亦非心知肚明，前女友的出嫁決定，很符合其性格。所謂「有了身份，才可能另謀發展」，話說得很含蓄，其言外之意不外乎是先找一塊跳板，說不定哪天就鯉魚跳龍門了。但俗話說：「謀事在人，成事在天，人算不如天算。」不知是外面的世界太精彩，還是外面的世界很無奈，總之，去闖世界的前女友音訊杳無，如人間

蒸發。

當年，莊文凱從香港飛到大陸，找到葉子家。一則他想從葉子處要到亦非在孤島的地址、電話，進而找到未婚妻，追回姨媽的玉鐲。二則若葉子願意，他就辦理她去香港。他暗戀她太久，眼前的葉子依然美麗——以前是甜美淡靜，現在則是甜美淡定。

可葉子並不相信他未婚妻與亦非同居之事，告訴他肯定弄錯了。粗心的莊文凱當時沒意識到，他所說之事，其實像一把利刃刺向葉子。忍，心字頭上一把刀，葉子強忍住了。事後莊文凱才想到，自己是做了一件蠻殘酷的事。可這聰慧的女人，可以表現得雲淡風清。因為她不會在陌生人面前，失了自信與尊嚴，表示出對自己丈夫的不信任。

莊文凱被未婚妻欺騙，變得不再相信愛情，索性浪子般玩世不恭。風月場上，性格外向、風流倜儻的他，總有女人投懷送抱，莊文凱也順水推舟地左擁右抱。被朋友圈戲稱為「楚留香」。他的女友變換頻繁，如今仍是黃金單身漢。

莊文凱與顧影同級不同系，因兩人是老鄉，關係較好。莊文凱往返於香港與國外，與顧影時有聯絡。他猜測，顧影與麥子的關係，很可能是醉翁之意不在酒。

當年在學校，他曾驚豔於從外地來探視亦非的葉子。他和顧影都暗戀上了葉子，出於虛榮好玩及不明心理，莊文凱故意編了故事，說自己與葉子有書信往來，在顧影面前吹牛，看顧影吃乾醋的樣子。

其實，他倆都明白，葉子是亦非深愛的女友。清瘦敏感的亦非雖不英俊軒昂，但女友葉子卻光彩照人。年輕女子愛上前途無量的藝術系高材生，是八十年代的時髦。

緣分總是在合適的時間、合適的地點出現。這次的海外華文文

學研討會，事前莊文凱在與會者名單上就看到了葉子，並知道由葉子主持。莊文凱便故意使用了接頭暗號，葉子果然心有靈犀。

接下來的時間，莊文凱也覺察葉子的神經質。平常，葉子文靜淡然，偶爾，葉子會莫名地精神緊張。有天夜裡，文凱身邊的葉子像遭遇噩夢，跳起來奔向房門，使勁拍打：「開門，開門，放我出去，放我出去……」

莊文凱扶擁她回到床上，蓋好被子。葉子嗚咽著，像是一個受到傷害而不知所措的孩子：「我必須從這兒出去。不管從哪兒都得出去，我已不愛這些人，這些地方，這些東西，我要出去……」莊文凱像哄小孩般輕拍她：「哦哦，寶貝，別哭。The time to hide is over/ the time to regret is gone/ the time to love is now.（隱藏的時間已經過去／懊悔的時間已經消失／愛的時間正在來到。）」

他夢囈般的撫慰，令葉子慢慢安靜下來。

自從葉子離家出走，凌晨方歸的那夜後，麥子便搬出自住了。這些年，麥子在顧影的建議幫助下，進入保險經紀行業，過上了獨立自主生活。

時間是醫治一切的良藥。畢竟血濃於水，且是自己照顧長大的親妹妹。麥子自小任性不懂事，只要是她喜歡的東西，總要從姐姐葉子處索取來。也是因姐姐對妹妹的憐惜，漸漸養成了習慣。

要說錯，也是錯在亦非，錯在酗酒，葉子如是想。況且，深愛自己的文凱也常撮合她姐妹和好。葉子深感慰藉與快樂的是，文凱重新喚起了自己對生活的美好嚮往，激起她對生活的無限熱情。讓她知道，生活並不僅僅是忍辱負重，克己隱忍。

可同時，葉子卻對亦非存有一份愧疚。雖多年來夫妻相互猜忌、愛恨交織，但她內心深處，依然對亦非充滿痛惜與親情。是亦非的努力打拚，帶給她想要出國的生活。作為藝術家的亦非敏感脆

弱，她不想傷他。葉子在矛盾中掙扎，心在理想與現實之間被撕扯。心有千千結，可誰又是繫鈴解鈴人？

6

　　顧影業務出差，來到孤島，麥子在家舉辦自助晚宴。麥子邀請了幾位生意客戶，顧影、莊文凱、葉子與亦非也相繼到達。

　　晚宴準備得非常用心：香檳紅酒，燭光鮮花，各類疏果，豐盛食物，各類甜點。輕柔舒緩的音樂似有似無，飄散在夏末傍晚的空氣中。客人們衣著光鮮，各取所需地吃喝。在寬大的客廳及客廳外的露台與後院，大家隨意地或走或站或坐，舊雨新知，會晤結識，三三兩兩，自由自在，喝酒聊天，談笑自如……。

　　葉子今天穿了長及腳踝的大紅色重磅真絲長裙，質地挺闊式樣飄逸，配一雙同色細跟涼皮鞋，上身則是中式窄身無袖小白褂，在腰身處恰到好處地掐出一道細緻柔軟。她烏黑的獨辮掠過肩頭，鬆鬆地垂在右胸。

　　葉子端了一杯紅酒，手肘被誰不小心碰了下，酒液就濺在了白衣的前襟上，葉子去到麥子臥室，想找件衣服換。

　　葉子打開衣櫥，找了幾件上衣。她轉過身在穿衣鏡前比試，無意中見旁邊床頭櫃上一隻方形盒子，銀色質地，四周鑲金色鏤花，古香古色，頗為別致。葉子好奇拿起，沉甸甸的。

　　盒子有個精緻的金屬小扣，葉子饒有興趣地把玩打量，當小扣彈開，葉子一下呆住：碧綠晶瑩、玲瓏剔透的一隻玉鐲！玉鐲上那一小朵金色的夕顏，刺得葉子頭暈眼花。

　　這悄然含英，又闃然零落的花朵，彷彿象徵著香消玉殞的薄命女子。葉子忽然像捧了隻燙手山芋，「啪」的一聲把盒子甩在床上。

　　一股冰冷的寒意穿過葉子的身體，一種難以忍受的焦慮與慌

張，一種強烈的委屈與憤怒，混合交織，占滿了葉子的整個靈魂。她頹然跌坐床邊，把頭深深埋進手臂，好一段時間屏住呼吸，一動也不動。

有人進來的聲音驚擾了葉子。葉子抬起頭來，雙唇微張，帶著一抹難解的微笑，但她的目光呆滯，沒有一絲光彩，好像沒有瞳孔一般。心智恍惚的她繼而喊叫道：「開門，開門，放我出去，放我出去……」

葉子狂亂地衝出房門，穿過過廳，她跑到屋外車道，拉開自己車門，跳進車座，「砰」地關上門，發動引擎，汽車便像酒醉，東彎西拐地狂奔，上了高速公路。……「The time to hide is over/ the time to regret is gone/ the time to love is now.（隱藏的時間已經過去／懊悔的時間已經消失／愛的時間正在來到。）」文凱曾擁著她，在她耳旁輕吟的伍爾夫詩句，此刻在汽車引擎的轟鳴聲中，竟恍若隔世！葉子突然淚流滿面……

「嗚，嗚，嗚」的警笛聲，令葉子回到了現實。她把車開到高速公路右邊的路基停下，等警察來給她一張違規駕駛的大罰單。閃爍著頂燈的警車在她車後面不遠處停下，從車裡走出一位全副武裝的白人警察。他敲了敲葉子車窗，問葉子要了駕駛執照和汽車保險單。他對比駕照相片看葉子的時候，就看到她淚眼婆娑。年輕的警察問：「發生了什麼事？你還好嗎？」葉子答道：「我親愛的姨媽過世了，我心中悲傷難過，所以剛才情緒不穩。」警察說：「怪不得，我看你在高速上開車歪歪扭扭，東搖西晃，怕你出事，才追上來逼你在路肩停下。這樣吧，你坐在車裡等情緒平復後再走，安全駕駛最重要，今天就不開你罰單了，多保重。」

警察一走，坐在車裡的葉子，自己都感到奇怪，剛才無意中，姨媽就做了她的擋箭牌。此時，空氣中彷彿真的傳來了老姨媽的聲音，像山谷中的回音，悠長深遠，虛無飄渺：玉鐲原本成雙，卻被

人偷走一隻。被人偷走一隻，偷走一隻……。

　推門進來的麥子與顧影被葉子撞了個趔趄，看見葉子神情異常精神緊張，兩人馬上追出，發動車緊隨其後。

　飲過幾杯紅酒後駕車的麥子，開的車是真正的酒醉駕。汽車在高速上頻繁變道，快速超車，引起一片驚恐與憤怒的喇叭聲。不知開了多久，隨著「哐啷」一聲巨響，汽車撞向了高速公路左邊水泥製的分隔欄。麥子感覺像坐過山車，隨後失去知覺。不知過了多久，又彷彿飄浮在半空，看見顧影與母親……。

　當晚，孤島地方電視新聞：

　　「今天下午六時許，當局接報，南灣段八三〇高速公路北行線，有一輛汽車撞上左邊分隔欄後翻覆。

　　肇事汽車是一輛白色雪芙萊，超速行駛中，意外撞上左邊分隔欄，車輛接著翻過分隔欄，四輪朝天地翻覆下懸崖，懸崖下即是孤島有名的蝴蝶谷。出事車身沒有著火，附近灌木叢著火，火焰之中，群蝶飛舞，頗為壯觀與奇異。

　　車禍未涉及其他車輛。車主是一對華裔男女，初步證實酒後駕駛。男士未繫安全帶，身體拋起過程中，喉嚨卡在窗玻璃上。救護人員到場時，男子已沒有呼吸、脈搏；女子被緊急送往凱撒醫院搶救。具體身份正調查中……」

　彷彿，有畫外音飄來：莊生夢蝶，蝶夢莊生？是耶非耶，化為蝴蝶……。

美國式離婚

他和她相遇，相識於日本。

那時廣場上的鴿群正悠閒地，從他手心啄食，而他的肩上則一邊站了一隻鴿子，像是他的寵物，他一邊走一邊與鴿們分享他手裡的麵包。

這個健談的中年美國男人從美國來旅遊，這個年輕活潑的中國女人從中國來公務出差，他們開始搭訕、聊天、問候、留下美好印象，分手時互留了電郵地址。

兩年的網戀。期間，她離了婚；期間，他一直等她，到中國去找她……。

有情人終成眷屬，她終於來了美國，與他結婚，開始了甜蜜的新婚生活。

他是美國收入頗豐的心理醫生，她曾是中國成功的商界白領女士，就像一棵樹被連根拔起，移栽到美國。半年了，她找不到工作，每天在家為他做飯、洗衣、管家，閒時去健身中心游泳、跑步機上跑步。

這與他心目中的她差距太遠啦：原來能幹的白領麗人怎麼變成只知油鹽醬醋的家庭婦女？

他開始抱怨：「可能把你弄來美國真的是一個錯誤，你的天地應該在中國，那邊更適合你，是否應該把你送回去？」

憑藉她的聰慧和以往工作經驗，她終於找了一家日本公司的辦公室工作，並很快得到上司及同事讚賞。

新的問題又來了，他說：「你看嘛，我們兩個除了吃飯、睡覺，都沒有其他的交流，我喜歡的文學、音樂、攝影、旅遊……你都沒辦法與我分享。」

她說：「我也愈來愈不年輕，我要我們的孩子。」可是他不肯要，他已有一個上大學的女兒，他不願生活重新再來。她說：「我在美國無親無故，上無片瓦，下無寸土，我們應該買房子。」可是

他不肯買，他的房子十年前離婚時被前妻拿走了，直到現在，每個月還要供給沒工作的前妻不菲的生活費，令他心有餘悸。

結婚一年半，他們開始協議離婚，離婚手續約需半年。他答應給她一筆不小的離婚費，其間也抱怨：「為什麼她們都把我當銀行呢？」可是沒辦法，美國就是這樣保護婦女、兒童權益的。

每天早晨起來上班之前，他會把準備好的英文新單詞交給她，晚上回來再考她的運用，這個習慣已保持了一年多；他依然每天與她通話多次，噓寒問暖，隨時糾正她的措詞與發音；照例時常買給她衣物、首飾；照例時常感嘆讚美：「Dear, I Love you. you are so beautiful.」

她照例會給他準備早餐以及午餐的便當。晚餐時，會像照顧小孩一樣，為他剔除肉上的骨頭、剝掉蝦殼（美國人大都不會吃帶骨、帶皮、帶殼的食物）餵到他嘴裡。

兩個人總是同進同出，從不把另一人單獨留在家裡。人前人後都是頭挨頭，肩擁肩，一副親熱無比樣。哪裡像是要離婚？簡直就是一對恩愛夫妻。

她公司的一白人男子，在她上班第一天就喜歡上了她，聽說她要離婚，高興得不得了。他們開始祕密交往，開始墜入情網……

被他察覺了。他像一個私人偵探一樣，居然找到了那人的居住地址、上班地點，查到了其年齡及經濟狀況……還不辭辛勞地開車到那人居家社區實地考察了一番。

他很生氣說：「既然我們還住在一起，你就不應該和他交往。而且他不應該是你要找的人，他不適合你！

「你應該找一個中國人，這樣你們才容易交流，不會像我們一樣有語言、文化上的障礙；他應該比我年輕，比我英俊；他的經濟收入也不應該比我差太多……」

他像一個老父親操心待嫁的女兒，一樣樣道來。

　　下月，她的母親要來美國探親，當初母親為這個小女兒操碎了心，堅決反對她嫁入美國。

　　為了讓母親放心，他們一致決定瞞著母親離婚之事。她答應暫不與那人交往，他倆繼續扮演一對恩愛夫妻。

　　這對他、對她，都不難，他們本來就是一對恩愛夫妻。唯一讓人擔心的是：離婚後，他們真的能彼此習慣適應嗎？

　　母親來了，他們在附近臨時租了公寓，把自己一居室公寓讓母親住。平時母親在家幫他們做飯，心疼女兒的媽媽，每天做好吃的飯菜給女兒、女婿吃，雖語言不通，但女婿鞍前馬後親熱地待媽媽，週末車媽媽外出遊玩、吃飯。母親看到女婿這麼體貼、殷勤、懂事，以往對女兒的擔心竟一掃而光，認為女兒找到了可託付終身的人，一個月後探親結束滿意回到中國。

　　半年的時間過得很快，他們的婚姻也走到了盡頭。歷時兩年的異國婚姻，她把自己從中國人嫁成了美國人（剛拿到美國正式綠卡），嫁成了相對的有錢人（有一筆不菲的離婚費）。

　　前夫在同一棟公寓樓正對她的樓上另租了一套公寓，正在申請去歐洲工作的機會。他祖籍羅馬尼亞，這個猶太裔美國人一直對歐洲的藝術、歐洲的文化、歐洲的生活方式充滿了嚮往。閒來他們也相約遊玩或共進晚餐，相處甚好，也不再為彼此分歧而吵鬧，比婚姻中還多了一份輕鬆、一份自在、一份關切。

　　她告訴當初在她婚姻中熱烈追求她的那白人男子：自己剛離婚，需要一段自由的時間調整身心，不能馬上和他確定戀愛關係。奇怪的是那人馬上冷卻下來，說：「既然你要自由，那你就先自由去吧。」前夫本就不贊成他們交往，現在正好積極在網上幫她物色對象。

　　他找到一個祖籍中國上海人，從事高科技工作，各方面符合他的理想。一個週末晚上，他慫恿安排她去約會，她踐約開車去了三

藩市一間華人餐館，對方很客氣、熱情，點了一桌她愛吃的菜，就著對方在餐桌上的誇誇其談她飽餐了一頓。回去後前夫熱切地問她：「感覺怎樣？」答曰：「沒感覺。」前夫說：「反正你也不虧，免費吃了一頓好飯。」

繼續約會，有個從中國來美投資房地產的有錢人喜歡上了她，約會幾次後提出到她公寓看看。她約了他到公寓晚餐，有錢人環顧她一室一廳房間後表示不滿，批評她不懂勤儉節約：「一個人沒必要住這麼大的房子嘛，一間房足矣。」她心下詫異：自己還沒和他好到談婚論嫁，這人好像管太多了。

在網上認識一美國中部的美籍華人，高個，好脾氣，相聊甚歡。對方提出臨近的感恩節飛過來看她，有必要的話就在這邊另找工作，和她在一起。她開車去機場接到他，安排他住到自己的單身公寓，自己借住到樓上前夫公寓。可是網上聊得投機的人見了面卻無話可說，陌若路人，在一起真是彆扭難受，她不得不提出請他提前離開的要求。這位紳士也沒難為她，改機票提前走了。回去後也向她說明，雖然自尊心大受打擊，但還是尊重她的意見，在網上繼續交往以觀後效。

前夫只是把她帶到美國來，並不是她的白馬王子。一次偶然的機會。她終於找到了自己的白馬王子。當她見到這個瑞士人的那刻，眼睛一亮，感覺正是自己小女孩時心目中勾畫的形象：高鼻樑，藍眼睛，英俊挺拔……。

功夫不負有心人，前夫果然找到一份在德國的工作，去實現他的歐洲夢了。一切都是冥冥中的天意，前夫帶她來美國又離婚，好像就是為了讓她與他相遇、相知、相戀……。

他們有許多共同的愛好：騎自行車、打羽毛球、滑冰、聽音樂會、喝咖啡……每到週末，他們就迫不及待地在一起，甚至不到週末，一方都要開車一小時多約會晚餐。近一年了，雙方好到難捨

難分。

可是月有陰晴圓缺，人有悲歡離合。瑞士人不能與她結婚，因為他還在婚姻中。據說瑞士人的妻子是日本裔，多年來夫妻關係淡漠，礙於孩子尚小未離婚，現在人到中年，在婚姻中掙扎徘徊後正準備離婚，妻子卻突然病了且病得不輕。瑞士人是個虔誠基督教徒，他記得當初婚禮上手撫《聖經》說過的話：「我愛你，無論貧窮，無論疾病……」而且兩個月後瑞士人的美國工作簽證就到期了，若公司辦不來綠卡，就面臨離開美國的問題。

她陷入迷茫……不知命運之舟把她的愛情帶向哪裡？

一杯咖啡

小玉認識華裔美國人史蒂芬妮（Stephanie），是在兩年前。

她是小玉所認識的女友中，最有錢的一個！

那次小玉從美國回中國大陸參加文學藝術交流活動，活動尾聲是中國文化知性之旅，其實也就是從北至南遊山玩水，大家不亦樂乎。

在其中一段旅程的高鐵上，小玉坐在了一位女士旁邊。她穿著深色、質地考究的裙裝，頭戴與她衣服相配的、鑲有花邊的圓形太陽帽。較低帽簷下的臉，看不大清楚，但感覺她妝容精緻，是那種不易看得出年齡的女人。

容納兩個人座位的空間，她坐靠窗的裡面，但她腳下有兩個大行李箱，小玉考慮她若坐外面靠走道，可能更適宜於她及其行李。便客氣地問：「我倆可否換下座位？」不料，她很乾脆決斷地：「No」。便一路頭朝外看風景，未與小玉搭訕，一副拒人於千里的貴婦樣。

小玉後來得知，她是自己在美國熟識的一女藝術家帶去的朋友。女藝術家與她交往日久，對她鞍前馬後，恭維有加。常常請她吃飯，帶她旅遊。用女藝術家的話說，是「捨不得孩子套不著狼」。私心裡期望有朝一日，這「大姐大」富婆能助自己一臂之力。也就是對自己的藝術創作文化交流等活動，友情投資或贊助。因為她太有錢了！

回到美國，不久轉入了冬天。有天小玉正在自己店裡上班，找來了一女士。她已不年輕，剛進門就問小玉要餐巾紙：「哎，年紀大了，動不動就流鼻涕。」她一邊接過紙巾擦鼻涕一邊說，同時摘下了毛線帽。

原來她就是曾與小玉鄰座的貴婦人。所不同的是，摘下帽後的她，短髮花白，加之穿著日常，並未化妝。此時的她，與三藩市中國城的老太並無二致。

　　她笑說：「我在中國城的燒臘鋪買燒雞，但我只想要半隻。那師傅斜睨我一眼，不耐地說：『通常均賣整隻，看你這樣，那就賣你半隻吧。』我又問：『可不可以配點米飯？』師傅倒很爽快：『送你一碗算了，不要錢！』」

　　原來那師傅有眼不識金香玉，把她看成了中國城裡的窮老太。「哈，哈，哈！」她開心地自嘲且打趣地告訴小玉她剛才的經歷。此時，連小玉也琢磨：她是否化妝打扮，外表上差別很大呢，怪不得連階級都會被搞錯。

　　史蒂芬妮的有錢可不是吹的或裝的，她可是真有錢！她老公是大牌的房地產開發商。在港台及中國大陸，長期開發樓盤。在美國更不用說了，甚至擁有好幾家高檔酒店。

　　史蒂芬妮的家住在三藩市北邊馬林（Marin）縣的塔瑪珮斯山（Mt.Tamalpais）裡，那是非常有名的富人區。正所謂：白雲深處有豪宅。

　　近期，她又在三藩市 Sea Clif 海邊買了新建的高檔公寓。無敵海景令她非常喜歡，她會像度假一樣，從她杳無人煙的山中豪宅開車到充滿人間煙火的三藩市。在山中寂寞了幾十年，三藩市的熱鬧讓她新鮮好奇。特別是髒亂擠的Chinatown（中國城）。蔬菜水果新鮮又便宜，她便常常去採購。而據她說，自己之前從來看不上Chinatown，更沒想到會去購物並喜歡。之前也不願結交華裔朋友，朋友圈均是白人老外。

　　可是，史蒂芬妮每次來三藩市，除了在高級公寓看美輪美奐的海景，便是在市中心區看熙熙攘攘的人流，在咖啡店喝一個人的咖啡，在餐館吃一個人的晚餐，或者隨便跳上一輛巴士，坐到終點站，一路上東瞅瞅、西瞧瞧窗外流動的人、事、街景、風景……。

　　當她把這些一個人的遊戲玩厭時，她發覺自己在三藩市完全沒朋友。所以，通過女藝術家，她找到這位在三藩市開店的，曾經的

「鄰座」，專程來與小玉「make friends」（交朋友）。

史蒂芬妮帶給小玉的見面禮，是巴掌大的塑膠袋，裡面有三五塊小餅乾點心。袋口繫著漂亮的黃絲帶，令此禮物顯得精緻高檔。她特別強調其中點心的美味，可小玉一看，竟是平日，自己在Costco花幾元錢買一大盒的那種。老實說，這種東西小玉早已吃「累」。但出於禮貌，還是對她精心準備的禮物，表示了誠摯的謝意。時值中午，小玉自己帶的便當，便在附近訂了好吃的披薩招待她。

史蒂芬妮很熱情，盛情邀請小玉去她海景屋，並說要接小玉去她Mt.Tamalpais山中家裡玩。小玉對此未置可否，心想也就說說而已，並未上心。

不料史蒂芬妮果真爽快之人，並未食言。不久後的週末她打來電話，請小玉乘車到她海景屋，然後坐她車去山裡家中。

「什麼是你拿手的菜呢？你做了帶過來吧。」史蒂芬妮在電話中交代。小玉好不容易休息一天，想到起床便要做菜，心裡有點不情願。重點是小玉還找不到那海景公寓大廈的位置，要從家裡坐車、轉車加走路，邊走邊問邊找，提著沉甸甸湯汁的食物，也確是麻煩。但想到人家那麼言而有信，小玉心下便有了感動，應承下來。

牽著一隻老狗的史蒂芬妮，在公寓大廈的門口迎到了小玉。此時的她，妝容精緻，衣著時尚，又恢復到貴婦樣。大廳裡的值日生西裝革履，殷勤地拉門、關門，迎來送往。高高的穹頂，大理石的牆壁、地面，熠熠生輝的水晶吊燈（雖然外面陽光燦爛），乘簇新鋥亮的不鏽鋼電梯上到高層，進入史蒂芬妮三睡房的寬綽豪華海景房。不管是從客廳、飯廳、陽台還是臥室，均可觀一百八十度太平洋無敵海景。藍天白雲，風和日麗。遠遠看見，有人在社區的屋頂泳池游泳，有人在屋頂網球場打球。巨輪在遙遙處鳴笛，海中白帆點點。琴弦般靈動飄逸的金門大橋，懸掛在視線的左側，而右側的

天使島，隔著浩瀚的大海，遙遙相望……。

「太美了！」小玉不禁讚嘆。可是這套僅物業管理費就所費不菲的居所，史蒂芬妮常常一鎖就是好幾月。所以說，有錢人就是有錢人嘛！

待要下樓，史蒂芬妮卻不乘電梯，示意小玉從邊上樓梯走。走下去一層，她用鑰匙打開一間，裡面空蕩蕩的，她說正在等訂購的傢俱。

史蒂芬妮解釋，她單身的女兒最近要從外地搬回三藩市灣區，原想讓女兒暫住她海景屋，反正大多時候空著，自己偶爾來兩天，房子也夠大。可女兒希望媽媽每次來，要提前通知她，不要說來就來，影響其Privacy（隱私），不然情願自己在外租房住。「咳，我自己的房子，還受她限制，這麼不自由！」她無奈地搖搖頭。「所以我就再買一套給女兒住囉。」史蒂芬妮如是說。

史蒂芬妮駕車，估計到達她家時近黃昏。她想得十分周到，邀請了女藝術家在內的三五友人作陪相聚晚餐。電話中同樣告知對方：帶上拿手好菜。她自己也頗周到，路途中開車專門拐進一小城的購物中心，購物中心內有好幾家中餐館。看來她對這兒很熟悉，因她知道哪家的素鵝好吃，哪家的上海熏魚地道，哪家的毛氏紅燒肉肥而不膩。她不厭其煩各家購得一盒外賣。令小玉感到今晚將有一桌豐盛美味的晚餐。

繼續開車前行，小玉問：「我們這樣去你家，會叨擾你先生嗎？」「他不在家。」答曰。

近兩個小時的車程，足夠她倆在車上聊「私房」。原來她先生在中國北京有房地產公司，長駐在那裡開發樓盤。小玉誇她有如此會賺錢的老公，提供她錦衣玉食、名車豪宅、無憂無慮的幸福生活。「可是我們早已分居。即使他回到美國家中，一個屋簷下，我

倆也是各過各的，我才懶得照顧他生活。所以家裡一直會有傭人。
只有不得不應酬共同的親朋時，才一起出席，表面給人完整家的印
象，實際只是懶得離婚罷了。」

「哎，你這人有點過分嘞，人家賺那麼多錢給你花，你還不理
人家？」小玉玩笑道。

「我們生活習慣不同，我吃西餐，他卻要吃豆漿、油條；興趣愛
好也不一致，我外出旅遊，他從不陪同。說起來他就是賺錢機器，除
了工作，無任何興趣愛好，對吃穿也不講究。不管我做任何事情，只
有一個原則，不要去煩他就好。」她停頓了下，「比如年輕時，讓他
陪我逛商場買衣服，我讓他參考這件、那件怎樣，他會說：『都好，
都好，全部買下就好了！』弄得我很無趣。唯一好處是，他從不反對
我買房子，只要我看中任何房子想投資，他會毫不猶豫劃錢給我。所
以現在我名下有許多套房產，相當於我攢的私房。」她笑著說。「某
某（女藝術家）一直鼓動我，讓我為她文化藝術交流活動投資，常常
要請我吃飯洽談此事。可是投資是要講回報的嘛，與其較低或根本無
回報，我還不如攢下來投資房地產呢。」

「既然你家每年都要大額捐款慈善，那你何妨捐點給某某（女
藝術家）呢？」小玉問。

「這可不一樣嘞，慈善捐款是可以抵稅的嘛！捐掉的那筆錢，
可能使我們的繳稅額更低呢。」

哦，小玉這才明白，富人的慈善還有這樣的一層意義。

從史蒂芬妮的婚姻與生活，一時讓小玉得不出判斷：像她這
樣，到底算幸福的女人呢，還是不幸福的女人？

「既然長期分居，何不離婚追求自己的幸福，找到Mr. right（正
確先生）？」小玉建議。

「哪那麼容易？以我目前身家，很難找到比我更有錢的男人。

即使有，人家也會找年輕漂亮的女人，哪會找我這半老徐娘？若找沒錢的，難不成我還倒貼？」

小玉只好又出主意：「若像你所說，你和老公都沒外遇，只是習慣、興趣的不同，已經磨合了幾十年，你就再努力磨好嘛。」

「我倆在香港出生長大，都是大家族中的幼子幼女，從小被嬌寵，都養成自我自私的個性，互不相讓，互不遷就，互不妥協。」「又比如我，從小家境殷實。父親開有食品加工廠，附近幾條街都是我家的。家中長姐、長兄比我大出兩輪，基本已算兩代人，所以上至父母，下至兄姐，均寵我之極。別家小孩吃豬油拌飯，而我從小吃的牛油拌飯！」

小玉心想：牛油拌飯會好吃麼？

約莫一個多小時後，汽車下了高速公路，駛入盤山道。再曲曲彎彎爬山，左拐右轉穿森林，愈走愈荒涼。等車快開到路的盡頭時，在一座花園洋房前停了下來。正應驗了：在美國，愈是深山老林，愈是前不著村後不著店，愈是有錢人家。

前院花木扶疏，綠草如茵。後院很大，有游泳池、小瀑布、小溪流、魚池、涼亭等等，小山坡上樹木參天，一兩株桃花開得正豔，卻猶抱琵琶半遮面地隱在濃蔭裡。小玉想走近看花，被提醒草叢裡時有蛇呢，小玉便裹足不前了。

小玉感嘆：「這既有人工修飾，又有自然景觀的後花園，你每天在這曬曬太陽都是享受呢。」

「我差不多都在室內活動，基本不出去。我先生更是一在家就坐在書房電腦前，估計幾年都沒去過後院。可是我們每週請固定的園藝師傅來打理，此開支也不小呢。」

客廳、飯廳闊大豪華，水晶吊燈華麗耀眼，高檔傢俱很有氣派，古董擺飾價值不菲。牆邊窗台桌面，擺了許多鮮花瓶插，主人

十分注重家居的溫馨、美麗。

客人們陸續到達。史蒂芬妮無須打開爐灶，她只須把客人們帶來的食物擺上餐桌。然後她拿出三個鑲金邊的骨瓷小盤子，把自己從餐館訂購回的菜，每樣夾了三五塊放在盤裡，然後擺上桌，顯得十分精緻而珍貴。

……

應史蒂芬妮的回訪要求，有個週末小玉請她來家做客。小玉家不豪華闊大，但溫馨舒適，正好用來過一種簡樸的生活。據說「簡單生活是最流行的時尚」。

她進到小玉家果樹成蔭的四合院，馬上被滿樹滿椏的果子吸引，好喜歡，好驚訝。小玉也奇怪，她家占地幾萬平方英尺的後院山坡，幾十年來，為何不種一些果樹呢？她在小玉為她準備的客房中小憩，說以後離家出走都有地方了。「咳，你自己高檔豪宅不住，離家出走到我這兒陋室？」小玉打趣道。

她說喜歡吃川菜，小玉便請她去附近一間地道川菜館晚餐。可是臨出門，史蒂芬妮很客氣，她並不想要小玉破費請客，她要求就在家裡吃。「聽說你廚藝不錯，我想吃東坡肘子或者紅燒肉還有夫妻肺片之類，你在家做來吃就好了嘛。」小玉忍俊不禁：史蒂芬妮太天真太簡單了吧！她以為小玉是魔術師？立馬會變出這些費時耗工的菜肴？

入座川菜館，她們點了毛氏紅燒肉及其他三五樣。史蒂芬妮吃得盡興滿意，餐畢還有一小碗甜酒釀做的甜點。讓剛經歷過辛辣油膩的口與胃，感覺一種溫和的安慰。小玉付過賬單與小費，服務生開始打包。

史蒂芬妮說：「你可不可以把打包的紅燒肉給我？我明天帶回家。」

「剩得不多，要不我再給你Order（訂）一份吧？」

「不用的啦，我明天再煮點菜進去就可以了。」

「若你不嫌棄，就把這幾樣打包的都帶回去吧。」小玉如是說。

「好啊，好啊。」她一邊吃甜酒釀一邊高興地誇：「這甜酒釀好好吃喇！」

看到她如此直率不見外，小玉也蠻開心：「正好昨天我買了一瓶甜酒釀，還未開封。你若喜歡，明天也一起帶回去吧。」

「不用，不用。」她推辭了。

小玉第二天六時許要早起去開店，告訴她可以自己睡夠了才離開。她說自己平日就起得早，可以與小玉一道坐Bart（灣區捷運）去三藩市。下車後小玉坐巴士去店裡，她則到處晃晃悠悠後回海景屋。

史蒂芬妮果真起得早，小玉被鬧鐘吵醒，正睡眼惺忪起來漱洗時，她已安然坐在客廳沙發上看手機。小玉說：「早上忙，沒時間做早餐，正好Bart下車附近有間咖啡店。到時給你買咖啡和Croissants（羊角麵包）吧。」小玉特別解釋：「這家的Croissants很好吃，但咖啡一般般。」

史蒂芬妮似乎欲言又止，小玉問：「有什麼事嗎？」「我還是把你那瓶甜酒釀一起帶走吧，正好回海景屋煮來吃。你就不用再去買咖啡了，雖然我很喜歡Croissants。」

小玉說：「當然，當然。我本來就是要給你的嘛。」所以，史蒂芬妮就提著這一大包湯湯水水的東西，和小玉一起坐Bart到三藩市。下午，她還要不嫌麻煩地帶著這幾包剩菜，長途開車回她山中的豪宅。

她倆又是久未聯繫，但不時在史蒂芬妮微信朋友圈帖子看到行蹤：總是不停地在世界各地觀光旅遊，住最高級的酒店，乘坐豪華limo，享受最優質的服務。因她現在是旅遊傳銷俱樂部的會員，作為被傳銷上線發展的下線之一，除了一筆不菲的入會費，每月還要

付昂貴的會員費。若不參加俱樂部的這些旅遊項目，所有費用就算白繳了。所以她必須盡可能多地出行，才划算。

　　昨晚，小玉接到史蒂芬妮電話：「我這兩天在三藩市，明天我來店裡找你玩吧。」

　　「好啊，沒問題。我明天整天都在店裡，你任何時間來都可以。」

　　「年齡大了，睡眠不好，我每天都起得早。要不你早上開門我就來吧。」

　　「那好，隨便你。」

　　「那我要去買早餐，帶來你店裡吃？」

　　「你在哪裡買早餐？」

　　「我在Chinatown（中國城）買？」

　　小玉心想她既然路過Chinatown，就悠閒地在那兒吃吧，不必麻煩帶給自己。

　　「要不，你吃完早餐再過來吧。」

　　電話中，史蒂芬妮沉吟片刻：「那你幫我買一杯咖啡吧。你不是說，你下Bart附近有間咖啡店嗎？」

　　「哦，我好久沒去了，你不說我都忘了。要麼我再幫你買個Croissants吧。」

　　「好啊，好啊，我最喜歡吃Almond croissant（杏仁羊角麵包）了。」史蒂芬妮在電話那頭高興地說。

　　所以今早，小玉就提前趕車，來到三藩市，來到Bart下車附近這間咖啡店。老實盡責地為史蒂芬妮買了咖啡和Almond croissants，乘巴士為她捧到自己店裡。恭候這無所事事富婆的大駕光臨！

　　可是史蒂芬妮一直沒有來，直到這杯咖啡冷透了……

雨城夢語

蓮葉何田田

「你曉得不？蓮妹跳樓自殺了！」少小離家的小玉，此次回雨城，騎電瓶車來接她的小舅，在廊橋旁一邊停車一邊告訴她。

蓮妹的模樣在小玉記憶中，總停留在青春期的少女時代，是頗有些文藝範兒的。蓮妹很喜歡自己的名字，因為蓮是「花中君子」：出污泥而不染，濯清漣而不妖，中通外直，不蔓不枝，香遠益清……。

蓮妹是單眼皮，窄臉盤，皮膚較白皙，點綴著些許雀斑，身材高挑苗條。她的頭髮在耳邊低低地紮兩把「刷子」，穿「的確良」淺色細花襯衣，下裝是直通或微喇叭褲，配塑膠涼鞋。蓮妹算不上驚豔，但很耐看，且她總把自己收拾得乾淨整潔甚至有點「超」（時髦），身上常有花露水的味道。

在小玉的幼兒時期，蓮妹喜歡「逗」她玩，她愛小玉最直接的表達方式是「掐」她臉蛋。她一邊掐一邊還教小玉唸「兒歌」：「江南可採蓮，蓮葉何田田。魚戲蓮葉間。魚戲蓮葉東，魚戲蓮葉西，魚戲蓮葉南，魚戲蓮葉北……。」她愈覺得小玉可愛，她的兩手在小玉的兩臉頰「掐」的力度和搖晃度就愈大，配以滿有韻律的〈戲蓮歌〉，不知她倆誰是魚誰是蓮葉，反正戲來戲去，直到把小玉的臉蛋弄得通紅。

小玉長到八九歲時，蓮妹第一次帶她去公共澡堂淋浴。小玉見到已發育成人的蓮妹，竟誤認為她某些部位的「不正常」，並為她難過。直到若干年後小玉才自動消除了此誤解，因為小玉從未受過女子生長發育的啟蒙教育。

蓮妹的媽媽是雨城百貨公司的售貨員，小玉從小叫她江婆婆。

奇怪的是，小玉從小也沒大沒小地叫蓮妹為「蓮妹」。習慣成自然，好像從小到大，沒人對這叫法感到奇怪，而且兩者之間輩分的稱呼隔了一輩。

蓮妹排行第二，有哥哥和弟弟兄妹三人。哥哥名之禮，名如其人，一副知書達禮的模樣。弟弟外號「農二哥」，性格憨厚，吃苦耐勞，常背個竹編大背篼上山下鄉。哥弟均聽話懂事，孝順母親。可能是憐惜母親一人養育他們，實屬不易。可他家父親呢？小玉從未見也未聽說過蓮妹有爸爸，好像蓮妹兄妹是從石頭裡蹦出來的？

與兄長與兄弟相反，蓮妹三天兩頭地與她媽媽吵架。外人眼裡的江婆婆是通達明理的，與親朋鄰里均相處融洽。唯獨這個女兒，常為雞毛蒜皮的小事，與她媽媽吵到不可開交。氣得江婆婆捶胸頓足，說蓮妹是她前世的冤家。鄰里皆知，蓮妹從小脾氣就倔得一根筋，直槓槓的，不懂變通，頗有點「中通外直，不蔓不枝」。而江婆婆罵她的話則是：一根腸子通屁股。

造化弄人，原本是鄰居的蓮妹，若干年後卻變成了小玉的「二舅媽」。二舅與小玉媽媽同父異母，隨他母親在外地生活，所以小玉小時從未見過這位二舅。二舅高考考入雨城的一所大學，偶爾來小玉家走動。便有一親戚，執意撮合二舅與蓮妹，小玉媽媽聽說後搖頭，私下提醒二舅關於蓮妹的怪脾氣與情感經歷。

二舅人極老實，說話不算太結巴但明顯大舌頭。蓮妹人長得漂亮，且從小「獨女」，心高氣傲，加上在國營企業的百貨公司當營業員（接她媽媽的班）。一開始並不太看得上二舅。但當時的大學生，是天之驕子，是一塊耀眼的金字招牌，加上親戚媒人的口吐蓮花，兩人最終結婚成家了。

二舅大學畢業，分配到省城一家公司工作。不久蓮妹誕下一女兒，取名蘭蘭，江婆婆幫忙撫養。後來二舅通過各種關係，費了好大勁，蓮妹有了被調到省城工作的機會。俗話說「人往高處走」，

可蓮妹卻堅辭不去，非要留在雨城。二舅三番五次做她思想工作未果，只好作罷，繼續兩地分居。

據說蓮妹後來患了癔症，脾氣愈發古怪。回雨城探親的二舅，往往被她又抓又掐又罵，身上青一塊紫一塊的推出門去，有家歸不得。可好脾氣，甚至有點窩囊的二舅一忍再忍，一讓再讓，最終換來的是一紙離婚書。女兒蘭蘭判給蓮妹，繼續在雨城上小學。

二舅是個重情重義之人，要離婚了，他卻專門買了金項鍊、金手鐲送給蓮妹，作為永遠的念想。

一晃，又是好多年了，他們的女兒蘭蘭已大學畢業，在省城找到了工作且嫁做人婦。蓮妹與二舅也早已退休，可兩鬢斑白的蓮妹與二舅，兩人仍然獨身。中間這麼多年，誰也沒找過對象更別說另組家庭。可兩人就是走不到一起。

當小舅告知蓮妹自殺的消息，小玉大吃一驚，忙問原因。據說是性格乖張怪異的蓮妹，後來又患上了憂鬱症。她媽媽被這「前世的冤家」弄得不堪重負且已年老，便搬去了外地小兒子家。蓮妹一人在雨城，有天摔了跤，小腿骨折。蘭蘭得知後，馬上從省城趕回，接蓮妹去省城醫院住院治療。俗話說「傷筋動骨一百天」，接骨打上石膏後的蓮妹，出院後仍需要人服侍照顧。蘭蘭此時身懷六甲且要上班，實在無法照顧蓮妹，若送她回雨城也是無依無靠。蘭蘭便擅自做主，把蓮妹送去她爸爸（即二舅）處，幫忙照應。

二舅為前妻煲粥煎藥，無微不至。可蓮妹不是嫌粥濃了、稀了就是嫌藥苦了，不是嫌被單洗得不乾淨就是嫌屋子髒亂……。蓮妹極易發怒，焦急煩躁。可二舅除了天生好脾氣加上耳背（曾患中耳炎，耳膜穿孔），並不是醫生。他並不懂為蓮妹做心理疏導，消除她心中的負面因素，使之調整到較好的狀態，更沒想到送蓮妹去看心理醫生。他只知蓮妹從來就怪脾氣，所以並不與前妻理論與計

較，只是我行我素地盡力而為。這反而更激起蓮妹的不滿，覺得前夫是故意冷落，忽視自己的存在。「寄人籬下」的蓮妹，愈想愈委屈，愈想愈生氣，愈想愈想不開。蓮妹本來睡眠就不好，常一夜夜失眠，白天便往往頭暈腦脹，極度疲勞，情緒低落，精神很差。

　　這天，夜深人靜，失眠使蓮妹的精神瀕臨崩潰的邊緣。她拖著打繃帶的腿，挪到陽台，神思恍惚地翻上圍欄。她或許想起曾經看過的日本電影《追捕》，其中耳熟能詳的經典台詞：「杜丘，你看，天是多麼地藍，一直向前走，不要朝兩邊看，你就會融化在這藍天裡……從這兒跳下去，昭倉不是跳下去了！唐塔也跳下去了！現在輪到你了，往下看一看吧，多好啊……」

　　第二天清早，二舅在廚房做好早餐，送到前妻房中，未見人。二舅好奇地找遍室內，均無人影。當二舅打開大門，正遇對門鄰居。鄰居問二舅，昨夜是否聽到奇怪的聲音，似重物墜地？

　　二舅心下大驚，飛奔下樓，蓮妹躺在血泊中，早氣絕身亡。

　　此時，二舅上衣口袋中的手機急響，女婿來電話：昨夜蘭蘭順產，誕下一女嬰，取乳名小蓮。

水流雲散

二舅與小玉媽媽同父異母。解放前，二舅母親是小玉外祖父的二房。解放後實行一夫一妻制，二房與小玉外祖父離婚後，便帶著判給她的兩個兒子去了鄰縣，不久改嫁他人。

二舅原本是判給父親這邊的，讀小學時的二舅執意要輟學，因他羨慕大雜院裡，那些在河灘砸石子、背沙子的小夥伴，認為他們能賺到錢。身為雨城西醫醫院院長的小玉外公，常用「萬般皆下品，唯有讀書高」來教育孩子。當小玉外婆告誡他這些讀書的道理，可二舅「孺子不可教也」，竟強硬回嘴：「難道那些勞動人民就不活了嗎？你這沒改造好的地主婆！」小玉外婆一個巴掌甩過去，二舅摀著臉奪門而逃，再也沒回父親家，他去了鄰縣的母親家，從此改作他姓。

看來，二舅後來還是明白了讀書的重要性，因高考制度恢復後，他考上了雨城的一所大學，成為人人羨慕的大學生。

小玉高中快畢業的高考前夕，小舅很關心這姪女的前途，希望她能順利考上大學。有天小舅告訴小玉，他請了個大學生，幫助她補習功課。週末，小玉便去了小舅在雨城西門的家。小舅與小舅媽新婚，只有一間房，但他們無私地把房間讓出來給小玉補習功課。

見到大學生，小玉很驚訝，因他模樣與小舅酷似。小玉向小舅表示出好奇，小舅瞪她，教訓她只管好好學習，不許多管閒事，並叮囑不要把補習之事告訴外婆。

可沒有不透風的牆，不久以後小玉外婆外公就知道了二舅在雨城。並邀請二舅來家做客，外婆閒談二舅小時要輟學的故事，小時倔強的二舅此時卻靦腆地紅了臉。

　　後來就有人給二舅介紹對象蓮妹，造就了這對怨偶一生的不幸福。

　　二舅大學畢業，被分配到省城一家公司工作。工作環境及待遇均不錯。二舅生活節儉，很顧念雨城的小家。二舅的女上司，屬女強人型的「剩女」，她觀察到這小夥子勤懇努力，老實厚道，既不抽煙又不喝酒，無不良嗜好，是每天上下班兩點一線的單身漢。

　　女上司對二舅產生了想法，便有意無意地曖昧。二舅以誠相告，自己在雨城已有妻女。女上司也很理解，還幫忙出主意，讓二舅儘早把妻子調來省城，說這樣才算一個完整的家。二舅告訴女上司，雖然我已為人夫，但自己弟弟還未成家。便把女上司介紹給了同在省城的三弟，結果成就了一段美好姻緣，兩人相親相愛，生了個兒子，一家人過著幸福的生活。對二舅婚姻的不幸，他們常表同情，覺得蓮妹太欺負人了。

　　不得不離婚後的二舅深居簡出，與弟兄及親朋們都少有往來。再後來，二舅所在公司效益欠佳，二舅停薪留職出來做小生意。他在省城荷花池批發市場進一批皮鞋，去到雨城及雨城附近鄉鎮，走街串巷推銷。二舅奔波勞頓、風餐露宿十分勤勉，賺了一筆錢，在省城買了套七樓的二居室，算是給自己安了個窩。

　　其間還有個插曲：當年撮合二舅與蓮妹的媒人，是二舅的大嫂。這是個勢利自私刻薄且八卦的女人。她當時有點暗戀二舅這個大學生，可惜自己已為人婦。便以大嫂名義從中撮合那段姻緣。

　　後來，下崗女工的她得知二弟在賣皮鞋，便主動要求幫忙推銷。二舅便時有與她一起進貨、出貨並給予提成。後來二舅財運不濟，生意做垮了，這女人便賴住在二舅家中不走，聲稱此房應是她與二舅的共同財產，若要她搬出，必須付她一半的房款並賠償其精神損失。後來還是三舅媽幫忙找了律師，把這女人趕了出去。

　　這女人心理不平衡，便四處散布流言蜚語，大意是兩人做生意

期間，二舅勾引她，與她發生了不倫關係。二舅聲名狼藉，難以抬頭，便斷絕了與弟兄及親朋們的聯繫。

前妻蓮妹跳樓自殺後，二舅賣掉了那套七樓的房子。從此，大家再也找不到也聯繫不到他，不知二舅雲遊去了哪裡。

有作家說過：「人生的道路雖然漫長，但緊要處常常只有幾步，特別是當人年輕的時候……你走錯一步，可以影響人生的一個時期，也可以影響一生。」所以，如果二舅當年考上的不是雨城的大學，又如果二舅遇上的不是蓮妹，再如果二舅不答應照顧前妻……人生有太多的「如果」，也許真的是「人皆有命」？真的是有「前世的冤家」？

小玉常會感慨二舅命運的多舛，感念二舅曾為她補習功課，感謝二舅用心幫她選填高考志願與專業。二舅說：「女孩子嘛，坐坐辦公室不遭風吹日曬雨淋，所以學財經專業不錯且就業面廣，任何單位都需要財務會計人員的。」

從某種意義上說，小玉的人生道路，年輕時命運緊要處的那幾步，實際上與二舅最初指點的那一步密切相關，不可或缺。

文瘋子與武瘋子的家長里短

　　大雜院頗大，前院加後院有十幾戶人家。從小巷進去，中間有很大的院壩。天氣好的週末，人們在院中拉起長繩或撐起竹竿，晾曬床單、衣物等。平日裡，年輕人常在院中打板羽球，老年人在家門外的院邊擺個小方桌下象棋。

　　前院臨街是一家刻私章與製作毛筆的店鋪，約五六個員工。小女孩小玉最喜歡趴在玻璃櫃檯上，面對面看沉默寡言的白鬍子師傅工作，他戴著老花眼鏡，偶爾從眼鏡上方看出來，瞄一眼小玉或街景。他面前有隻玩具似的小木盆，盆裡盛有清水，一塊小搓衣板似的東西斜靠在盆內，白鬍子老頭用刮刀、鉗子、夾子、剪子等系列小工具（所有這些都像小人國裡用的，好精緻可愛喇），一遍遍地修理筆毛，一邊修理一邊在小盆裡梳理清洗。一支毛筆的製作工藝相當繁複、細緻、耗時呢。可毛筆為啥那麼便宜呢？偶爾，小玉也好奇地看別的師傅刻章。此店是小玉無聊時消磨時間的好地方。

　　店長一家住在店的後面，既可從臨街營業廳進出，又可從小巷中段的一扇門進出。屋子無窗，終年又黑又悶，若遇樓上住戶拖洗地板，還會漏水下來，引起他家叫罵。而小玉就是被罵的對象，因小玉家住樓上。小女孩小玉往往沒力氣把布拖帕擰乾，所以水就從地板縫滴滴答答地漏下去了。小玉也記不清害了人家多少次，被罵了多少次。反正小孩子臉皮也夠厚的。

　　他一家五口，兩兒一女。大兒子在外地工作，偶有回家，其身材頎長，膚色很白。他在院裡公用水龍頭下洗菜的時候，常常是哼著歌兒的。

　　小兒子在一家街道沙石廠工作，很壯實、英俊的青年，他有

個很奇怪的外號「寄生婆」（小玉一直不明白這外號的由來與意思）。寄生婆很陽光，小青工的他是其「革命大院」的小頭目。寒冬臘月，他也要組織大家早起晨跑。通常，他最早起來，一邊跑一邊沿途在樓下呼喚各「革命小將」的名字，然後一隊人馬跑去雨城廣場繞圈。記得那時小玉腳上凍瘡潰爛流膿，依然受他志氣鼓舞，堅持晨跑。廣場上晨跑的還有其他「革命大院」的人。奇怪的是，為何有的隊順時針跑，有的隊逆時針跑？伸手不見五指的冬日凌晨，很容易碰頭呢。

排行老二的女兒，小巧玲瓏，精靈活潑。她幼師畢業，是能歌善舞的幼稚園老師。她的辮子不粗但長，垂到腰間。她的小名叫「小姑娘」，外號叫「小嘴巴」，因她的嘴確實如古代美人的「櫻桃小口」。

她與蓮妹年齡相仿，都是喜歡逗小玉玩的大姐姐。在小玉很小的時候，這兩個女孩為爭奪小玉的一張小可愛照片，打了一架。最後是小姑娘贏得了照片的所有權，並珍藏在她相冊中。照片中的小玉，稀疏的黃毛紮了三個沖天炮，脖子上圍著口水兜兜，眼睛像油患子珠珠又黑又亮又圓（她倆的形容）。因那時還沒有年畫，她們便把小玉的照片當年畫娃娃來喜愛。

店長的老婆，也就是小姑娘三兄妹的媽媽，是個瘋子。她是文瘋，絕不亂喊亂叫或暴力傾向。相反，她相當文靜甚至內斂。她每天安安靜靜、認認真真地坐在店內刻章，刻功了得，不少人慕名要她刻呢。偶爾的時候，她會從低著頭的老花鏡上邊邊緣看出來，眼光空洞無物。店長是個嚴肅的老頭，工作負責，做事刻板。常常聽到他長篇大論有理有據地，數落責罵其瘋子老婆，無非是：瘋子煮飯忘記淘米而吃出沙石來；瘋子洗衣只用力搓洗某處，致使那處的布料泛白或破損，而其他部位仍然很髒；叫瘋子做什麼事，結果瘋子置若罔聞……被罵的瘋子默默無語，從不辯解還嘴。

　　而最明顯看出這文瘋子的瘋，是她在女廁所內。她在解褲帶與繫褲帶過程中，雙腳會反覆併跳且口中念念有詞。聽不清她唸什麼但至少跳十幾下，且每次如此。

　　與之相反，隔了院牆，住在院後面的那女瘋子，卻是個武瘋，要打人的！最大受害者是她媽媽，大家叫她李婆婆。印象中李婆婆那時就很老了，滿頭白髮，滿臉皺紋，佝僂著背，拄了拐杖顫巍巍地走，卻常被瘋子女兒打得身上青一塊紫一塊。好可憐！

　　這武瘋子，常獨自站在她家後面小山坡老槐樹下，一個人時而念念有詞，時而哭哭笑笑，情緒波動較大。有時又旋風似地衝過院牆，跑到街上。若不去招惹她，通常她也不會亂打人。最可氣的是一幫小孩子，無聊時會去逗她或向她扔小石子。這時李婆婆就會站出來，敲著拐杖罵那些淘氣包，說：「惹瘋子打人了你們自己活該喲。」云云。

　　令人想不到的是，李婆婆家的武瘋子是當年少有的大學生呢，品學兼優且是校花。她原名趙文燕，因身材嫋娜能歌善舞，是學校文藝骨幹，大家就直接叫她「趙飛燕」。

　　趙飛燕是為情所傷，用她媽媽的話說，是「上了男人的當」。因她年紀尚輕，大學還未畢業，便懷孕生子，被學校開除。那男人又始亂終棄。而「閒愁最苦。休去倚危欄，斜陽正在，煙柳斷腸處」。斷腸人趙飛燕終於瘋了。

　　小玉從未見過害趙飛燕發瘋的男人，倒是多次見過她兒子，因她兒子暑期會到他外婆處住一陣，是個愣頭愣腦的胖男孩。

　　若干年後的某天深夜，趙飛燕吊死在她家屋後那株老槐樹上。用的是她自己的褲腰帶。

　　小玉正與小舅走在雨城的東大街上，迎面又唱又跳地奔過來一個女人，頭髮用紅紅綠綠的頭繩胡亂紮了一氣，襤褸的衣衫隨風飄舞。她經過他們身邊時並未停留，空氣中卻留下了她歌聲的旋律。

是那首〈為情所困〉：「我曾經愛過一個人／他對我總是一往情深／他的心曾是那麼單純／只願意陪我一生／……這一生為情所困／只為當初你的心太真／這一生癡癡戀戀／只為一個無法實現的諾言……。」

小舅問：「你認出她了嗎？她就是『小嘴巴』，也就是小姑娘啊。」

小玉好感嘆：「看來精神病真的會遺傳呢？那麼精靈的小姑娘還是沒逃掉。但她媽媽是文瘋，她卻像武瘋？」

小舅說：「她也像趙飛燕一樣，上了男人的當。當初那男的說得花好桃好要與她結婚的，說自己與老婆沒感情，家庭已成為廢墟。有天，他老婆約上自己的兩個兄弟打上門去，他們衝進幼稚園教室把小姑娘拖出去，一邊辱罵一邊拳腳交加。小姑娘被打得住了一個月醫院，那男的卻當了縮頭烏龜，並在家人與社會的壓力下與她絕交，躲進了自家的『廢墟』。小姑娘身心俱傷，名聲掃地，精神受到極大的刺激，不久便發瘋了。

「而她兄弟寄生婆，那個壯實、英俊的沙石廠工人。當年其婚事已籌備妥當，卻在上班途中突然倒地，暴病而亡。結果一場婚禮變成了葬禮，用的便是他們的結婚喜糖、喜煙。其時準新娘已有孕在身。

妖精妖怪，偷油炒菜……

　　小妖是小玉姐姐的好朋友，小玉是姐姐的小尾巴，所以她倆在一起玩的時候，小玉也常常在場。

　　小妖家住在院壩後面，與李婆婆（趙飛燕的媽媽）家隔一個天井。不知是窗簾低垂還是採光不好，不管外面天氣如何，進到她家總是黑黑的，且屋子裡有種難聞的隔宿味與中藥味，因她爹長年臥病在床，一見人（可能想說話？）便咳嗽連連、氣喘噓噓，且咳出許多濃痰來，又「啪」的一聲吐到地上。

　　每次進她家，經過她爹的房間，小玉都故意裝著很忙，逃也似的衝進去，「蹬蹬蹬」地跨上斜竹梯，進到小妖的閨房。這是個三角形頂的小閣樓，有的地方連腰都直不起。可小妖閨房內的東西可豐富了，既有縫紉機和許多花花綠綠的布料及碎布頭，還有各種不同型號大小勾花的勾針和織毛衣的織針及線團等等。小妖不僅心靈手巧食人間煙火，還會神神叨叨地當巫婆占卦算命。

　　所以常有女友們湊在她小閣樓昏暗的燈光下，看小妖「湊十點」：大致是，把去掉大小王后的五十二張牌，徹底洗牌並分成兩堆。然後把兩堆牌各重新洗幾次。把對方年齡數字的撲克牌放在其中一堆牌的底下，然後各翻開上面的一張，兩張牌數字相加，便可預測出此人的愛情運勢及人生命運了。小妖神神叨叨的，被小玉的姐姐喚作「小妖」。其原名並非此「妖」，而是彼「夭」，她家兄姐多，她爹老年得此小女，取名為「小夭」。

　　小妖生得濃眉大眼，頭髮黑亮、豐沛、卷曲，紮了大辮子垂在身後。她長得健壯、漂亮，像一頭正發育成熟的小母獸。可惜她小時得小兒麻痺症，成了瘸子，便腋下拄了拐杖，一拐一拐地走。

　　小妖早早便輟學了，她在雨城東大街上守小人書鋪。每天早上，她拖著瘸腿把店鋪的門板一塊一塊卸下來，然整理好牆架上的圖書，便把拐杖靠在病腿邊，坐在櫃檯邊的椅子上邊織毛衣邊守書鋪。小玉小學放學後，常去她書鋪看連環畫。有的書五分錢一看，有的書二分錢一看，而小妖是常常優惠或免費給小玉看的。小玉最喜歡看的，是才子佳人的故事。

　　雨城有個京劇團，京劇團的幾個主角是小城的名人，男的英俊，女的漂亮，走在街上令人側目。京劇團有位曾唱老生與丑角的老演員姓伍，因他扮演丑角插科打諢，幽默風趣，舞台經驗十分豐富，久而久之，劇團內外沒人叫他名字，而直接叫他「五（伍）花臉」。五花臉是北方人，身材高大。年輕時的五花臉是個大帥哥，而他老婆也相當漂亮，且是京劇團當家花旦，人稱「白骨精」。京劇劇碼《盤絲洞》中她演的白骨精，其扮相貌美如花，嫋嫋婷婷，靈精古怪，風流撩人，把個唐僧迷得七葷八素，差點晚節不保。幸好孫猴子及時趕到，奮起千鈞棒，白骨精頓時化作青煙而去……。

　　沒想到，這個白骨精妻子為了追求進步，在「大鳴大放」時揭發批判他，公開他在家裡或枕邊的「反黨反革命言論」，致使他被打成右派，發配到勞改農場勞教十多年。白骨精早已與他離婚。

　　勞教釋放回來的五花臉，仍被安排在京劇團工作，只是已不登台，改做戲服管理等後勤工作。孤身一人的五花臉常去小妖家串門聊天，喝點小酒，因他與小妖的爹是老朋友，便認了小妖做乾女兒。

　　乾爹五花臉經濟條件較好，他很關心乾女兒小妖，常常買吃的喝的給她，還不時帶乾女兒到他京劇團的單身宿舍，拿出一些好看的布料送給她，披在她身上比畫，拿個皮尺量上量下，腰上掐掐，胸上抓抓，指點建議其怎樣縫製。小妖自己會縫紉，所以穿出來

的衣服像模像樣。小妖瘸腿進進出出院壩時，唱著〈馬蘭花開〉童謠跳橡皮筋的小女孩們便會惡作劇地改唱：「小妖，小妖——妖精妖怪，偷油炒菜，先炒妖精，後炒妖怪。妖精死了，妖怪還在……。」要不便唱：「有錢的人，大不同，身上穿的是燈草絨。腳一提，華達呢，手一撈，金手錶……。」小妖佯裝舉拐杖要打人，她們卻轟笑著跑到一邊，繼續挑釁似的唱：「一二三四五，上山打老虎。老虎要吃人，黑了要關門……。」

起初小妖約小玉的姐姐一起去京劇團，後來小玉的姐姐就不願去了。小妖從不避諱乾爹，在乾爹面前換衣服、穿衣服都很隨意。甚至女孩子某些隱祕的事，五花臉也幫忙做。後來，小城就有了乾爹、乾女兒有不正當男女關係的流言蜚語……。

後來小玉和姐姐都離開了雨城外出求學及工作，便與小妖斷了聯繫。後來聽說，乾爹、乾女兒終於衝破世俗壓力，結婚成家了。婚後不久，小妖生了個女兒。曾飽受磨難的五花臉，晚年有了家庭，他十分體貼心疼妻女。小妖集夫愛、父愛於一身，生活得很甜蜜幸福。

可惜好景不長，女兒尚在繈褓，五花臉卻腦溢血發作，一命嗚呼。遺留下這孤女寡母，生活十分艱難。

此次，在小舅引領下走近大雜院舊址，遠遠見一女的在巷口賣茶葉蛋。若不是她腋下的拐杖，小玉肯定認不出她了。年近六旬的她黃皮寡瘦，髮如槁草，憔悴不堪。見到小玉，她十分熱情，拉著小玉的手寒暄，又捧了好多茶葉蛋，執意要塞入小玉挎包中。給她錢也不要，說這樣是瞧不起她。

其實，她擺這小攤非常不易，因城管會突然襲擊，來追攆和沒收。小妖必須眼觀四方耳聽八路，一有城管的影子，便收起她的攤子，一拐一拐躲入小巷她家樓道下。待城管一走，又像游擊隊員冒出來。

想起小時候，小妖為大家占卦算命，不知她是否算過，自己一生曲折多艱的命運？

一對姐妹花

　　尤家的三姐與四妹兒，都長得很漂亮，是一對姐妹花。

　　三姐齊耳短髮，膚如凝脂，她的左臉頰有個很深的酒窩，笑起來十分迷人。三姐藥劑學校畢業，在雨城醫院藥房工作。醫院大廳的學《毛選》積極分子光榮榜上，有她的大幅照片。照片上的三姐穿著白大卦，脖子上掛著聽診器（其實拿藥的又不用聽診器？）微微側身，雙手捧著紅寶書，幹練而意氣風發。

　　當了積極分子的三姐，除了上光榮榜還要與積極分子代表團一起，四處巡迴演講。三姐口才了得，不用講稿便可現身說法。從怎樣手不釋卷提高認識，改造自己世界觀，到怎樣帶動後進。甚至與自己識字不多，賣豆瓣、醬油、醋的勞動婦女母親，每天交流學習心得。三姐的演講，使得她母女每晚在煤油燈下學習《毛選》的事蹟廣為流傳。

　　尤孃是兩姐妹的媽媽，其閨蜜工友，聽聞事蹟後對其刮目相看有點崇拜，便私下向尤孃取經。性格實誠的尤孃「呸」了一聲：「別聽那小蹄子紅口白牙胡說八道，我每天下班累得要死，又有那麼多家務，坐下就要打蒲鼾，哪有時間跟她閒扯經！」工友立馬捂了尤孃嘴，四處張望，確信無人：「這話我可沒聽到，你也沒說過！」尤孃從此噤聲，再遇人問，便含糊其詞。

　　兩姐妹年齡相差兩三歲。四妹皮膚沒三姐白皙，但用現在的話說卻是健康色。四妹比姐姐嬌小，一雙大辮子長長地垂到腰間，走起路來搖曳生姿。四妹臉頰也有酒窩，卻是對稱的一邊一個。四妹一開口便是笑模樣，這令她更嫵媚動人有女人味。

　　沒見她倆上面有兄姐，卻突兀地是三姐與四妹兒？小玉感到有

點奇怪。她們的爸爸在外地工作，難得回家一次。是個高而瘦、面容和善的男人。據說是倒插門，所以兒女隨母姓。

小玉叫她們的媽媽「尤孃」，尤孃其實與江婆婆年紀相仿，為何小玉對她倆的稱呼卻相差了一輩？小玉也不得而知。胖胖的尤孃在街拐角的大雜貨鋪裡工作，雜貨鋪經營糖果、餅乾、瓜子、花生、煙酒等副食產品，尤孃是負責賣醬油、打醋及秤豆瓣醬那一攤。她的藍布工作服外永遠繫著圍裙，上面沾滿了佐料。每次小玉去打醬油或醋，尤孃都會假公濟私地把竹筒量斗稍裝多點，讓鄰居占一點公家的小便宜。

小玉家與江婆婆家是左邊一牆之隔的緊鄰，而尤孃家與江婆婆家是右邊的緊鄰，只是因尤孃家緊挨著小巷，樓下無空間，而是要順著一個樓梯上去，通進屋裡。

小玉家與她兩家關係都不錯。奇怪的是尤家與江家從不來往，形同陌路。不僅尤孃與江婆婆兩個女人互不搭理，兩家年齡相近的女兒也不一起玩耍。這完全不同於，過一陣子便會和好的普通鄰里糾紛。比如有次，尤孃與小玉外婆生氣了，好久都不睬小玉家。為配合大人，小玉也不去尤孃處打醬油、買醋了，而是情願繞道去較遠的雜貨鋪。過了好一陣，小玉外婆估計尤孃的氣差不多消了，便專門叮囑小玉要去尤孃處。當小玉拿著醬油瓶站在尤孃面前，她不僅多打給小玉，還附帶送小玉一小包涪陵榨菜。這樣的信息一傳遞，彼此又和好如初了。可是她兩家，從小玉記事起直到長大，都是「雞犬之聲相聞，老死不相往來」，不知有什麼歷史的原因，造成如此的「深仇大恨」？

尤孃家的長條桌上有個大玻璃瓶，裡面是紅紅綠綠的泡菜。有紅的青的辣椒、生薑、蓮花白、紅蘿蔔及白蘿蔔皮等。小女孩小玉，喜歡到她家撈泡菜吃，特別是泡成粉紅色的白蘿蔔皮，脆生生

的，若拌點紅油辣椒，更加好吃。可常常等不及那麼麻煩，就直接從瓶裡撈進了嘴裡。有時小玉也梭「梭梭板」，從她家樓梯的扶手上，「嗖」地梭下去，又「蹬蹬蹬」跑上樓，再「嗖」地梭下去，如此反覆，玩得不亦樂乎。有次小玉從扶梯上梭下去摔昏了，恰巧周圍沒人，也不知昏了多久，又自己醒了過來。

三姐嫁得較好，丈夫是縣委宣傳部的科長。所以三姐回娘家來，基本不與院子裡的閒雜人員囉嗦，所以大家背地裡說她眼睛長到額頭上。有次四妹在院壩裡收自家晾乾的衣服，順便斜倚在竹竿旁，手拉著晾衣繩與人閒聊。四妹並不自知，這一倚一拉便把自己扭曲成了旁逸斜出的楊柳枝，不一會兒，便「紫燕黃鶯」、「遊蜂浪蝶」，形成了以四妹為中心的聊天圈。大家正插科打諢，嘻嘻哈哈，好不開心，卻被正回娘家的三姐撞見，三姐邊上樓梯邊厲聲叫道：「四妹兒，回來了！」四妹頑皮地向大家吐吐舌頭，便收起衣服乖乖回家了。

後來三姐通過丈夫的關係，把四妹安排到縣委大院裡當打字員。不久四妹也結婚了，接著又生了孩子。背著嬰孩回娘家的四妹，並不像外界傳說的那麼幸福。因四妹不像以前那麼愛笑了，且眼中似有哀怨。她的丈夫，一個矮戳戳的小個子男人跟在她身後，據說是縣委宣傳部副部長的公子。

大舅塵緣

　　此次回雨城，小玉也想看望下大舅。聽說他諸病纏身已數年，由於腎衰竭，常須做透析。可他卻很貪玩，不時與一夥人騎摩托外出，幾月前從雨城騎至都江堰時，不幸發生車禍，摔斷了幾根肋骨。

　　小舅說：「他活該如此倒楣，誰叫他自私自利、無情無義。他自己父親走了幾十年，以前連埋在哪裡他都不過問、不知道。如今移葬在都江堰山上陵園，我每年清明都會坐長途車去祭掃，可他已騎車到山下了，都不去看看。唉，他出這車禍也是報應吧。」

　　在小玉和姐姐成長過程中，大舅曾對她們不甚好，小玉當時很「恨」他。但回頭客觀地看，曾幾何時，特別是他結婚前，也關心愛護過她們倆姐妹。想到他不久於人世，也許此次是最後一次機緣，完成小玉對他「好」的方面的報答。

　　大舅與小舅是嫡親兄弟，同在雨城，卻關係不睦，不太往來。小舅聽說小玉想去看望大舅，並不太願聯繫及引路。小玉說：「小舅，你看嘛，我遠在外地，難得回來一趟。以後不管他在世與否，我都不會再與之相見，此次便算是與他了結舅侄塵緣。」

　　小玉小時候，跟隨外公外婆長大。與兩個舅舅在同一個鍋裡吃飯多年，當然，做飯的是小玉外婆。在那個物資匱乏的年代，米麵、油、糖、肉等等均須憑票供應，大家都是「粗茶淡飯」，難見腥葷。可這家裡卻出了個挑食的丫頭，無肉不歡。每當小玉坐在吃飯的八仙桌前，看到沒自己喜歡吃的菜，便愁眉不展，或嘟著個小嘴勉為其難地扒拉飯粒。大舅說：「你在數碗裡有多少顆米麼？」或諷刺小玉是小姐心氣丫鬟命，投錯了人家與時代……遇到被大舅數落，小玉會當眾「叭」地摔了筷子，滿腹委屈地衝上樓去傷心難

過了。

小玉一邊在樓上傷心，一邊聽到大舅在對外婆吵：「你要把她『慣適』（溺愛）得啥樣？含在嘴裡怕化了，捧在手心怕摔了，你乾脆把她『抽』到神龕上供起嘛！」

可外婆並不料理他。等家人吃完飯收拾完飯桌，外婆便開始炒蛋炒飯。先在尖底鐵鍋裡把陳飯炒熱，然後把飯鏟到四周稍拍緊以免滑下，露出鍋底放入豬油，豬油燒滾後倒入打散的雞蛋，待雞蛋兩面煎黃，用鍋鏟把煎蛋切碎與飯混炒在一起。這時，豬油蛋炒飯的香味便四溢了，外婆的叫聲也隨之響起：「小玉，下來吃蛋炒飯了。」小玉心裡便生出高興，「蹬蹬」地跑下樓，一邊抬起手背擦淚一邊捧著碗，抽抽噎噎望著外婆難為情地笑。小玉姐姐便在邊上打趣：「羞，羞，又哭又笑，黃狗飆尿……」

小玉家樓上過道的儲物間，其中有儲存棉絮、被單、被子及舊衣物的櫃子、箱子等，更多的是落滿灰塵、布滿蛛網的書籍、碑帖、拓片等。這些書全是身為小城名醫的，小玉外公的醫學書籍。書們不僅堆滿儲物間，還散落家中各房間。比如床腳不平了，找本書來墊，桌椅不平，也找本書來墊……。

很小的時候，小玉對儲物間的興趣，大都是從很深的櫃子裡摸零食出來吃。這櫃子深到可裝下她。外婆除了用它儲藏棉絮等，也用它儲藏她自做的蛋紹酥與她炒的花生、瓜子等零食，一則裹在棉花裡可保持酥脆不會軟，二則她以為小玉找不到。有時蛋紹酥被翻落到櫃底了，來年夏天外婆晾曬被褥時，才發現蠕動著好多小蟲子……。

等到小玉讀書識字後，有天卻對儲物間的書籍發生了興趣。她翻出一些毛筆字帖，翻出一些硯台、墨條、紙張，又翻出一些銀勺及扭曲了的銀盤、銀燭台等，又在較深的角落翻出一大包牛皮紙包著的東西。當打開這包東西，發現不僅不是醫書，反而是花花綠綠

的電影畫報及素雅的民間文學等雜誌。

《劉三姐》、《五朵金花》及《我們村裡的年輕人》等故事及封面演員，小玉就在那時讀到並認識了，所以若干年後，當這些電影及演員開禁，讓小玉感到好親切，彷彿舊相識。

看了許多《民間故事》，比如「牛郎織女」、「七仙女與董永」以及許多記不起名字的故事。這些故事大都與仙女有關。有個故事小玉印象很深，大致是有個小夥子來到一仙女處，肚子已經很餓了，仙女給他一包稻種去種，不一會兒稻種長出了，又一會兒稻子成熟了，再一會兒便可收割回家做飯了……給小玉的感覺：天上一日，世上千年。

這些書，應是高中時期的大舅收藏的「禁書」，卻無意中給了小玉文學啟蒙。大舅應算當時的「文青」。由於「文革」，大舅像大多數青年一樣，沒上成大學。「文青」大舅當時做什麼工作呢？小玉竟一點印象沒有。只記得小舅在河對面的木材加工廠工作，學木匠活。

大舅有個「青梅竹馬」的女友，叫于英。她家住在大雜院的左裡邊閣樓上，一有人走動，陳舊的樓梯總是嘎吱作響，好似不堪重負。她爸姓魏，人稱魏師傅，她媽媽姓于，于英隨母姓。而兩個年齡小她很多的妹妹則隨父姓。不知她們是同父同母還是同母異父？于英單薄清秀，文靜善良。記得夏日的黃昏，于英到隔壁餐館買一節油淋鴨脖子給小玉。于英抱著幼小的小玉，小玉抱著鴨脖子啃，那鴨脖子的顏色、香味，及彎曲著連接的鴨頭形狀，到今天小玉仍記憶猶新，可于英早不在了。

大舅和于英，兩小無猜，感情篤深。他倆早已得到雙方家長認可，只待擇日完婚。可天有不測風雲，于英身染惡疾，日漸消瘦憔悴，最終香消玉殞。大舅哭天搶地，終無回天之力。

又過了幾年，大舅經人介紹結婚成家了。當然那女的索要了

「三轉一響」，且一過門，便把小玉家攪得永無寧日。也就從那時起，大舅在其老婆的挑唆下，製造一個又一個家庭矛盾。小玉常常從夜半的吵罵聲中被驚醒，內心充滿了屈辱驚恐與無助。小玉只想快快長大，逃離這個家，逃離這座城市，永不回來。

因了恨他們，小玉連帶恨了這座城市！

記得有個隆冬深夜，附近被服廠起火了。火光沖天，天幕被映紅了一大片。大雜院的人全都拖家帶口，抱著、提著稍值錢的家什往後面蒼坪山跑。年長小玉六歲，讀小學的姐姐抱起被子裡的小玉逃命，下樓梯時被大舅擋在樓梯口不讓下，因他與老婆正一趟趟往樓下搶救其私有財產。姐姐好不容易擠下去，抱著被子裡的小玉吃力地跑上通往蒼坪山的後院石階，因石階狹窄，被從後面衝上來，抱著大箱子的大舅一手肘拐開，自己衝上去逃命。姐姐被拐得摔到一邊，懷裡的被子骨碌碌滾下台階。小玉也從被子裡滾落出，正滾到「農二哥」腳邊。「農二哥」帶著哭腔對他媽媽說：「媽媽，找件衣服給小玉穿吧，你看她冷得打抖，好可憐嚜。」他媽媽說：「跑得急，我手邊也沒帶衣服呀。」「農二哥」便脫了身上外套把小玉裹上，自己僅穿了汗衫，牽小玉上了蒼坪山……。

小玉與小舅來到醫院，多年不見，已變成老頭的大舅斜靠在病床上，穿著不甚乾淨的藍條紋病號服，貧病交加。小玉從挎包裡掏出紅包，送給大舅，大舅顫抖著雙手接過，既沒推辭也未道謝。

一晃，已數月，今早小舅轉來大舅兒子的微信：「玉姐你好！我是波兒，我父親昨天已經去世了。」（小玉去醫院看望大舅後不久，在省城打工的波兒便向小舅要了都江堰陵園位置，專程前去祭拜過了。）

早餐時，小玉忍不住想起大舅。這個幾十年來，與她的生活基本無交集的人，仍然引發她心中頗多感慨。當年那麼「恨」他，後來客觀想來，也是由於當時的環境、條件及人的素質局限等等，均

可理解與寬容，心中已早釋然。小玉所回憶起的，反而大都是可感恩之處，比如工作之初，小玉做出納，常一個人從單位走路去鬧市區的銀行，取完錢後還去對街的百貨公司逛一圈，完全無安全意識。有次大舅從雨城來省城，來單位找到小玉，小玉正背個黃書包去銀行取錢，他便陪同小玉前往，並提醒小玉一定要注意安全。

那年去甘孜高原善後小玉的姐姐，大舅也千里迢迢翻山越嶺去的。想來若不是親人，互相又有什麼關係呢？當時在關於小玉外婆的贍養費協議書上，大舅確是簽了字的。後來外婆多次責備他不出錢卻亂簽字。現在想來他也是為難的，為在往返高原途中劃破的一條褲子，他老婆都抱怨連連，若要他負擔外婆生活費，他老婆哪肯依，還饒得了他？

當年剛參加工作的小玉，看到那種互相推諉爭吵不休，心中好悽惶。有一瞬間，小玉委屈傷心得滿眶淚水打轉，卻強嚥回去，當時就在心中發誓：一定要獨力贍養外婆！絕不向任何人伸手！

可氣的是，小玉剛把外婆從雨城接到省城，與小玉一起住「集體宿舍」，大舅一家便翻窗撬門登堂入室，強佔了外婆的「根據地」……。

小玉請小舅轉貼：「波兒，謝謝你告知。祈禱你爸爸一路走好，你節哀順變。祝你全家好！」

小舅的故事

　　小舅在河對岸的木材加工廠當學徒工，大多時候住在廠裡的集體宿舍。有時週末，外婆做了好吃的，便讓小玉走路去河對面，叫小舅回家吃午飯。一河之隔，看起來很近，小玉卻要走啊走，走到河右邊的大橋，從大橋過河後，又往左走很久，才能到達木材廠。

　　木材廠堆放了很多很多木頭，有整根樹木的原木，有鋸成木板與木條的木材，地上有許多刨花。小玉去得早的時候，在樓下喊舅，小舅答應後睡眼惺忪地下來。去得晚時，看見小舅在練木工手藝，在做一隻板凳或桌子？他雙手緊握鉋子兩側，彎身很有節奏地前後推動，鉋子下便翻捲出一層層散發著木質香味的刨花，小玉也想試試，便學著小舅把鉋子在木料上一推一拉，可一推便卡住，根本動不了。

　　有次早上，小舅知道回家吃午飯尚早，便帶小玉拐進一早餐店，小舅請她吃了一碗素椒雜醬麵，哇，餐館的麵怎麼這麼好吃！從此小玉更加認定，餐館的食物必是美味的。因為之前，小玉只進過「一口鐘」。一口鐘並非真的是指「一口鐘」，而是小玉家旁邊的麵館。老人們這樣叫，年輕人也這樣叫，在它的大門上方也用繁體字赫然寫著「一口鐘」三個字。

　　小舅喜歡逗小玉玩，給她取了好多綽號。他取綽號是隨機或見景的，比如他看見小玉像男孩樣爬樹摘無花果，便叫她「三娃子」，聽見別人誇小玉皮膚白，便叫成「小白兔」，有天他見小玉舉著小鏡子左右照，又叫她「小妖怪」。奇怪的是這些綽號很快就流傳出去，成為院裡小朋友罵小玉時的用語。小玉也愛與小舅打打鬧鬧，有次在廚房灶間追著「瘋」，小玉轉身一跑就摔了跤，鼻樑

砍在灶頭上，血流不止。小舅嚇得要死，立刻抱著她往醫院跑，外婆更是急得一個勁地責罵小舅。

小舅長得敦實帥氣。他除了工作，還有許多興趣愛好。小舅是「操打的」，操是操練，打是武功。操打既可鍛鍊身體與意志，又可外出防身，不被惡人欺負。家裡的灶披間為小舅安了張單人床，他住在家裡的時候，就把小玉早早叫起床，加上他的兩三個「徒弟」，一起到家後面的蒼坪山上練功。他督促大家壓腿、下腰，教大家紮馬步、劈掌、拳法等。小舅說，馬步穩可以站得穩，腿腳挨得打，進可攻，退可跑；劈掌是手上功夫，可阻擋打來的拳頭；拳法套路眾多，徒手、器械，十八般武藝都有。學一點基本的防身術，總歸是有用的，現在社會上那麼亂。

小舅還自學中醫，看了許多中醫書，背中醫〈湯頭歌訣〉。歌訣分為補益、發表、攻裡、湧吐等二十類。以歌訣的形式加以歸納和概括。比如第一卷為「補益之劑」：「四君子湯／升陽益胃／黃鱉甲／秦艽鱉甲／秦艽扶羸湯／紫菀湯／百合固金／補肺阿膠／小建中湯／益氣聰明湯。」其中每一劑又用七言歌訣解釋其運用與效用，比如「四君子湯」：「四君子湯中和義／參朮伏苓甘草比／益以夏陳名六君／祛痰補氣陽虛餌／除祛半夏名異功／或加香砂胃寒使。」小舅初中肄業，文化程度並不高，估計他學這些半文言不白話的東西實屬不易。但他很努力與用功，隨時見他褲袋裡插著一卷已翻閱得爛糟糟的「湯頭」書，口中念念有詞。

他不僅從書本上學習，還通過各種渠道向老中醫學習與請教。當小舅被單位派往偏僻鄉村收購木材時，由於當地交通不便，生活貧困，缺醫少藥，小舅便學以致用，工作之餘免費給當地村民看病開處方，慢慢還小有名氣呢。農民們給「周醫生」的回報，往往是煙薰火燎的老臘肉或黃橙橙的大豬頭。

後來小玉外公從醫療崗位退休，按當時政策可允許一名子女接

班。若按一技之長，小舅該有資格去醫院工作。可大舅力爭，小舅便禮讓了，繼續留在木材加工廠，過了幾年才轉正，又過了幾年，工廠倒閉關門了。

小舅雖沒成為真正的醫生，但小玉相信這些中醫知識對他一生皆有裨益。他懂得一些日常生活方面的身體調理等。比如小玉最近感冒了，電話中告訴小舅，自己早上煮生薑紅糖水喝了。可小舅聽完症狀，說這是風熱感冒，特別是春天易發，應該用銀翹解毒丸及桑橘飲之類，喉嚨痛可用手指反覆拉扯喉結下，便可起止痛作用。而生薑紅糖水則是用於流鼻涕之類的風寒感冒，所以正好弄反了。聽小舅這樣一說，小玉恍然大悟。原來真是隔行如隔山呢。

小舅也是音樂愛好者。夏日黃昏，他站在家中小院的無花果樹下吹竹笛，悠揚的笛聲飄出老遠。朦朧中，小舅吹笛的剪影頗有些清悠孤寂。小舅正是為愛情與前途「欲賦新詞強說愁」的年齡？小舅有好多種笛子，有長笛，有短笛，有楠竹笛，有斑竹笛等等。小舅曾想培養小玉吹笛，但小玉力氣小，使出吃奶之力，笛孔裡最多「吱兒」一聲，更別說曲裡拐彎地吹出各種曲調。小舅見「孺子不可教也」，便也作罷。

小舅有一批「音樂家」朋友，他們不時在小玉家灶披間濟濟一堂，開音樂會。有拉二胡的，有拉小提琴的，有彈楊琴的，有敲鼓的，小舅負責吹笛子。他們演奏的時候，面前擺著樂譜，嚴肅認真。一時間鼓樂齊鳴，很有氣勢。立刻招來了許多街坊鄰里，擁在小玉家門口免費聽「音樂會」。這也算當時的文藝活動，給大家的生活注入了熱鬧與生機。而這批「音樂家」們，有的是腋下掛拐杖的瘸子，有的是翻著白眼仁的瞎子，有的是結巴或歪脖子……這些「歪瓜裂棗」們年齡相當，家境貧寒，幾乎都沒正式工作。但他們抱團取暖，就這樣從音樂中得到慰藉。

因家庭成分不好，多才多藝的小舅卻難於找到對象。小舅曾為

一遠房表妹墜入單戀情網，結果不了了之。後來小舅喜歡上了小菊，小菊也很喜歡小舅。她是賣糖果的售貨員，人與糖果一樣甜。說來小舅與小菊應是「門當戶對」，因小菊的媽媽也是「四類分子」，在與小玉外婆一起挨批鬥，掃大街的活動中結成了友誼。可兩家長輩的友誼不僅沒給這對青年的戀情加分，反而被小菊的媽媽棒打鴛鴦。在那「血統論」的年代，她生怕自己寶貝女兒「黑上加黑」，幾輩子受歧視。懼怕之下，乾脆與小玉外婆也斷絕了來往。

若干年後，小舅經人介紹終於結婚了。這樁毫無愛情可言的婚姻，小舅把它當成日常生活來過，幾十年來倒是不離不棄，家庭平和。此次小玉見到小舅，小舅說：「幸好你今天來，我才有時間。你小舅媽昨天剛出院，我在醫院照顧了她一個多月，完全走不開。」

看來小舅這一個多月真的太辛苦了，既沒休息好也沒吃好飯。午餐時，小玉發覺小舅飯量驚人，連吃了好幾碗白米飯，盛飯時還專門叮囑多添些。餐畢剩了好些菜，小玉打包讓小舅帶回家，小舅直擺手：「不要，不要。」小玉以為小舅不喜歡，就說算了。可轉念一想，可能是小舅的思維觀念吧。便告知小舅：「我們平時外出吃飯均打包的，以免造成浪費。」這樣一說，小舅果真很樂意地接受了。

小玉拿出紅包送給小舅，小舅也堅辭不受。小玉說：「小舅，這是我的一點心意，你就權當給個面子吧。」小舅終於收下。他轉頭眼圈潮紅地對小玉朋友說：「她們小時候，大舅和其老婆欺負她倆姐妹，我就站出來說，當初大姐（小玉媽媽）在世時，對我們那麼好，為我們擋鞭子、捉蝨子，你怎麼就忍心欺負她們？」

想想世上真的有因果，小玉媽媽曾對小舅好，小舅也對小玉姐妹好。記得當年小玉結婚前，小舅送了需打傢俱的全套木材，是早年他在木材加工廠買的上好材質。小舅找車親自從雨城運來省城。

長途跋涉到達已是傍晚,又馬不停蹄幫忙從樓下搬到三樓公寓。小玉現在已想不起來,小舅又連夜隨車回了雨城?那是翻山越嶺很艱苦的旅程呢。

趕牛車的劉家

劉家與李婆婆（武瘋子趙飛燕的媽媽）家相鄰，兩家有似遠非近的親屬關係。兩家時而交好，時而相吵。無非是些雞毛蒜皮的事，比如誰多占用了彼此公共的空間，誰多用了水電云云。可劉家的傻子小兒子（外號「大腦殼」），卻喜歡與武瘋子趙飛燕湊在一起。趙飛燕在老槐樹下嘰嘰咕咕自說自話時，五六歲的大腦殼坐在旁邊的木樁或地上玩泥巴或吃一隻烤紅薯。

可能是烤紅薯的香味吸引了趙飛燕，她中斷了唸叨，盯著大腦殼髒兮兮手上的紅薯，趁大腦殼不注意，便一把抓過，三下兩下塞到嘴裡。這時，大腦殼便「哇」地大哭起來。若遇劉太在家，劉太便會趕出來，一邊罵瘋子：「你這砍腦殼的，欺負小孩子。」一邊掏出乳頭塞進小兒子嘴裡。有沒奶倒在其次，大腦殼吊著他娘的布袋奶子，也便不哭了。而趙飛燕吞完了紅薯，便轉過頭去，彷彿啥也沒發生，一如既往地嘀嘀咕咕。更多的時候，是傻子跟在瘋子後面玩，大人也沒空理他們。

劉家男人是趕車牛的，長得精瘦。他每天凌晨便套上牛車外出了。下工後，老黃牛便圈養在他家屋後的坡上，附近常年有牛糞的氣味。

不過那時的牛糞可稀奇了，常是剛拉下來還冒著熱氣，便被鏟走了。因為很多人家都需要積肥，比如學校，比如工廠，每人定期定額要完成任務。而附近農村，則是派弱勞力的農民和女知青背著背簍拿著叉子，到鄉鎮各處拾撿牛糞。小玉的姐姐作為女知青，和隊裡農民一道在街上撿拾牛糞，感到特別難堪，生怕被同學及街坊看到。為此，外婆與小玉約定，平日去幫著收集牛糞。週末小玉和

姐姐用「架架車」（板車）推送回生產隊。她倆推著牛糞車，沿著河邊坑坑窪窪的土路走，要走好幾個小時。走到山腳，再用背篼一次次背上山，交到生產隊秤牛糞的地方。

所以，劉家的牛糞，對小玉家來說真是近水樓台。那段時間的下半夜，小玉睡眠正酣，就被外婆叫醒。外婆顛著小腳，兩人拿著工具，便去鏟牛屎了。牛屎多小玉就好開心，鏟回去後便接著睡。可有時更有早行人，去時已被人取走了。這時小玉心裡很失望，若老黃牛此時剛好「叭」地拉一堆出來，小玉不僅不會嫌髒和臭，反而像撿到金子一樣高興呢。

光靠撿劉家的牛糞還是不夠，小玉的姐姐從生產隊回家住時，小玉便和姐去家後面的蒼坪山找。因有的牛車人家是把牛拴在山洞裡過夜，第二天早早便套上車幹活去了，所以洞中常有牛糞。這些洞一般較淺，只夠圈一頭牛。有天讓她倆很驚喜，因發現一個山洞，有好多牛屎，此洞很深，一直往裡走一直有牛糞。但走著走著，她倆便害怕了，洞穴好似深不可測，愈走愈像在探險，萬一裡面發生過不測呢？萬一裡面藏有壞人呢？寂靜的凌晨，天剛露魚肚白，裡面黑黑的，只有手電筒的一柱弱光，照出石壁一些嶙峋的怪影，特別是想起劉太的僵屍故事，嚇得小玉和姐掉頭便跑。後來幾次想再深入進去，均不敢。

劉家男人精瘦，可劉太卻肥胖，走起路來身上肥肉亂顫，兩隻乳房像布袋樣從胸前掛下來。冬天的晚上，天黑得早，劉太晚飯後無事，便常走來小玉家，與正做針線的外婆閒聊。有時聊得神祕，聲音便壓得低低的。

據她說，劉家祖籍川東，解放前曾從事一詭異行業——走腳。走腳即「趕屍」，就是在川東到湖南西部那一段，把客死四川的湖南移民的屍體運回家鄉。因三峽這一段，水流湍急，漩渦暗礁密布，所以行船放排，最是風險。加之迷信，絕無人願搭載死人走在

險江之上。或又遇山高林密，狼虎出沒，運載棺木的牛車走不動。「趕屍」這個行業便應運而生。

劉家祖傳從事這一行業，但平時也跟一般農民一樣，照常「日出而作，日落而息」。只有接到趕屍業務時，就把自己裝束起來，前去趕屍。但大家均忌諱說趕屍，都說：「師傅，請你去走腳或『走一回腳』。」喪家在一張特製的黃紙上，將死人的名字、出生年月、去世年月、性別、籍貫等個人資料寫上，然後趕屍匠畫一張符貼在此黃紙上，將黃紙藏在自己身上。

劉太的龍門陣中：夜半，荒郊，土路……月亮透過烏雲，撒出滲白的光線，一隊白影在地上緩慢移動。為首的「趕屍匠」黑衣寬袍，左手持一雙紅繩銅鈴，右手揮著三角杏黃令旗。身後跟著一隊行動怪異的人，走起路來同手同腳，相當生硬。其面孔蒼白中發出灰黑與鐵青，雙目深陷，見不到眼珠，彷彿兩個黑黑的空洞。雙頰上帖著黃紙，畫著符。各個身著白袍，雙手平舉向前伸出。從白袍中，還不時滲出混濁的東西。空氣中充滿腐屍的惡臭。他們不是人，確是僵屍。沿途人們一聽見趕屍匠的陰鑼聲，便會迴避，也會馬上把家中的狗關起來，因狗一叫，僵屍會被驚倒。

據劉太說，彷彿是劉家前輩趕過的僵屍陰魂不散，他老公夜裡趕牛車，有時感覺身後涼颼颼的，彷彿一隊白影跟在後面，可回頭啥也沒有。而此時的小玉，背上更是涼颼颼的，竟不敢獨自上樓去睡覺。

蓮子青如水

　　七樓並不算太高，可蓮妹墜下時腦袋著地。突然間靈魂出竅，一道耀眼的白光飛出她的身體，她發現自己升到空中，地上有個蜷曲的形體。這道白光在形體上空繞了幾圈，卻馬上被吸入一黑暗隧道。

　　這隧道好長啊，遠處微弱的亮光在招引著她。蓮妹走啊走，她不知這次是自己真實地在走，還是別人曾告訴她，她頭腦中固執存在的東西原本是虛幻。

　　蓮妹小女孩時便愛上了鄰家的老大尤朝陽。「郎騎竹馬來，繞床弄青梅」。尤朝陽不僅是鄰居，還是蓮妹哥哥的同學與好友。蓮妹不僅像個小尾巴一樣跟隨兩個大哥哥到處跑，還充滿崇拜地聽這倆文學青少年聊詩歌與文學。尤朝陽教蓮妹唸唐詩宋詞，因了蓮妹的「蓮」，尤朝陽便特意教會她那首樂府詩：「採蓮南塘秋，蓮花過人頭。低頭弄蓮子，蓮子青如水。」另外令蓮妹印象較深的是南宋陸游的〈釵頭鳳〉，皆因陸游與唐琬的悲劇故事，令蓮妹感嘆唏噓。

　　不料，中學生尤朝陽無意中捲入了一樁強姦案。據說是有天放學，尤朝陽正走在回家路上，被同年級幾個男生邀約去文化館取資料。走進文化館後，尤朝陽與另一同學被安排等在樓下，說他們一拿到資料便下來。他倆便等樓下，可過了好一會兒，幾個男生瘋跑下來，一邊跑一邊招呼他倆也快跑。尤朝陽不明就裡地跟著跑，結果被公安人員促住，關進了拘留所。後來才知，那天文化館樓上發生了輪姦案。正值嚴打期間，無論尤朝陽怎樣辯解均無用，尤朝陽被當成流氓犯罪團夥的放風人員，作為從犯被判刑了。

　　江婆婆說：「看不出尤朝陽這孩子思想道德這麼敗壞，想起都後怕，強姦犯不僅是鄰居，還在我家進進出出。」又審問蓮妹：「有沒被尤朝陽非禮過？」

　　蓮妹一聽就火大，辯解說：「明明尤家大哥是被冤枉的，你怎麼可以這樣信口雌黃落井下石？」感覺正應了：「世情薄，人情惡，雨送黃昏花易落。」而自己則是：「曉風乾，淚痕殘。欲箋心事，獨語斜欄。」

　　江婆婆也火大：「俗話說知人知面不知心。你一個小女孩，有什麼事一輩子就完了，我還不是為你好！反正今後你們幾兄妹都不許與他家往來。」

　　尤朝陽的事一出，尤孃又氣又急，大病一場。私下聽說江婆婆的冷言冷語，對這曾經交好的近鄰心灰意冷，從此視作路人。

　　蓮妹為此事很反感母親，凡事與她作對爭吵。看到尤家的三姐、四妹均不理睬自己，心裡也很憋屈難受。但尤朝陽深藏在她心裡，任別人說三道四也罷，蓮妹打定主意要信守等待的承諾，盼著尤朝陽早日刑滿釋放。

　　情深意長，懵懵懂懂的蓮妹並不知尤家大哥被判了幾年、關在哪裡。「山盟雖在，錦書難託。」她在心裡放電影，尤朝陽一直把她看成小妹妹，常常逗她玩：趁蓮妹不注意，摘了她頭上的花髮夾或取了她脖上的紅紗巾，兩人在屋裡追來追去地搶，推推揉揉，吵吵嚷嚷，鬧得不可開交。朝陽一邊東跑西躲，一邊還惡作劇地亂編著唱：「江南可採蓮啦，蓮花過人頭啦。魚戲蓮葉東呀，魚戲蓮葉西呀，魚戲蓮葉間呢……」當看到蓮妹急得快哭，就故意慢下來讓她抓到。蓮妹不僅撒嬌般捶他，還故意找碴說朝陽把東西這兒掛壞了、那兒擰彎了要求賠，結果是蓮妹陸續得了「戰利品」，無非是小髮夾、各色絲巾等。如今，這些東西都被她當心愛之物收藏。

　　就在他出事前幾日，朝陽還帶著她在蒼坪山採兔兒草，回家裏

麵粉烹著吃。還採了洋槐花，剝開來吃裡面又甜又嫩的花心。那天
她和他離得那樣近，朝陽為她将去頭上的花瓣，情不自禁親了她一
口。蓮妹雙手捂臉哭起來，嚇得朝陽一個勁賠不是。蓮妹卻嬌嗔地
跺腳，聲稱要他負責，因為被他親過，所以將來必須娶她。朝陽拉
著她的手，認真地說：「蓮妹，那你等著我，等我長大，我就來娶
你！」

被朝陽親了一口，好多天蓮妹心裡忐忑，她好怕自己懷孕。
她把自己全身上下全部想了一遍，也沒想明白什麼地方可以生出
小孩。

男大當婚，女大當嫁。當蓮妹長到該談婚論嫁的年齡，有人為
她介紹了一大學生。蓮妹心裡除了尤家大哥，任誰也裝不進，但迫
於世俗壓力，也不想聽母親嘮叨糾纏，便勉為其難地接受了這椿
婚事。

婚後不久，大學生畢業分配去了省城工作。蓮妹反而感覺輕
鬆，至少她可以自以為仍是獨身女人，便可以天馬行空地思念尤朝
陽，幻想兩人在一起的美好。

蓮妹記得，在雨城廣場開流氓團夥公判大會那天，廣場上人山
人海。「流氓們」頭頸上掛了寫有姓名和罪名的牌子。主犯的姓名
上打有紅色大叉子，表明是死刑。公判大會結束，羈押著犯人的好
幾輛卡車緩緩開過城市街道。卡車上配有高音喇叭，一邊遊街一邊
廣播高呼：「打倒強姦犯XXX，打倒從犯XXX。」馬路兩邊站滿觀
眾，蓮妹擠在街道邊的人群中，她是來看尤朝陽的。

她希望即使在這種情況下，也要見見尤家大哥。尤朝陽在較後
面的從犯卡車上。她看到有一根繩子套在尤朝陽脖子上，又從背後
拉下來捆綁在他反剪的雙臂上。朝陽的頭被身後的公安按壓著。他
低了頭，又很快反覆把臉側向一邊，自己覺得沒算「低頭」。因為
他知道「低頭」相當於認罪，可自己清白無辜呀。他的這個動作的

含義，只有蓮妹懂得。事實上，這也是她最後一次見到尤朝陽。

　　兩地分居的蓮妹，不久便幽會了尤家大哥。秋夜清寒，夜長人奈何。長期失眠的蓮妹吃了幾粒安眠藥，欲睡似醒中，尤朝陽著一襲藍豎條囚衣，站在她床邊，說自己已刑滿釋放。隨後長嘆一聲，說道：「我半夜被他們從囚籠裡拖出來過堂，非要我認罪招供。挨打不稀奇，我特別穿上毛衣毛褲，好減輕點皮肉痛苦。他們又把我像死豬樣地倒吊起來，這滋味好難受，頭冒金星，渾身淌虛汗，真後悔穿這麼多。我還聽見他們說要處決我，槍栓子『嘩啦』一聲，我以為自己死了。不知過了多久，他們又把我放下來，掰起我的頭，叫我看槍斃我的布告：一個紅叉畫在我的名字上，同法院門口槍斃犯人的布告一模一樣。可我真不相信說這樣可以把我處決，我是清白無辜的呀，這到底是悲劇還是鬧劇？」

　　他眼中滿是愁苦，俯下身握住蓮妹的手，說好在蓮妹多年來心裡一直念著他，所以他才有這樣的業力，來到她身邊。

　　不一會兒，蓮妹看到一城堡似的建築，她和朝陽手把手站在門口。裡面彷彿是遊樂場似的水上樂園，她探頭去看，卻是與大海相連的一汪海水。待轉過身，發現一波一波赤橙青藍紫的海水漫延開去，煞是好看美麗。他倆被包圍在海水中間，四周海潮洶湧，氣勢磅礡。奇怪的是，心中並無懼怕。

　　從此，失眠的夜晚，蓮妹便常常和朝陽在一起。他們在一起的時候，蓮妹變得情緒高漲，手舞足蹈，興高采烈；不在一起時，蓮妹便情緒低落，愁眉不展，唉聲嘆氣，無故哭笑，感覺生之無趣。

　　白天的時候，蓮妹則頭暈腦脹，思緒難於集中，工作中便表現得遲鈍呆緩。對同事、親朋均疏遠冷淡，孤僻不合群，總懷疑別人講自己壞話，愈發出言不遜，脾氣古怪。真的是：「人成各，今非昨，病魂常似秋千索。角聲寒，夜闌珊……」

　　江婆婆是最早發覺蓮妹的不正常。蓮妹常尤朝陽長、尤朝陽短地唸叨，還朝著屋裡喊人。江婆婆發覺蓮妹聊的都是不存在的東西，喊的也是不存在的人。蓮妹戴著前夫送的金項鍊、金手鐲，卻聲稱是尤朝陽送給自己的信物。江婆婆為打消蓮妹的執念，只好如實告知：尤朝陽從未刑滿釋放，而是冤死獄中。當年被定性為「畏罪自殺，自絕於黨和人民」。

　　蓮妹游走在漫長的黑暗隧道，此次不是幻覺，而是真的看到尤朝陽了。尤朝陽在微弱亮光的那頭，正張開雙臂迎她……她耳畔迴蕩的，彷彿背景音樂般：「時光已逝永不回，往事只能回味，憶童年時竹馬青梅，兩小無猜日夜相隨……」

宣小小的故事

　　文瘋子姓宣，名小小。其祖上經營書畫裝裱及文房四寶，店匾為「宣齋」。筆、墨、紙、硯、印章、雕刻等，滋養了宣家一代又一代人。

　　小時候的宣小小，極受儒雅的祖父寵愛。常在祖父膝上唸四書五經，臨摹碑帖。這樣的人家，來往的均是文人墨客。室雖不陋，但確是：談笑有鴻儒，往來無白丁。

　　宣小小學過木板浮水印製作，這也是宣家的祖傳技藝。木板浮水印製作共有勾描、雕刻、印製和裝裱四個過程。宣小小最擅長雕刻，首先得把原作看透，細心領會到作者的意圖，然後靈活掌握走刀力度，把線條的轉折頓挫給雕出來。有了多年這樣的磨練，刻製印章簡直就是小兒科，難怪精神異常後的她刻功依然了得。

　　從小琴棋書畫薰陶下長大的宣小小，氣質、容貌俱佳。她年幼喪母，性格內向，文靜秀氣，走起路來像古代仕女，細細碎碎的步子，彷彿生怕踩死了螞蟻。

　　宣家的私家箋做工十分考究，講求紙質潔白、勻薄、細膩，且印有精緻而淡雅的裝飾性圖案與齋號。她常取一素雅彩箋，閒閒地寫兩筆並不工整的小詩，畫幾筆隨興而至的水墨畫。聽憑墨汁染紙，靜靜綻放在短幅小箋之上。錦書也好，玉箋也罷，想不起該寄何人，便隨意夾入書中。

　　解放後，宣小小家的老字號宣齋公私合營。由於破四舊，許多業務已不需要，比如製作私家箋，比如木板浮水印製作等。但毛筆是需要的，公章、私章也是必需的。所以店裡也就保留下了這兩項業務，關閉了廠房，多餘人員也遣散，由政府安排其他街道工作。

留下幾位老資歷的員工，有的製作毛筆，有的刻製印章。政府選拔了「苦大仇深」的蕭夥計當店長，另外派了李幹部以公方身份經營與管理此店。

李幹部曾是帶兵打仗的南下幹部，只上過掃盲班的大老粗。依他雷厲風行的作風，他覺得工商業改造的進展太慢，對這些商人太客氣了。所以表面上宣家仍然持有多數股份，實際怎樣分紅卻是李幹部說了算。不久後乾脆取消分紅，直接發給固定的定息（相當於工資）。

蕭夥計曾是孤兒，從外地流落來雨城，當年的他衣衫襤褸但機靈勤快，常不請自來幫忙宣家各種事務。比如清掃店前階沿，比如早上開店時幫忙一塊一塊卸下門板，晚上打烊時幫忙安裝上門板。天長日久，便與宣家相熟。宣掌櫃為人開明慈善，見他誠實可靠，店裡也缺人手，便收了他在宣齋學徒，教他各種手藝，待他不薄。曾風餐露宿的孤兒，進到這戶人家，感覺宣家長輩彷彿自己再生父母，除了忠心耿耿努力工作，心中也十分感銘。

蕭店長私下對宣掌櫃表達對公私合營的不理解，是不公平交易。宣掌櫃反而寬慰他，要他只是做好政府安排的事情，因大的環境、大的局面是政府控制的，私人企業主們實際上處於弱勢。目前各種運動，大家均是驚弓之鳥，保命就好。

可宣掌櫃明哲保身的態度並沒能保住自己，禍因於宣小小。李幹部在店裡出出進進，便對小資情調的宣小小涎涎三尺。宣小小怎看得上李幹部這種粗人？每遇李幹部討好地寒暄，只是兀自刻章，並不答理。而李幹部借工作之名，常在店裡待到很晚。

有天深夜，宣掌櫃就聽見一牆之隔、女兒房間裡的掙扎聲。宣掌櫃年邁體弱，撞不開門，便繞到後院叫醒蕭店長。蕭店長退後兩步，斜著肩用力一撞門，卻發現門已開鎖，自己因用力太猛，差點摔跤。屋內的宣小小正獨自啜泣，見有人進便拉了被角掩在身上。

一波未平，一波再起，惡人先下手。不幾日，宣掌櫃在「五反」運動中，被無端扣上偷稅、漏稅的罪名，投入監獄。

宣小小受此雙重打擊，悲憤交加，萬念俱灰，精神受到極大刺激。她把自己反鎖房中，不吃不喝，終日以淚洗面，陷入抑鬱之中。她深深自責，甚至把被強姦的恥辱與父親的下獄歸咎於自己。

過了些日子，宣小小表面看起來比較平靜，似乎她已很好處理了自己情緒。但她內心，其實是努力在克制著，不讓自己情緒表現出來。若一旦放鬆這種克制，就有可能一下子失去控制，墜入嚴重的情緒混亂之中。此永久性的傷害，它留下的不是疤，而是永遠在淌血的傷口。這種深埋在心中的痛苦，是隨時會爆發的一座地下火山。

自宣掌櫃下獄後，蕭店長絞盡腦汁，多處奔走，他甚至隨身攜帶賬薄，供有關人員翻閱審核，一心想澄清宣掌拒偷稅、漏稅的罪名，對宣小小更是呵護有加，悉心照料，儼然宣家一員。

不久，宣小小時有噁心嘔吐，開始她以為腸胃不適，自己找了些通宣養胃丸之類的藥吃，並不見好。這段時間，她因情緒混亂並未留意自己身體的情況與異常，現靜心細想，才發覺近兩三個月未見紅。這一驚非同小可，她還沒從被強姦的打擊中恢復過來，又立刻面臨受孕的事實煎熬。

通常人們對未婚生子，就抱有很深的成見和歧視心理，很難在社會上正常生活，何況她的更是一條荊棘之路，她乃未婚女子，還將誕下一恥辱的人證。想到此，小小真覺生不如死啊。

噩夢連連。這天夜裡，宣小小又從噩夢中驚醒。她從床上起來，穿上自己最好的衣服，洗了臉，抹上香噴噴的百雀靈雪花膏，把頭髮編成兩根麻花辮，鬆鬆地披下些許留海。小鏡子裡是一張蒼白、眼圈浮泡的面容，雖年輕卻了無生趣。她在心裡嘆息，活在世上只有痛苦，沒有意義，生不如死，不如一了百了吧。

　　夜黑風高，宣小小輕掩上房間的門，她打開通往小巷的大門，大門在她身後「吱呀」一聲關上了。她摸黑走出巷子，沿著東大街街沿走。沿途高高的木頭電線杆，發出慘澹的光線，電線杆的影子與她的影子均拉出老長，在寂然的深夜，鬼魅一般。

　　走過東大街，進入華興街，轉進電影院旁的廣場，穿過墨黑的大操場，青衣江岸邊枝葉茂密的古榕樹，在昏暗光線中搖曳，發出沙沙的聲響。宣小小沿著陡峭的石階下到河灘。河灘上鵝卵石高高低低、大大小小，十分硌腳。她跌跌撞撞舉步唯艱地走向青衣江邊。

　　江流險急，發出氣勢磅礴的吼聲，這是小小在白天從來沒聽到過的聲音。她佇立江邊，全身顫慄簌簌發抖，心中也如江水般波濤起伏，暗流洶湧。她想死，想去見她的媽媽。

　　殊不知，有個人一直悄悄尾隨她來到江邊，此人即蕭店長。這些時日，他一直在默默關注她的動靜，以防不測。他躲在後面，看到此時的她，一動不動地蒙面呆立，似被施了「定身術」一般。江風吹散了她的頭髮，長髮飄飛，她是那麼楚楚可憐、無依無靠地墜入痛苦的深淵。就在她撲向江水的一剎，他像隻受傷的雄獅，從後面一把抱住了她，搖晃著她並大聲吼道：「小小，你怎麼可以這樣？我不許你這樣！記住，一切都不是你的錯。壞人還逍遙法外，你父親正蒙不白之冤……」

　　那晚以後，她便嫁給了蕭店長。經蕭店長多方奔走，也確實查無實證「偷稅、漏稅」，宣掌櫃被關押數月後便無罪釋放了。而當時的李幹部，假借完成了「宣齋」的工商業改造工作，調去了雨城工商局當副局長。李幹部風頭正健，若宣小小控告他，無異於以卵擊石，自己名聲也會一敗塗地，難以在社會上立足。日子水流一般過去若干年，宣小小生養了兩兒一女，老實、善良、厚道的蕭店長全都視為己出，私生子之事成了兩夫妻心照不宣永遠的祕密，宣小小的心理也漸趨於平靜。

轟轟烈烈的文化大革命開始了，雨城的革命組織分成了兩派：保皇派與造反派。而在造反派內部，因派性鬥爭，對立面經常將對方指為「保皇派」，而展開武鬥。從最開始的棍棒，到自製步槍、手榴彈等。一時間，雨城大街小巷充滿了火藥味，子彈橫飛，不時有人被流彈誤中，橫屍街頭。

李幹部原本就對安排他當副職不滿，此時便跳出來，成了工商局造反派頭子，把正局長一派指責為「保皇派」。造反派們氣勢洶洶，張牙舞爪，不可一世。可是人算不如天算，在一次兩派交火中，李幹部被子彈擊中，命喪黃泉。他的屍體被他的造反派部下用板車四處拖著，作為聲討對方派系作惡的「人證」。據說後來屍體發臭腐爛了，而其造反派部下卻四分五裂，沒人管這沒用的「道具」了，便不知被誰扔到了哪個亂墳崗裡。

造反之火也燒進了小店。蕭店長被揪出批鬥，說他是「保皇派」，是混在人民內部的漢奸，繼承了宣掌櫃資產階級的衣缽，娶了資產階級小姐。而宣小小也被剃了陰陽頭，挖出她「腐蝕勾引」革命幹部的罪狀，她有口難辯，且李幹部已死，死無對證。

她脖子上被掛了破鞋、銅鑼及紙板，與其他「壞分子」一起遊街示眾。造反派羈押著她，強迫她一邊敲鑼一邊喊：「我是破鞋（哐），我勾引革命幹部（哐），我是沒改造好的資本家（哐）⋯⋯」遊街的隊伍走過青衣江邊的雨城城關二小，小學生們擁在校門口看熱鬧。宣小小頭垂得低低的，盡可能讓頭髮遮住臉，恨不得有個地縫鑽進去，因她家孩子也在這個學校上學⋯⋯。

宣小小大病一場。屈辱及內心的傷疤被強暴扭曲地撕開，立刻血流不止。不久以後，人們發現，她眼神呆滯，自言自語，常做出一些奇怪無意識的舉動。原來，宣小小精神錯亂了。

紅泥小火爐

　　小時候雨城的冬天，雖少有下雪結冰，但卻十分潮濕陰冷。它不像北方冬天，外面冰天雪地，室內便理所當然有火炕而暖和。雨城的冬天卻是室內、室外一樣寒冷，令小玉的手上、腳上長滿了凍瘡。

　　那個年代，既無電視機也少有收音機，晚餐後，大雜院的鄰里串門閒聊是常態。隨便走到哪家門口，抬腳就進去了，無須敲門，更不懂啥叫「預約」。

　　吃完晚飯，做完家庭作業，外婆照例在燈下做針線，外公坐在昏暗處的藤椅上，兀自閉目養神或搖頭晃腦地「唱書」（這是外公主要的休閒愛好）。外公一介西醫，家中藏書均為醫書，從小到大，小玉從未見外公讀過任何一本文學書籍。

　　今晚外公詠唱的是〈前赤壁賦〉，這正是近日語文老師要求背誦的古文，小玉正背得磕磕巴巴，可外公卻唸唱得流暢自如，一氣呵成：「壬戌之秋，七月既望，蘇子與客泛舟遊於赤壁之下。清風徐來，水波不興。舉酒屬客，誦〈明月〉之詩，歌〈窈窕〉之章。少焉，月出於東山之上，徘徊於斗牛之間。白露橫江，水光接天。縱一葦之所如，凌萬頃之茫然。浩浩乎如馮虛御風，而不知其所止；飄飄乎如遺世獨立，羽化而登仙……。」小玉心中好奇，詢問外公何時背的，外公答：「六歲私塾時便熟記。」這令小玉十分意外與驚奇：沒想到外公的記憶力這麼頑強？

　　江婆婆家冬天晚上的那一爐炭火，十分溫暖。出小玉家院門，左轉便進到江婆婆家。通常，已有三五個鄰居圍坐煤爐旁，各人平伸出雙手，在爐火上手心、手背地烤與搓。而小玉的凍瘡手，一烤

暖和便奇癢難耐。通紅的炭火上放了一搪瓷茶缸，裡面「噗噗」不斷冒出蒸氣，是為增加空氣濕度，以及避免二氧化碳中毒。這樣的情景，頗似古詩意境：「綠蟻新醅酒，紅泥小火爐，晚來天欲雪，能飲一杯無？」

其實除了詩中的「紅泥小火爐」外，江婆婆家既無酒，又無肉，也非文人雅士在一起吟詩作畫。而是家長里短、八卦趣聞，有時也講鬼故事。

江家老大江之禮讀書頗多，他講的鬼故事多出自《聊齋》，無非是書生上京趕考，借住僻靜民居。書生用功至深夜，忽然就來了一絕色女子，從此紅袖添香夜讀書……原本郎才女貌，才子佳人，作詩繪畫，吟風頌月，很風雅美好的圖景，卻被某好事的道士用法術拆穿，原來，絕色女子是修煉千年的狐狸精所變……。

若傳說中的狐狸精故事除了嚇人，還給人一定美感的話。知青「農二哥」講的，則多是現實農村發生的詭異靈異等事件，十分陰暗瘮人。他的住處在村東頭的山坡上，在一片小林子旁邊，四周沒搭界的鄰居，原本是生產隊廢棄的倉房。幾十年前，這是片廢棄的土堆，據說更早前是亂墳崗，有個從外地流落至此的光棍在這兒蓋了房子。

當時有老人勸這光棍別蓋，畢竟陰氣較重，可他偏偏不聽卻蓋上了。住進去後，睡到半夜常聽到一些窸窸窣窣奇怪的聲音，總覺得屋子裡有其他東西的存在。他很多時候噩夢連連，常在睡夢中驚醒，還會看見床頭或屋子某個角落站著個黑影。漸漸還有鬼壓床的情況，久而久之令他的精神狀況愈來愈差。後來這光棍實在難以承受，便搬離了此房，離開了此地。再後來此房便做了生產隊的倉房。「上山下鄉」的知青來了，生產隊便把此廢棄的倉房收拾維修了給知青們住。而「農二哥」與另一男知青，皆血氣方剛，從不信邪。而事實證明，一切皆是無從考證的傳說。

但有一次，確實有點顛覆農二哥的觀念。他從外鄉回村，爬坡上坎，走著走著天便黑了。途經一片亂墳崗，有綠色熒火飄忽不定，飛來飛去，並發出時斷時續的「嗡嗡」聲。農二哥原本健壯膽大，並不迷信。不僅兀自行走，還配以嘹亮革命歌曲。可是走來走去，走了好久，都走不出亂墳崗，彷彿一直在裡面轉圈。夜愈深，陰氣愈重，好像有什麼東西在牽引著他，控制了他的主觀意志，時間已是凌晨兩點，隱約傳來小孩嚶嚶的哭聲，一陣夜風颼過，雖是盛夏，卻感覺刺骨地寒冷。這令農二哥心虛起來，忍不住發悚，額上虛汗直冒。直轉到下半夜，天濛濛亮，才走出墳場。

偶爾，小玉外公也在火爐旁講他早年在西康縣的經歷與見聞。那時，華西醫科大學畢業的他，被省政府派駐西康，任職西康醫院院長，西康縣地處青藏高原西南，海拔高，氣候條件十分惡劣。但藏民們為表示自己對神明的虔誠之心，每年都有許多人到神山，聖湖及大昭寺朝聖。他們一邊走一邊磕長頭。磕長頭首先取立正姿式，口中一邊唸六字真言，一邊雙手合十，高舉過頭，然後行一步；雙手繼續合十，移至面前，再行一步；雙手合十至胸前，邁第三步時，雙手自胸前移開，與地面平行前身，掌心朝下俯地，膝蓋先著地，後全身俯地，額頭輕磕地面。再站起，重新開始復前。該過程中，口與手並用，六字真言誦唸之聲連續不斷。漫漫朝聖路，有的長達數年，有的一生都在朝聖路上，其艱苦卓絕難以言表。

藏區缺醫少藥，天花、鼠疫等烈性傳染病屢有發生和流行。身為一院之長，小玉外公推行以「預防為主」的方針，開展計畫免疫、免疫接種。但因人口分散，且許多人流動在朝聖路上，醫療工作須走鄉串戶，甚至在路上守候朝聖藏民，分發藥品及免費接種。高原的自然條件極為嚴酷，低氧，嚴寒，大部分為高山、荒漠、永久性冰雪地帶。生活習慣與內地大為不同，極難適應。醫生們的工作，也相當於艱苦的「朝聖」。功夫不負有心人，幾年下來，各種傳染

病、地方病發病率大幅下降，外公也得到了藏民們的信任與愛戴。

有次，醫院送來了一個嚴重高原肺水腫的病人，已陷入昏迷，小玉外公立刻對他進行搶救。當時病人有痰卡在喉嚨中，臉色憋得發青，似要窒息。外公不顧被傳染的個人安危，俯下身用嘴使勁吸出濃痰，病人馬上緩過氣來。此後幾天，外公隨時去觀察他病情。

有天凌晨，小玉外公正在睡夢中，見那病人推門進來，是一瘦高個的男人。他徑直走到外公床前，撲通一聲雙膝跪地，連磕三個響頭，說感謝院長竭力救治，對他無微不至的照顧。說完便起身離去了。外公忽然驚醒坐起，心中感到十分蹊蹺。因這位危重病人根本不可能下床，更別說要穿過整個醫院院子，且是冰天雪地、嚴寒的天氣。外公馬上披衣趕去監護病房，查看情況。值班醫生說，此人一刻鐘前，剛剛停止呼吸。而一刻鐘前，正是他前去與小玉外公告別的時刻！

外公德高望重，絕對不會編故事。火爐旁的鄰居們均聽得感嘆，而小玉，也對從小所受的唯物主義教育，產生了些許懷疑。

人生一場大夢

　　蓮妹的兄長江之禮，是個儒雅謙和的文弱書生，在雨城一中學當語文老師。他的妻子是雨城鄉下的民辦教師，大家叫她王老師。

　　記得那天早晨，小玉看見江之禮攙扶著他愛人王老師走出家門，她一手叉在腰後，一手撫摸著大肚子，好似在安撫腹中的小寶寶。其時，王老師精神氣色均好，她扶了扶玻璃瓶底似的近視眼鏡，坐在了江之禮推著的自行車後座上。小玉外婆和江婆婆跟在自行車後，一起去幾個街口外的雨城西醫醫院。

　　傍晚時分，小玉外婆回來了。至今，小玉一直說不清外婆當時是種什麼情況：幾盡虛脫？錯愕？慌張？哀嘆？好像都不確切，反正外婆沒哭。似在懷疑這個事實：乾女兒難產而死。可是早上還活潑潑的一個人，怎麼說沒了就沒了？

　　江之禮緊抱產床上的妻子，任人怎麼拉都拉不開。他悲痛欲絕，不相信妻子就這麼走了。他一邊嚎咷大哭，一邊責問醫生：「你們是怎麼搞的？怎麼搞的？這不可能！不可能！剛才還好好的，怎麼就成了這個樣子？……」

　　原來，王老師死於「先兆子癇」。因嚴重的子癇前期或子癇，都可能威脅孕婦和胎兒的生命。

　　這是一種較為複雜的疾病，大約會影響到百分之五至百分之八的孕婦。儘管醫生們對於先兆子癇的病因做了很多研究，但還沒有人知道引起先兆子癇的確切原因到底是什麼，而目前的結論傾向於它是多種因素造成的。遺傳因素、某些潛在疾病、身體的免疫系統對懷孕的反應和其他因素等，都可能有一定影響。

　　儘管有很多醫療科研人員，一直在致力於關於如何避免先兆子

癇的研究，但直到現在，醫生們仍然還不知道有什麼方法能夠有效預防先兆子癇的發生。

年輕時好看的、長辮子的許姨的模樣，近來總是浮現在小玉的眼前。記憶中的她，有好幾次伏在當時僅六十歲的外婆肩頭哭泣，哭她的苦命。她說前夫怎樣打她、虐待她，婆婆怎麼對她不善，寒天臘月要她去結冰的河裡洗衣，手指被凍得紅蘿蔔似的……這一切都因為她不能生育。

許姨是離婚後經人介紹嫁給江之禮的。江之禮的前妻王老師曾是小玉外婆的乾女兒，許姨嫁給江之禮後，順理成章也成了小玉外婆的乾女兒。許姨雖然沒有讀過多少書，但人卻更漂亮端正，料理家務也精明能幹，江之禮慢慢地從喪妻之痛中恢復過來。

許姨改嫁後不到一年，便懷上了孩子。她驚喜異常，這個小生命無疑給她不能生育的說詞平了反。中年得子，這胎兒對她簡直就是命根子。胎兒懷得隱蔽，受孕三四個月後還看不出來。孩子生下了，父母就用「隱兒」給他取名字。嬰孩時的隱兒頭戴白色兔耳帽，亮晶晶的大眼睛，像個小天使般愛笑。小玉小學放學後便急著往家跑，許姨背著隱兒在院子裡玩耍，小玉像小丑般在隱兒面前跳來跳去，逗他發出一串串「格格格」的笑聲。那是小女孩時的小玉最開心的時刻。

江之禮是學校資深老教師，桃李天下，受人尊敬。許姨也在學校當臨時工，能幹的許姨人緣極好。一家人住房寬敞，生活安定，在八十年代初的雨城，也算得上是小康之家。不過親戚鄰里們都說，許姨對於這寶貝兒子很嬌慣，慣出了許多壞毛病。

小玉剛在省城參加工作的那年夏天，許姨託人把小學放暑假的隱兒帶來，說是來看看玉姐，到玉姐處玩玩，也見見世面。那段時間，隱兒像個小尾巴跟小玉在一起。小玉上班時，他要麼坐在辦公

桌邊看小人書，要麼到樓下院子裡晃蕩。中午下班，小玉帶著他，拿著飯盒，與同事們一起走路去街對面的單位食堂吃飯。走在街沿上，隱兒一會兒左跑去捉捉麻雀，一會兒又右竄去撲撲蝴蝶，活潑好動，同事們都覺得這小弟弟好有趣可愛，十分喜歡他。

在小玉籌備出國的那一年，許姨帶著已長大成人的隱兒到小玉家借錢，說是兒子想到廣東做生意、闖天下。當時，小玉見這個小夥子黑瘦單薄，暮氣沉沉，一點也找不到小時候機靈可愛的影子了。原來，隱兒已吸毒上癮。借錢做生意是假，還吸毒債卻是真。為了還債，夫婦倆不僅花光了所有的積蓄、變賣了值錢的家當，還找親戚朋友、左鄰右舍東挪西借。實在無錢可還，夫婦倆只好四處躲債，有家難歸。幾年折騰下來，才五十多歲的江之禮和許姨，已經日見蒼老、步履踉蹌。隱兒也被多次送到戒毒所強制戒毒，後來甚至被送去勞教，在搬石頭時，一條腿被石頭砸斷。

小玉來美國後的第二年，有一天，小玉打電話給外婆，才知道，隱兒因為欠毒債太多，被人刺死在雨城街頭。拿著電話的聽筒，小玉呆怔在那裡，眼前又浮現出他小時候頭戴白色兔耳帽的可愛樣子。小玉害怕想像，許姨再次伏在外婆肩頭嚎啕大哭的淒慘情景。而這時的外婆，已年屆九十高齡了。

「人生一場大夢」這句話，對不幸的人來說，不僅真實，而且殘酷。

雨肚皮

　　她的外號叫雨肚皮。現在想來好奇怪，為何叫雨肚皮？真正的雨有肚皮嗎？那雨的肚皮又是啥樣呢？

　　小玉從小生長在雨城，對雨並不陌生，下雨就是日常生活。

　　春天的雨是溫柔、潤物細無聲的。蒼坪山，張家山上的草綠了，芨芨草的黃花遍地皆是。若走去城郊，大片大片金黃的油菜花，蜂飛蝶亂，美不勝收。山裡的農家，每家坡上少不了三兩株桃、梨或櫻桃，桃花紅豔，梨花一枝春帶雨，正夭夭旁逸斜出在房簷屋旁。潮濕的土路，稻草的屋頂，「吱呀」的木門，開門的農家女子，頗有「去年今日此門中，人面桃花相映紅」之意境。

　　夏天的雨則要直率許多。被太陽肆虐了一天的街道，柏油路面被曬化了，不小心踩到，便會黑黑糯糯地黏在鞋底或鞋面上。街道兩旁整齊的法國梧桐伸展，其蔓延的枝及手掌般闊大的綠葉，給街道帶來片片陰涼。賣冰棒的小販拖著四輪正方形的冰糕箱，其軲轆聲便如清涼的音樂。小販走累了，便歇息在樹蔭的街沿下，斑駁的光影灑下來，知了不知疲倦地為這烈日吶喊助威。他戴著草帽，用毛巾擦著脖子上的熱汗。他與他面前的冰糕箱，構成了小城動人的風景。

　　此時，小玉便在家裡翻箱倒櫃地找她的「私房錢」，湊夠四分錢跑下去買一支水果冰糕，五分錢則可奢侈地買一支牛奶冰糕。他打開木箱蓋，揭開一層層毛巾，從裡面冒出一陣冷氣，他拿出冰糕，便馬上蓋上毛巾，關嚴蓋子。外部世界酷熱，只有箱裡的世界甜蜜清涼。可是，小玉從未見賣冰糕者，坐在那兒自己享受一支冰糕。

　　通常，傍晚時分，大雨便會傾盆而下，給城市來場透徹的淋浴，把街道樹木房簷均洗得乾乾淨淨，暑氣也壓下去了。這時，家家戶戶便擺了小桌、小板凳在家門口晚餐。因天熱，通常是綠豆稀飯、荷葉稀飯佐以炒青椒、乾煸四季豆、鹹鴨蛋、豆腐乳等日常小菜。半夜常有雷陣雨，小玉因睡得沉，很少被驚醒。青瓦屋頂是由泥土燒製的拱形瓦片，一片片重疊蓋成的。一條條凸出搭成的叫陽瓦，凹進去搭的叫陰瓦，而亮瓦則是透明的玻璃片，穿插在屋頂上，使屋子透進光線。若瓦片破了或排列亂了，雨便會從縫隙中漏進屋子，造成外面下大雨，裡面下小雨。家人便用桶或盆接了，待天晴時請人上房去「撿瓦」。「撿瓦」即是換上完整瓦片，把漏雨部分的瓦片重新排列組合好。

　　待到秋天，秋雨綿綿，是收穫的季節。農民們背了自家門前果樹的果子進城來賣，順帶還賣「筍子蟲」。之所以叫牠筍子蟲，應該是生長在竹林中？牠的外形及顏色大小，頗像蟑螂。其實就像老鼠與松鼠，前者噁心，後者可愛。筍子蟲滿可愛的，牠有細管似的喙，用於吸食。牠的背上有兩扇硬翅，飛時便張開來露出折疊在裡面的透明薄翼，薄翼搧動，「嗡嗡」地飛。從筍子蟲的一隻空腳管穿進長細竹簽，把竹簽搖一搖，筍子蟲便繞圈飛，甚是好玩。玩到後來，筍子蟲懶得飛了，小玉也覺得無趣了，便去掉薄翼，在硬翅下塞點鹽，放在炭火上烤了，香香地一點一點掰開來吃。

　　小玉外婆下鄉勞動改造時，結交了不少農民朋友。這家的兒子叫明海，明海每次進城賣水果，都要來小玉家。來後一放下背篼，便揭開面上綠蓋的荷葉，捧出還滴著露珠掛著葉子的櫻挑或李子等給小玉吃，還送小玉一兩隻筍子蟲飛著玩。然後，他上午在街上賣一陣水果後，便背著沒賣完的回小玉家吃午飯，午飯後去看下午場的電影，看完電影再賣一陣水果後回家。看電影應是這農村小夥最大的精神享受，而在小玉家午餐，則是他難得的物質享受。因外

婆不僅好菜好飯招待他，且外婆廚藝了得，用明海的話：「不曉得婆婆東放一點啥子，西放一點啥子，反正做出來的東西，超級好吃！」

偶爾的時候，小玉和姐姐也去明海家「走親戚」。那會兒，既無公車也沒自行車，靠的是「11路車」（步行），走路大半天去鄉下，是很平常的事；不僅爬坡上坎，還要涉水過河。去明海家途經一條小溪，通常脫鞋蹚水過去。可那次當到達溪邊，上游的雷陣雨後使小溪漲水，變成了小河，農民們踏著齊膝深的水流來往自如。讀小學的姐姐，自告奮勇要背小玉過河。她高高捲起褲管，蹲下身讓小玉趴在她背上，她摟著小玉的屁股，一步三搖地涉水過河。可還未及河心，便摔了一跤。她倆濕漉漉地返回岸上，在夏天的太陽下晾曬身上的濕衣服。

記不清那次到達了明海家還是無功而返？記得的是鄉下的雨景與有趣好玩。山村的雨與城裡的雨，也有所不同：「空山新雨後，天氣晚來秋。」農民們穿著蓑衣，戴著斗笠，在黃昏的田間扶犁耕種，自成圖畫。

明海帶了她倆去樹林裡打鳥，用他自製的彈弓。有次，小玉看見一隻五彩斑斕的野雞，曳著長長的羽尾，在斜風細雨中飛落進附近草叢，她好喜歡，急急去捉。可明海拔開方圓草叢，野雞毫無蹤影，好似有遁身術？

明海家的食物，也給小玉不一樣的感覺與體驗。在家，她是個挑食的丫頭。國家除主食大米之外配搭的副食玉米麵，外婆變著花樣想哄她吃，要麼做成鬆軟的發糕；要麼加入白糖與牛奶做成玉米糊糊；要麼與大米混合煮蒸出，金黃的玉米，晶瑩的白米，煞是好看，外婆更是美其名曰「桂花飯」。可是不管形式如何變幻，玉米麵在小玉吃來均是口感粗糙，難以下咽。所以，全家人吃玉米麵，就小玉不吃。為此，被大舅諷刺為「豌豆公主」。此童話大意是：

皇宮中尋找流落民間的公主，好多女子冒名前來。為鑑別真假公主，便在若干層床墊下放了一粒豌豆，結果只有真正的公主才感覺到不舒服。

可是明海家從爐灶灰裡扒出來的玉米糢糢，又大又厚又圓，沾滿了草灰，拿在手上要翻來翻去地拍，除了燙手，主要是拍灰，所以此玉米糢又叫「拍七拍」。拍完灰，一掰開，一股香氣隨熱氣冒出，外酥裡糯，香甜好吃。還有他家用缺口大斗碗裝的，帶皮的土豆煮出的顏色不甚分明的洋芋湯，為啥比小玉家白白生生的洋芋湯美味太多呢？

小玉最不喜歡的，是雨城的冬雨，又冷又濕。小巷及院子被進進出出的人踩成一片爛泥，既髒又滑，稍不小心還會摔跤。雨城的雨，基本不會變成固體──那種花瓣似的雪花，這一直令小玉有點遺憾。可有個寒冷的清晨，外婆在門外叫小玉快來看，她要送小玉一塊冰！外婆小心翼翼地提起盆沿的稻草，從臉盆裡提出一個晶瑩剔透的大圓鏡，既漂亮又完美，令小玉好驚喜，她倆把它掛在屋簷下做裝飾。現在想來，這應是外婆的冰雕作品。稻草是她頭夜就放入盆的，盆裡的雨水結了一圈冰後，稻草便凍結進去，成了把手。外婆饋贈給小玉的，不僅僅是一塊冰，而是雨城冬天的趣味與美好。

如果說雨有肚皮的話，小玉猜應該是冬天的雨，那種被踩成爛泥的雨，令人討厭粘膩甩不掉。而「雨肚皮」正是這樣的女孩。她的媽媽是街道居委會主任，所以雨肚皮常仗勢欺人，耍潑皮無賴，院裡的小夥伴們都很討厭她，不願和她耍。

居委會主任齊耳短髮，精明幹練，若不是暴牙齒，她可能有點像《紅岩》中的江姐。她家住在大雜院左裡面的平房，與于英家隔一個天井。她拎著黑色人造革提包，進進出出大雜院時，不苟言笑，不與鄰里寒暄，一副大幹部派頭。對四類分子，動輒喝斥教訓，一副疾惡如仇的氣勢。她總是顯得匆忙，彷彿天將降大任於她。

她並不大親自過問「政事」，那些雞毛蒜皮的鄰里糾紛，以及安排轄區的「地富反壞」勞動改造，彙報思想與行蹤等具體事宜，則由住在街頭的兩個老太婆負責。她倆是同一大家庭中的妯娌還是婆媳？她們家雖臨街，但裡面永遠黑洞洞的。這兩老太一個比一個老，其中一個老得腰快彎到九十度了，可是作為居委會副主任，她倆在四類分子眼中就是慈禧太后。她倆對這些四類分子頤指氣使，數落教訓，同仇敵愾，彷彿與她家有深仇大恨。四類分子們要向她們早請示、晚彙報，若外出超過轄區範圍，得事先向她們請假，得到她們的批准。

雨肚皮小小年紀便沾染了她媽媽的習氣，仗了她媽媽的勢，在大雜院裡囂張跋扈。有次她與一右派家的小女孩打架，搬來她大哥大打出手，把那家小女孩肋骨打斷了一根。右派夫婦拿著自家孩子骨折的X光片，投訴到居委會副主任處。私下裡，兩老太對小女孩的傷勢倒是唏噓同情，但結果不了了之。右派家有冤無處申，有苦無處訴，小女孩身心受到極大傷害。

小玉家院裡的無花果成熟了，令雨肚皮垂涎欲滴。可關著院門，隔著竹籬笆，她想吃卻摘不到。她一邊在外面使勁搖小玉家籬笆一邊和小玉吵架，罵小玉是小地主，四類分子⋯⋯罵了半天還是吃不到，她靈機一動，抽了小玉家籬笆上兩根長竹竿綁接在一起，踮著腳去「奪」樹上成熟的無花果。好不容易被她奪下一顆，掉在離她不遠的地上。可是隔著籬笆，她的手還差一點點才搆得著果子。正當她臉憋得通紅奮力去拿果子時，小玉從容地走過去撿起果子，「咚」地丟進面前的泔水桶裡。這下，她更加暴跳如雷，破口大罵⋯⋯。

雨肚皮的二姐早早便輟學了，大多數時候她待在家無所事事，要送走每天一模一樣的日子，真是件艱苦卓絕的工作。不知從哪天開始，她與一夥「操社會」的不良女孩攪在了一起，遊手好閒，偷

雞摸狗，或戳在雨城十字街頭昏黃的路燈下，像發情的小母雞，與男人調情打鬧，撿地上的煙屁股吸……。

父母寵長子和小女兒，她夾在中間原本不討好，更因了她的放蕩與叛逆，常被其爹媽打得鬼哭狼嚎，滿地找牙。有時候，被打了便跑出去，幾天不落家，也不知混去了哪裡，回家就被打得更厲害了。她學會了向旁人訴苦，她撩起衣袖，展示身上的那些新的和舊的傷疤；她坐在地上，抹著淚，拍著大腿，像街坊那些被丈夫毒打的怨婦一樣，訴說其父母怎樣追打她，虐待她，彷彿自己不是他們親生。于英的媽媽，常把她從「竹筍炒肉」中解救出來，牽去對面自家樓上，好言勸導。她反覆問道：「于孃孃，你肯定曉得，我是不是他們撿來的呀？」于孃孃嘆氣：「傻女子，我親耳聽見你媽生的你，就在那間屋裡。你也別瞎猜，哪有父母不愛自己兒女的，等你長大懂事就好了。」

年齡一到，她便作為知青去了雨城附近農村插隊落戶，與另外兩個女知青同居一室。少有見她回大雜院的父母家。

從此，她稚嫩的肩膀不得不挑起沉重的人生重擔，由涉世未深的城市少女，變成了雨城貧困山區，須自食其力的勞動者。艱苦繁重的體力勞動、貧乏的物質與精神生活，讓她體味了許多，也改變了她許多。日復一日田間勞作，她的心時有失落。休息時，常獨自去採野花。那是些不知名的小花，五顏六色，姹紫嫣紅，星星點點，開在田野溪邊，無人在意，可捧在手裡，摟入懷中，卻有一種楚楚可人、我見猶憐的韻味，彷彿彼此惺惺相惜。

有時她坐在田邊地頭打盹，微閉雙眼，感受著眼皮上陽光輕輕的撩撥，諦聽耳邊微風的嘆息和小鳥的啁啾，會不期而然地產生一種幻覺，清晰地聽見自遠而近傳來「得得」的馬蹄聲，一位英俊的白馬王子飄臨，可當她伸出手，他卻突然扭過頭，拍馬揚塵而去……。

　　不久發生了悲劇，因冬天天氣寒冷，她們燒著炭火爐，睡覺前關閉了所有門窗，結果第二天清早，農民們發現，三個女知青全部死於一氧化碳中毒，其狀十分悲慘。她們在睡夢中感到了頭暈、心悸、呼吸困難，很快便嘔吐、抽搐、四肢強直。從現場情況看來，她們曾竭盡全力與死神搏鬥，每人都翻下了床，在泥地上朝門或窗爬去，手使勁往前伸，是想抓開門窗，抓住生機。若打開一絲縫隙，有新鮮空氣進入，她們就得救了。可惜就在其中一人的手快要觸到門時，卻窒息昏迷過去，再也沒醒過來。她們死了，死在知識青年上山下鄉運動中，死在最美、最有夢想的年華。

　　居委會主任進出大雜院，眼圈紅紅的。雨肚皮一家，左手手臂戴了一圈黑紗。

農二哥

　　俗話說：「一娘生九子，九子皆不同。」江婆婆家的長子江之禮，從小品學兼優，長大便也知書達禮，文質彬彬；獨女蓮妹也愛好詩文琴棋，頗文藝範兒。唯小兒子不喜讀書，雖成天提著個書包去上學，也不翹課，但頭腦中卻一盆漿糊。

　　久而久之，江婆婆看他不是讀書的料，便罵他沒文化，以後只能當農民。他反說自己就願當農民。所以大家便叫他「農二哥」。倒不是因他排行第二，而是雨城地方方言：農民即叫「農二哥」。隨後，社會風氣也不鼓勵「白專」，而是以革命小將黃帥，白卷考生張鐵生為榮。江婆婆便聽任他，「做一天和尚撞一天鐘」地初中混畢業了，農二哥便聽從黨的號召：知識青年上山下鄉，幹革命去了。

　　其實，從小農二哥便常去附近鄉下。農二哥生性善良憨厚，他會不時給院裡守糞的王大爺送去半個玉米糢或一些蔬菜幫子。每月生產隊會分一些糧食給王大爺，王大爺人老體弱，農二哥便背了背篼，去鄉下生產隊幫王大爺背回有限的糧食。

　　大雜院角落裡的公共廁所邊，用茅草搭了個小棚，是王大爺的住處。他年事已高，身形瘦長，屢弱佝僂，白髯飄飄。奇怪的是，他終年穿一襲陳舊藍布長袍，斯斯文文，倒不像地道農民，而似前清遺老。

　　王大爺孤苦伶仃，生活窘迫。他的住處簡陋逼仄惡臭，夏天蒼蠅、蚊蟲亂飛，冬日牆不避風，破被冷硬如鐵。他每日用個小搪瓷盅在煤爐上煮一點點米、幾棵菜。可他並非孤寡老人，而是兒女雙全。據說老伴去世早，同在屋簷下的兒子、媳婦容不下他，總想趕

他出門；生產隊調解無效，只好派他出來守糞並打掃廁所。女兒嫁去外鄉，按當地農村習俗，嫁出去的女兒潑出去的水，是無義務照料贍養父母的。可女兒心疼他，偶有來看看老父，每次在老人跟前哭得眼淚、鼻涕的，卻也是心有餘而力不足。

印象裡，小玉幾乎沒聽見王大爺講過話，他總是沉默地待在小棚裡，偶有走來小玉家，歸還碗盤，因小玉外婆隔三差五會給他送些食物。他在小玉家院裡小板凳上坐了，幫忙剝豌豆或擇菜，不時咳嗽幾聲，面容平和略帶笑意。

一個隆冬的清晨，農二哥急急地跑來叫小玉外婆，外婆隨他去到廁所邊的茅草棚。原來王大爺死了，死在冷硬的木板床上。但王大爺的眼睛大張，沒閉上。外婆一邊口中念念有詞，一邊用手心從上至下，輕輕抹他眼皮。慢慢地，王大爺終於瞑目了，走完了他悲催的人生。

農二哥去鄉下，通知了王大爺生產隊，生產隊派人來把王大爺拉走了。

農二哥當知青下放的地方，是由雨城知青辦統一籌備分配的。同時下鄉的還有相同與不同轄區的另外幾個男女青年，都是十六歲左右青澀稚氣的年齡，他們被註銷了雨城的城市戶口。下鄉的那天，雨城知青辦組織了歡送活動。知青們戴著大紅花，背著簡單的被褥，手裡提著哐噹作響的洗臉盆及熱水瓶等，帶著「到祖國最需要的地方去」的豪情壯志，帶著天真爛漫的年輕人所特有的好奇和遐想，被捲入了全國上山下鄉運動的滾滾洪流，踏上了「接受貧下中農再教育，廣闊天地練紅心」的艱辛路程。

載著他們的大客車翻山越嶺，傍晚時又改坐牛車，牛車在崎嶇不平的路上顛簸，彷彿把他們的肋骨都抖散了架。下了牛車環顧四周，真是傻了眼。只見連綿的山峰，山路起伏高低不平，不知道要走多久。天色漸暗，農二哥及男知青還好，幾個花季少女，這下鄉

途中便給了她們一個「下馬威」。但已沒有退路，只有擦乾眼淚，迎接挑戰。

他們被下放的農村叫朝陽公社，大家在公社報到後，公社又分配他們去了不同的大隊。農二哥被分配到援朝大隊紅花生產隊。從此，他開始了真正的臉朝黃土背朝天的農民生活。

小時願意當農民的農二哥，天長日久，也體會了知青生活的苦。不僅正在發育的身體承受了幾乎超負荷的極其繁重的體力勞動，在物資生活上更是經歷了難以想像的貧窮和困頓。多少次在風雨中，農二哥挑著百多斤的重擔，行走在泥濘狹窄田埂上，一不小心就摔得四腳朝天，滿身泥水；多少次，在深山老林中砍柴，挑著沉重的柴擔，一不留神就會踩著溜滑的青苔，連人帶柴，連滾帶爬地滑下去數米遠，身上被劃出道道血痕，有時被摔得鼻血長流，爬起來仰著頭，抓一把身邊的青草，揉搓成團塞入鼻孔；夏天，高溫酷暑，烈日炎炎，和農民們一起，連續十幾個小時，持續四五十天在水稻田裡插秧、收穀，揮汗如雨，螞蟥蚊咬，經受著幾乎生理極限的高強度勞動；而在寒冬臘月的農閒，卻要去深山裡砍伐木頭，或開山挖渠修水利，戰天鬥地。捧著不見油葷的鹹菜拌白飯，農二哥也開始想家了，想念過年時媽媽擺在桌上的豐盛飯菜，想念與家人在一起的美好時光。但他總是命令自己，咬緊牙關，挺住，堅持住，因為別無選擇，只能「一不怕苦，二不怕死」，以青春和熱血做本錢，挑戰命運。

由於農二哥家庭出身好，人又憨厚吃苦耐勞，農二哥自己也懵懵懂懂地，被選為農業學大寨優秀知青代表，受到省市縣與公社級的表彰。

大隊會計的女兒叫小芳，是山窩窩裡的金鳳凰，不僅人長得好看，且是村裡的養豬能手。好多鄉鄰上門提親，可小芳卻芳心暗許，她喜歡上了農二哥。田間地頭，她常有意無意湊近農二哥，給

他遞張毛巾擦擦汗或遞個水壺喝口水，又到他小屋幫忙洗洗縫縫。農二哥也時有去她家串門，會計夫妻常留他一起晚飯，農二哥便幫忙添火加柴……天長日久，農二哥在小芳家出出進進，儼然一家。

可要結婚，卻遭到農二哥母親江婆婆的強烈反對，以斷絕母子關係要脅。江婆婆苦口婆心，軟硬兼施。告知農二哥：「小芳再好，可一結婚，你就完全沒機會被招工回城，你就真的只能在農村當一輩子農民了。孰輕孰重？你好生掂量，千萬不要一時衝動！」

可被愛情沖昏了頭腦的農二哥，哪裡聽得進母親的語重心長。不久，農二哥一意孤行與小芳登記結婚了。農二哥與農村女子結婚的行動，再次被樹立為扎根農村幹革命的知青典範。

結婚後，農二哥與小芳有了一雙兒女。後來，時間到了改革開放的八十年代，農二哥與小芳成了養豬專業戶，並成為值得誇耀的、當時當地少有的萬元戶。再後來，農二哥一家買了附近的城鎮戶口。一雙兒女在城裡上學，兩夫妻在城鎮開一茶鋪，經營麻將、檯球及小食品買賣，過著安定富足的小康生活。江婆婆見他們這些年過得不錯，也早已釋懷，恢復了正常母子關係。小芳原本就是淳樸善良的農村女子，對晚年和他們一起生活的婆婆，也十分理解與孝順。

蚊子、啞巴、公母人

蚊子是雨城的公眾人物，人們可能不知道張大爺或李大娘，但人人知道蚊子。

人們談起蚊子，好像談起一件不相干淡漠的事情，當茶餘飯後的八卦趣聞。雖然蚊子是很可憐的，但少有人可憐她，甚至她挺遭人厭的。

她總是在雨城的大街瘋跑，是武瘋。雖對人無大傷害，但瘋子也是恃強凌弱的，她會搶小孩子手上的饅頭或零食，惹得家長在孩子的哭聲中追著她罵，而她跑遠了便涎著臉回頭嘻嘻地笑。她的臉像花貓，短頭髮也像貓毛亂糟糟支楞。她的衣服破破爛爛、骯髒惡臭，有時候露出白花花一塊肚皮或屁股，那些二流子就追著她玩。二流子會拿煙屁股逗引她，她迫不及待撿起地上的煙屁股，貪婪地吸著。

蚊子在街上跑著跑著，便跑成了大肚子。這種現象發生過不止一次。有好心的街坊大娘們相互聊天，便流露出對蚊子的憐憫，罵那該死的、哪個砍腦殼的人造的孽。誰也不知蚊子肚子裡的孩子後來到底怎麼樣了，也無人過問。

蚊子從哪裡來、哪天開始在雨城東大街瘋跑的？又是哪年消失的、去了哪裡？都是一個謎。

雨城有三個啞巴。一個是小玉學校老師的兒子，他年輕，人長得白皙、清秀、英俊。他與小玉家鄰居大哥是好朋友，兩人常一起玩。據說啞巴很聰明，印象最深的是他一邊哇啦哇啦，一邊雙手很快速靈巧地比劃，鄰家大哥不僅聽得懂，且也跟著比劃，看來鄰家

大哥也是很聰明的。

另一個啞巴，小玉不認識，但她常從對街梧桐樹下走過。小玉喜歡趴在家中二樓窗口看她，因為她很好看。她紮齊肩的粗辮子，直筒褲，花襯衫，乾淨清爽。她款款走過的路上，彷彿會留下一縷清香。她與老師兒子年齡相仿，感覺真是般配。小玉常在心裡想：若他倆認識該多好呀。

最出名的啞巴，是雨城的公眾人物，他黑黑壯壯，頭髮剃得緊貼頭皮，露出一個光光的圓腦袋，也沒有鬍子拉碴，形象有點像和尚。和尚給人印象是沉靜的，但啞巴卻是暴烈的，他生起氣來很嚇人，哇啦哇啦亂叫一氣。估計他是在罵人，只是罵不出來，便更加生氣，加了比普通人更多的肢體動作。

他有個老母親，兩人相依為命。不知是母親幫他，還是他幫母親。每天他娘倆用平板車幫人拉送蜂窩煤。她媽媽是個乾瘦黃瘦、少言寡語的老婦人。兩人靠出賣勞力吃飯，十分辛苦。啞巴每天身上、臉上都是黑煤渣，看不出皮膚的顏色。

平板車上很重，整齊碼放了好幾層蜂窩煤。通常都是啞巴弓背拉主軸，他媽媽在旁邊幫襯，兩人從天亮拉到天黑。看得出，啞巴是個孝順的兒子。

照理說，啞巴只是聾啞的殘疾人，思維與普通人無異。可是大家看他像看怪物，還常有無聊的人逗他玩，拿他打趣，或頑皮的小孩子們拿泥塊扔他。這也是啞巴冒火罵人的主要原因。啞巴沒有名字，啞巴就叫啞巴，雨城的人都這麼叫他。

公母人卷卷頭，高鼻樑，薄嘴皮，身材矮而瘦小，但精神奕奕，把自己收拾得很整潔。他喜歡社交，常與一群男的在雨城大街「壓馬路」，或去廣場旁的電影院看電影。他的肢體動作蠻女性化，比如甩一下頭髮、拋一下媚眼、翹著蘭花指、拖長了聲音說話

等等。

　　他最大特點是毛線織得好，各種針法花樣，變化無窮，當然還有其他女紅，均不在話下。

　　在電影院等待電影開場前，他手上飛快織著毛衣或鉤著鉤針。若有人當場向他討教，他很開心，均耐心解答。

　　大家背地裡叫他「公母人」，不知他自己是否知道。

　　這幾個原本互不交集的人物，後來卻被坊間傳聞連在一起，說是公母人無意中發現啞巴跟蹤蚊子，公母人便跟蹤啞巴，在一個月黑風高的晚上被啞巴揍了一頓。公母人的小身板傷得不輕，啞巴被公安拘留，啞巴可憐的老母親天天送飯去拘留所並哀求放人，聲稱啞巴清白無辜。家中沒有啞巴幹活，老母親生活難以為繼。差不多同一時期，蚊子消失無蹤了。

垃圾大爺與針線大娘

　　照現代時髦的稱謂，他應該是環衛工人，可是早在上世紀七十年代，大家只知道他是收垃圾的。他姓姜，街坊們叫他姜大爺，大多數時候並不叫他，甚至背後稱他「惡老頭」，因為他並不友善，常常罵人。

　　說起來，他工作蠻認真負責的，正因認真負責，所以才罵人。因有人總是在他的垃圾板車到來之前或之後，把垃圾傾倒在街邊電線杆下，那些夾雜著炭灰的垃圾發出惡臭且四處飛揚，弄得姜大爺很惱火。他一邊拿著掃帚把堆在街邊的垃圾鏟入撮箕，倒進板車的兩個竹編大垃圾筐中，一邊氣得滿臉通紅，唾沫橫飛地罵那些不自覺的街坊鄰居。

　　做完事罵完人，姜大爺把板車帶子斜挎在肩上，雙手握著車把，弓腰一步一步拉著滿載垃圾的板車前行。還不時騰出一隻手來搖繫在車把上的鈴鐺，遠遠地，就能聽到他收垃圾的鈴聲了。

　　姜大爺雖花白頭髮，但身形挺拔，五官端正，若不是收垃圾，他其實是蠻體面的一個人。即使收垃圾，姜大爺也不猥瑣，他罵人是理直氣壯的。小玉小時候的記憶中，姜大爺罵人的時候比和藹的時候多。據說他被評為雨城的勞動模範。可是，他罵了那麼多年，那些不自覺的街坊為什麼沒被他罵得改邪歸正呢？想來也是奇怪。

　　與姜大爺換班的另一個環衛大爺姓周，他說不上和藹，但要平和許多，甚至有點沉默寡言。他基本不罵人，得過且過，做一天和尚撞一天鐘。他把垃圾板車停在街邊，拿起鈴鐺，這是一種銅製的喇叭形鈴鐺，被握得鋥黃發亮，一搖便發出響亮悅耳的「叮叮」聲。周大爺搖完通知收垃圾的鈴鐺，便閒閒地等待各家端出撮箕倒

垃圾，是否清理電線杆下的垃圾，全憑他的興致。周大爺黑瘦矮小，像隻風乾的兔子。

比較起來，街坊鄰居們心裡，還是更喜歡罵人的姜大爺。

從小玉家大雜院出去，要經過一條窄巷。窄巷右邊是雨城有名的餐館「一口鐘」。餐館建築是凹進去的，前面便有一塊水泥空地。空地朝向大街的左右兩邊，各有一位賣針線的大娘。

每天早晨，她倆背著一個竹編大背篼，裡面有擺攤所需一切物件。

放下背篼後，拿出折疊的板子、板凳，擺出一層層排列有序的小物件，除了針頭、線腦，還有拉鍊、橡皮筋、扣子、暗扣、鉤針、絲線等等，花樣繁多。

兩位大娘都住在城裡，一個住得較近，一個住得較遠，但總是前後腳到達，所賣東西也相差無幾。因存在競爭關係，多年下來，她倆並未成為朋友。表面看來關係疏淡，但彼此心裡多少對對方有些不爽，這表現在，她們會對相熟的鄰居，背後說一點對方的不是。

兩個老太太，一位長得慈眉善目，一位長得精明伶俐。似乎前者生意較好，但大多數時候，感覺她倆都是攏著袖，眼光空洞、面無表情地在看街景。一天一天，一年一年，她倆，彷彿也成了雨城的一道風景？

若干年來，收垃圾的與賣針線的各就各位，互不相擾。可後來聽說垃圾大爺與針線大娘好上了，在一起搭夥過日子。不知是他們中的誰和誰？

補課老師

　　小玉的故鄉，那裡的人、那裡的故事，他們雖是小人物，其命運卻與大時代息息相關。穿過遙遠的時間與空間，好多東西隱藏在記憶背後，平日裡似乎毫無蹤影。當小玉回望故鄉雨城，像電影又像夢境，各色人影浮現在眼前，而她寫到幾萬字後，竟怎麼也寫不出一個字了。要寫的太多，卻抓不住具體的某個。這樣的情況持續好一陣後，補課老師的形象突然出現在她腦海。

　　他約莫四十上下，單身，瘦小卻精幹，穿著顏色不甚分明的粗布衣褲，一看就是底層勞動人民。他確是底層勞動人民，他在青衣江河灘拉沙石。而說起來，他又不是勞動人民，而是被勞動人民監督改造的對象──右派分子。沉重的板車使得他面朝沙土背朝天，多年下來，皮骨緊實，身上沒一塊多餘的贅肉，卻也落下關節炎、肌肉勞損等體力勞動者的常見病。

　　小玉見到他是一個夏天的晚上，經遠親吳阿姨介紹去補課，那是小玉初中升高中的關鍵階段。其時恢復高考不久，升學也分了重點、非重點中學。記憶中，天應該很晚了，因原本晝長的白天也已落下夜幕。他與吳阿姨是同一個樓道的鄰居。那是一棟年代久遠的木樓，順著樓梯上了二樓，環形地分布了約十幾戶人家。靠著圍欄的門口是各家的簡易爐灶。每走一步，陳舊的木質樓梯和走廊，都不堪重負似的嘎吱作響。

　　她們在老師從不上鎖的屋裡等了一會兒，拉板車的老師回來了。他深褐色臉上的皮膚溝壑縱橫，艱難的歲月在他臉色留下了抹不去的痕跡。吳阿姨是個單身女人，她開始為他打開蜂窩煤爐灶，讓火快點紅起來，這樣老師便可快點做完晚飯。他煮了一碗麵，呼

啦啦吃過，擦把臉，便開始講課了。但他講一陣會停下來，「喉喉」地喘幾下，好像肺裡不堪重負似的。他的小屋燈光昏暗，靠牆立了塊小黑板，他在上面畫三角函數，寫方程式，像個真正的老師在課堂給學生上課，認真專業，所不同的是，他穿著破了許多小洞的汗衫背心。

據說，他是文革前的大學生，後來被打成了右派，因為他出生不好。父親曾任職國民黨郵政署長，解放初被鎮壓槍斃了。他的母親原本是個賢淑安靜的女子，面容姣好，衣衫整潔。她在西城區縫紉社工作，做得一手好針線。丈夫死後更是沉默寡言，不多言，不多語，與人相處總是掛著淺淺的笑。但私下裡，大家都知道，她精神不太穩定，每遇發瘋，便被送到精神病院關一段時間。

他母親自顧不暇，他從小生活困難，撿炭花，拾垃圾……但他極愛讀書，從不荒廢學業，文革前的高考，他順利考入四川大學數學系。畢業後分配到雅安統計局工作。不久「大鳴大放」，他原本出生不好，單位為完成右派指標，內定他為右派，被送去新康石棉礦勞改隊勞改。

新康石棉礦在離雅安西南不遠的石棉縣葉平村附近的高山、峽谷之間，這是於一九五一年建立起來的勞改營。石棉是夾在石縫中的一種礦物質纖維，這裡使用的是最原始的開採方法，哪裡有石棉就在哪裡採。

那裡山峰重疊，林深蔽日，道路蜿蜒，幾乎與世隔絕，一般人走進礦區連路都找不到。冬天，積雪覆蓋了山巒、樹木、房舍、道路，石棉礦就成了插翅難飛的密封的世界。

犯人們站在台階或山坡上把岩石鑿下來，其他勞改犯則在屋子裡用手將石棉從岩石中分離出來，再進行包裝。那裡的石棉品質好，夾在岩石中白色絮狀的石棉，被風吹得飄呀飄的，像「白毛」似的。

分離石棉，勞改犯人沒有保護措施，那比重較輕的石棉剝離出來，「白毛」到處飄飛，無孔不入。它們鑽進人的鼻孔，進入氣管，天長日久，石棉慢慢堵塞了支氣管，肺功能就會逐漸下降，病人咳嗽、吐痰、哮喘，成了醫學上說的塵肺。

高強度的勞動，卻愈來愈吃不飽。有時僅有一碗米湯，卻清得像鏡子。蕨菜、野草、老鼠、蟋蟀和蛇，都成了勞改犯們的「牙祭」。有人去捉屎殼郎，放在火裡烤著吃；也有人去捉蚯蚓，兩頭一掐，泥巴一抹，直接放嘴裡嚼。地上所有動植物都被掃蕩一空。

除了塵肺，很多人得了腫病，他也如此，兩條腿腫得發亮，一按一個深坑。

後來勞改期滿，他被發配老家，安排在青衣江河灘拉沙石，繼續接受人民群眾的監督改造。

他給三個學生補課，其中兩個是孿生兄妹，他的親戚，而小玉是被吳阿姨介紹去旁聽的。作為對小玉旁聽的回報，吳阿姨不時幫他捅捅爐子，或做了好吃的，給他端一碗去。

平時在學校，小玉數學較差，幾乎做不出解方程式。可是到了初升高的全國統一考試，數學考題中的那道解方程式，居然奇蹟般被解出來了。看來補課老師的辛勞沒有白費。

滑稽的是，原本只報考中專，一心想早日脫離家庭，離家出走的小玉，卻因考試分數略高於中專錄取上線，而被迫去上重點高中——雅安中學。因當地教育局，為了保障高考能有更多的人考入大學。而小玉，當時沮喪得要命，恨不得那道數學方程式沒被解出來，就如願以償了。可回頭看卻是慶幸，冥冥之中有天意。因為補課老師，他教會小玉解的那道題，真的是改變了她未來的生活軌跡呢。

一晃幾十年過去，誠實地說，其間小玉很少想到過補課老師，不知老師後來命運如何，估計也像大多數右派一樣，經過漫長的艱難歲月後，「偉光正」的黨終於發現反右鬥爭擴大化了，錯劃了一

大批知識分子，而給予平反昭雪。那些命硬熬到出頭的右派，已是遍體鱗傷、年過半百，人生最好的青春年華已如逝波不返。

值得慶幸的是，因為小玉補課，單身的吳阿姨與補課老師好上了，兩人惺惺相惜，互為陪伴，美好黃昏戀。

論心空眷眷，分訣卻匆匆

　　小玉收到表姐微信：「當年，把那個清純的小姑娘帶到我身邊的金健舅舅於本月七號仙逝了。」

　　那個清純的小姑娘是十八歲時的小玉，金健舅舅是小玉的表舅。

　　傷感一下子蔓延開來，像紙漬的墨水……。

　　小玉原以為來日方長，還有機會去雨城看望他老人家，卻不料，已是天人永隔。

　　金舅舅第一次見到小玉，是小玉從省城放暑假，回到在雨城東大街家中，那天早上外婆外公外出了，小玉在屋子外面升蜂窩煤爐子。那時候，小玉升爐子是很有經驗的：把木柴劈成小節，用一點煤油點上火，等柴燒旺了（不能燒盡），把蜂窩煤架上去，不一會爐子就紅了。

　　小玉正被煤煙嗆得眼淚汪汪狼狽不堪，來了一對親戚，說這小姑娘好勤快嘞，立刻就喜歡上了小玉。這就是自家沒有兒女，見誰家孩子都喜歡的金舅舅和舅媽。

　　當得知小玉獨自在省城讀書，金舅舅說有一家親戚在省城呢，他會介紹他們去學校找小玉，這樣節假日小玉就有個去處，這家親戚也可以照應小玉。

　　這家親戚就是小玉的遠房表姐及其父母等，表姐也姓張。其實該是堂姐才對，但現代人搞不清那麼複雜的親屬關係，小玉就直接叫她表姐，她則稱小玉為表妹。

　　小玉一直相信：人生是漫長的，但緊要處往往只有幾步，這幾步的轉折決定一個人一生的命運。每個人生命中都可能遇見自己的「貴人相助」。

　　而把小玉引到表姐身邊的金舅舅，這一引就引起小玉生命中最重要的轉折。與表姐家的相遇是小玉一生的緣分與幸運。

　　看來，金舅舅是小玉命中註定的「貴人」。

　　解放前的金家在雨城地區富甲一方，而金舅舅奉父母之命、媒妁之言娶進的媳婦娘家則更勝一籌，當時結婚陪嫁物品組成的隊伍之浩大曾哄動一時。

　　公子哥兒的金舅舅在成都讀書，因家裡有錢，所以喜新厭舊不時變換專業，但最終還是取得兩個專業的學位。

　　他的同學大都也是有錢有勢的人家，據說當時四川大軍閥楊森的公子也是他同班同學，有時在一起打籃球、網球等。有個漂亮女同學，常在他們打球時在球場邊為金舅舅抱衣服；她有一半日本血統，她父親是曾孝谷*。

　　後來世道變換，滄海桑田，他們那輩人都經歷了不少磨難。曾姨結婚又離婚，有一個女兒。

　　舅舅與舅媽雖是舊式婚姻的結合，但舅舅對舅媽很好，非常體貼入微。舅媽是千金小姐出生，生活能力很差，基本不會做事。舅舅性格開朗樂觀又很能幹。直至老年，舅媽還是非常依賴舅舅，她總是懶懶地有氣無力地，一會兒叫老金這樣，一會兒叫老金那樣……。舅舅總是高高興興跑上跑下，每晚臨睡前為她端水床前：「老太婆，該吃藥了。」（舅媽就唉聲嘆氣地把藥吞下）「老太婆，手錶取下來，該上發條了。」（舅媽就有氣無力地抬手讓舅舅取下上發條）……舅舅耐心極了。

　　舅舅年輕時的紅顏知己曾姨，幾十年來一直和舅舅舅媽保持良

---

* 曾孝谷（一八七三－一九三七）：早期話劇（新劇）活動家，四川成都人。清末留學日本學習美術。一九〇六年與李叔同等在東京創辦藝術團體春柳社。一九〇七年根據美國斯陀夫人的小說《湯姆叔叔的小屋》改編的《黑奴籲天錄》，是中國早期話劇的第一個劇本。

好的朋友關係。

舅媽總是素面朝天，曾姨總是描眉畫眼。

舅媽六十多歲過世，又過了幾年，舅舅與曾姨這對老鴛鴦終於決定生活在一起。他們住在雨城西康路，曾姨家兩居室的老房子裡。

按理說，年輕人結伴走向生活，最多是志同道合；老年人結伴走向死亡，才真正是相依為命。

可是，生活在同一個屋簷下，也有很多油鹽柴米日常生活的矛盾。其實兩個老人都有退休費，且各自有定期存款，經濟不成問題。但可能長期養成的習慣，兩人都很節儉。有次曾姨感冒了，送進雨城西醫醫院住院幾天，金老舅舅忙進忙出照顧老伴；有次金舅舅病了住院，情形更糟，曾姨日常就是推著四輪拐杖走，這時候為給老伴送飯，就把飯盒掛在脖子上，推著輪杖顫顫巍巍去醫院。

有次兩老閒聊，金舅舅無意中說起，以後走了還是要跟以前老伴埋在一起，埋在金鳳寺陵園裡，那裡山清水秀好風水。金舅舅兀自沉浸在下世裡，卻令曾姨大為傷心難過。後來金舅舅賠禮道歉，曾姨卻一直不能釋懷，動不動就用這事與金舅舅吵。好在金舅舅耳背、脾氣好，哼哼哈哈也就過去了。

又好多年過去了，兩個老人單獨的生活愈來愈困難。曾姨遠在北方的女兒非常擔心母親，以前多次要接母親共同生活，都被母親拒絕。這次便直接與金舅舅在西昌的養女商量，希望養女把金舅舅接走照顧，可以帶走家裡任何金舅舅想要的東西；然後她會把自己母親接去北方的家，再把雨城老家的這個房子賣掉。

養女來接金舅舅的那天，金舅舅老淚縱橫，他什麼都不要，只是捨不得老伴。兩人都知今天即是生離也是死別。曾姨堅持說不會去女兒處。

「論心空眷眷，分訣卻匆匆。只道真情易寫，那知怨句難
工。水流雲散各西東……。」

金舅舅被接去了西昌，養女一家對他很好，金舅舅每天去茶鋪
喝茶，他曾經養大的殘疾孫女陪著他到處閒逛，但金舅舅年老失
憶，什麼都不復記得。

所有人都以為曾姨被迫接受，去了北方女兒處。一年後某天，
表姐突然接到曾姨電話，說自己在雨城當地的一家老人院，她要在
這裡等老伴，所以哪兒都不去。預感自己來日無多，有重要事情交
代，希望表姐去一下。

表姐第二天一早從成都開車去，但晚了一步，曾姨頭天半夜已
走。她要交代的事也成了不解之謎。

「毛根朋友」水月

「毛根朋友」是雨城方言，意即「發小」。其實，水月家並不屬於大雜院，她家在大雜院對街的鞋鋪裡。

水月大小玉一歲，她外婆與小玉外婆，兩家的先生是世交，且有一點剪不斷理還亂轉彎抹角的親戚關係。據小玉外婆講：水月外公的侄子，是小玉姨婆家「接腳杆」的女婿。

兩個小腳老太太一起外出買菜，一起家長里短，背地裡一起唉聲嘆氣，惺惺相惜：小玉外公早年創立雨城西醫醫院，解放後公私合營。他是不過問政治的民主人士，也多次在運動中被抄家、被批鬥。而水月的外公在解放前，是國民黨官員，任職雨城郵政局局長，解放後被鎮壓槍斃了。好在他家幾個兒女離家早，與反動家庭劃清了界限。有的在省城讀書，畢業後分配了工作；有的參加了解放軍，跟隨隊伍南征北戰，立下汗馬功勞。兒女們都懂得夾著尾巴做人，明哲保身，諸次運動，也還無甚大事。

水月由她外婆帶大，從小就在小玉家進進出出。她倆打小玩在一起，要好時像穿連襠褲，生氣時橫眉瞪眼互不理睬。

鞋鋪面街，是雨城布鞋廠唯一的門市部。門面約有二十幾扇門板，店內擺了好幾個玻璃櫃，裡面陳設著各種布鞋。說是「各種」，其實當時的鞋子式樣簡單劃一，大都是黑色棉布面；高級的便是金絲絨面，也是深色。鞋底均是棕色塑膠平跟。不同的是，有的平口，有的淺口，有的女式，有的男式，有的大，有的小。店堂頗深，堆了一筐一筐的鞋子。最裡面有閣樓上去，水月一家便住在樓上。

水月的媽媽是店裡唯一的工作人員，既算店長也算售貨員？回

想起來，其實她媽媽的工作環境挺寬鬆的：早上卸下門板營業，晚上安上門板打烊。一家大小吃喝睡全在這一方天地裡。既無領導成天盯著，又無同事間人際關係需要處理。且一邊工作一邊照顧了家庭。

水月是家中第一朵金花。下面還有四朵金花，年齡均相差兩歲左右。水月隨母姓，但四朵金花均隨父姓。是同母異父的姐妹嗎？但水月的生父是誰呢？是生是死？小玉均不得而知，不知水月自己是否知道？這個疑問，直到水月十六歲，小玉十五歲的那個夏天，才謎一樣地解開……。

不知是少女青春期還是同母異父？水月性格時而憂鬱時而叛逆。她情緒變化快，前一刻還玩得開心著，後一刻便感覺無趣而不高興了。她爸爸時有教訓幾姐妹，水月亦是咬牙鼓眼，沉默聽著，雖不敢還嘴但明顯不願接受。作為大姐，水月在家中頗為霸道，最大受氣包是二妹，常被大姐頤使氣指，喝來吼去。二妹性情軟弱，常委屈得嚶嚶哭泣。但水月也很愛妹妹們，常用花布、各色頭繩把她們打扮起來，用紅紙沾濕了當胭脂與口紅。在打烊後的店堂裡，組織導演她們演戲、跳舞、唱歌。觀眾及演員包括小玉和她家隔壁的小夥伴們。

白天，年齡最小的五妹常鑽到鞋筐或玻璃櫥櫃裡去玩，玩著玩著便睡著了。時有顧客駭然看見，一雙雙擺滿鞋子的櫃子底層，睡著個小女孩。有客人便玩笑問：「這小孩多少錢？」水月媽媽便拍她屁股，或叫姐姐們抱了上樓去睡。

五朵金花們，模樣俊俏，性格各異。特別是水月，長得很「乖」，瓜子臉，吊梢眉，膚色白淨，像小人書中的古典女子；二妹老實厚道，常受「夾板氣」；三妹伶牙利齒，鬼靈精怪；最小的妹妹，面如銀盤，稚嫩可愛。相較之下，四妹人才較差，既是「流鼻龍」又是「大舌頭」。可待小玉離鄉若干年後回去，芳年十

八的四妹卻出落得婷婷玉立，文靜秀麗，這令小玉大為驚訝。果真應了：「女大十八變，愈變愈好看。」其時四妹在雨城賓館當服務員，幾年後結婚成家，生了一龍鳳胎。

小玉常去她家店裡玩，她家樓上樓下較寬敞，但無序而混亂。幾姐妹跑上跑下，熱鬧歡快，貪玩好耍，像自然界的小獸，並不熱衷於書本之類的東西。所以她們媽媽常用小玉做榜樣，要金花們向小玉學習。同在一所小學，她們常在全校表彰會上聽到小玉的名字。所以從小到大，幾姐妹皆欣賞「崇拜」小玉，覺得小玉好了不起喲。

有時，小玉和水月在門市部店堂玻璃櫃上玩「揀石子」，或斜坐在櫃檯上「編花」：用彩色塑膠細繩交叉套在雙手手指上，對方用雙手手指去翻套進自己手指，並變幻出另一種花形，如此反覆，變幻無窮……有時又在外面街沿的梧桐樹之間，牽上橡皮筋，街上人與車來來往往，她倆卻跳得不亦樂乎，比賽誰「飛」得高。以致讓時而路過的小玉同學，一度誤以為鞋店是小玉家。

水月來小玉家時，她倆常趴在二樓窗口看街景，看閒散或忙碌的行人。窗戶是紙糊的，每年春節前家人就會用報紙重新糊過，更好一點是用白紙糊。而平日裡窗戶總免不了破破爛爛的，夏天的時候，街邊梧桐樹的樹枝會伸展進來。窗下是小城主要的街道，叫東大街。對面街上常常走過一個好看的女子，卻是聾啞人。小學校老師的兒子，長得既聰明又英俊，可惜也是聾啞人。他們兩個年齡相當，不知道是否相互認識？小玉曾這樣想。還有一個是小城的異類，小個子的男人，可是他的行為舉止卻非常女性化，而且特別精於織毛衣之類的女紅，大家叫他公母人。還有兩個女瘋子：一個是「武瘋子」，常常在街上瘋叫奔跑；另一個則是「文瘋子」，看上去滿有教養的，只是湊近了才聽到她一直自言自語，口中念念有詞。

看得無聊了，她倆便惡作劇地比試「吐口水」：看準窗下有人

走過，就朝那人頭上吐口水，然後縮回窗下嘻笑，讓遭殃的人抬頭找不到發洩的對象。有次小玉吐到下面那人頭上，叫水月探頭偵察，她不肯，怕被罵。待小玉探出頭，發現那人正拐進她家大院的小巷來，更糟的是他居然進到小玉家來，把她嚇得要死。原來是小舅的好友，今天專門來家找小舅玩的，卻先被小玉吐了口水。

有次她倆鬧了矛盾，互不理睬。兩天後小玉便熬不住了，覺得沒水月這個朋友，簡直不好耍，生活像是失了意義，既無聊又寂寞。院子的地上有好多小螞蟻，吐一泡口水讓牠們游泳，快游到岸了再來一泡口水，真真是苦海無邊……。

小玉想去找水月玩又抹不開臉面，怎麼辦呢？只有佯裝路過她家對街，見機和解。來來回回走了好幾趟，均未見她人影。可這次湊巧，小玉路過時，見水月正靠在店堂櫥櫃外，面容暗淡，百無聊賴得「左腳敲右腳」。小玉在對街胡亂地朝她一揮手，她面色立刻明亮起來，藉梯下坡地朝小玉跑過來。然後她倆扛了舊輪胎，下河洗澡（游泳），又無拘無束地玩到了一起。

雨城有大大小小很多河灣小溪，通常她倆去的河灣叫「一根索」，這兒離家較近。上游的河岸窄，溪流較急，水中突出了許多大石頭及大石板，女人們通常在此淘洗衣服。在石板上用肥皂搓洗過衣物後，用雙手抖入河水中反覆漂洗，混濁的肥皂水瞬間便順流而下了，又是清亮亮的河水。平時洗衣的人較少，星期天才是這兒的「節日」：兩岸布滿了洗衣人，大家噓長問短，閒話家常，好不熱鬧，像是雨城的新聞發布會。但時有一言不合或爭搶有利位置，吵架與打架事件也時有發生。吵架若隔著河岸，互相張牙舞爪謾罵，但搆不著，吵一陣便偃旗息鼓了。但若在同岸，兩個女人扯頭髮抓臉，從這頭打到那頭，有勸架的，但大都是邊洗衣邊看了熱鬧。小玉也常用背篼背了滿盆的東西來洗，洗完再背回去晾曬。濕漉漉的衣物很重。水月是不用下河洗衣的，因她家樓梯天井旁有自

來水管,是屬於鞋店門市部的。因了此優勢,水月便來挑唆小玉,叫小玉不要下河洗衣。她的理由是:你背這麼重的背簍,會被壓矮的,長大了是個矮子!

「一根索」下游的河灘很寬闊,但夏天的河裡,還是像下「餃子」似的擠滿了人,她倆在沙灘上用自身的短裙從下到上當布簾,很容易地換上游泳衣,然後把換下的衣裙堆成一堆,就赤腳踏著烙人的鵝卵石下水了。所以河灘上有一堆一堆花花綠綠的衣物,各屬其主,也沒人亂拿或被偷走。小玉記不得是何時初下水,也記不得自己胡亂「狗刨搔」多久,無師自通地學會了游泳。但小玉通常較謹慎,踩不到底的深水處是不去的。「一根索」每年夏天都會淹死三兩個人,有雨城當地人,也有農學院的大學生,農學院在「一根索」河岸坡上,僅一牆之隔。

有次,小玉見附近水中葦草上有隻蝴蝶,紅色的,非常漂亮,特別是牠透明的兩翼,在太陽下閃閃發光,便伸手去捉。牠輕盈地展翼飛了,停在不遠處。小玉游過去,牠又飛了,飛到較遠的深水處,小玉追蹤游去。水月轉頭不見了小玉,急得四處張望。當她看見小玉往深水處游去,便大聲叫喊並急急游過去,把小玉「抓」了回來。從此後,水月嘴裡便繪聲繪色講出「英雄救美」:大意是看到小玉在深水中掙扎,馬上要被吸進漩渦,她便趕緊奮勇游去,用力把小玉撈起,扛在背上拖游回岸邊。雖事實遠沒她描繪的驚險,但小玉也不辯駁,讓水月沉浸在她的英雄事蹟裡。

水月及五朵金花的妹妹們,一直學習工作生活在雨城。她們來往密切,互相拉拔幫襯,由她們衍生出的若干個小家庭,皆安定富足。特別是逢年過節,幾家大小濟濟一堂,嘰嘰喳喳,熱鬧非凡,其樂融融。而水月儼然大家庭中的「大姐大」,真是令人羨慕的天倫之樂呢!

水月的身世

　　水月的外婆瘦小精幹、有主見，五朵金花均是她幫忙拉拔長大。這位吃齋念佛的老人家兒女眾多，皆因求學及工作等情況，離開了雨城，分布在鄰近的不同城市。只有長女競玉留在雨城結婚成家。競玉丈夫係西南地質學院畢業，分配在雨城地區的名山縣，國家地質局地質大隊工作，其工作性質須常年出差在外。水月外婆與長女一家生活在一起，一則幫忙照顧其家庭，二則習慣了老家雨城的生活，不願去外地兒女家。所以不時有外地來客，大都是外婆的子女或三姑六婆，來看望老人。

　　有位吳叔，水月也搞不清與她家具體是啥親戚關係，差不多每年都會來雨城，除了探望他自己住在雨城西門上的父母，便是在水月家來來往往，常從省城帶回漂亮燈芯絨繡花童裝，有玫瑰紅，有橘黃色等，非常可愛漂亮，說是他愛人小宣閒時逛百貨公司，看到喜歡就買來帶給水月。吳叔夫妻無生育，膝下虛空，頗喜歡水月，曾一度想收養她。所以水月從小穿得好，令她在小夥伴及妹妹們面前，多少有點優越感。而日常生活中，長輩們似乎也有點偏袒她。

　　外婆也常讓吳叔帶回一些禮物給小宣：除了雨城特產的筍子，有時買隻香噴噴的油淋鴨，有時做一大瓶又酥又脆的麻辣小魚。外婆說：「小宣和競華小時都喜歡吃這些香東西，兩人像穿連襠褲般要好，小宣小時在我家進進出出，就跟著競華一樣叫，叫我媽。害得她媽媽醋兮兮地，背地裡與我開玩笑，說自己有個養不家的女兒。」外婆嘮叨這些時，一邊因了溫馨的回憶而笑，一邊卻又撩起衣角，擦拭眼角溢出的老淚。原來外婆最寵愛的小女兒競華，早已去世了。這是白髮人送黑髮人的悲哀。小妹競華也是大姐競玉最喜歡、最心疼的。

競華是幾兄妹中的人尖，不僅聰明伶俐，且美貌出眾：膚如凝脂，面若桃花，五官精緻古典，像上天創造的一件藝術品。

小妹競華去世時，遺下兩歲的女兒水月。當時水月父親意氣消沉，終日以酒澆愁，在酒精中麻痹自己，完全無力照顧小孩。競玉夫妻結婚多年，無生育，加之外婆很心疼這沒媽的外孫女。徵得水月爸爸同意，外婆與長女夫妻齊心協力，通過各種複雜的收養程序，把水月收養在了雨城。競玉夫妻十分寵愛她，視為己出。奇怪的是，收養水月後，競玉的不孕症不治而癒，且連續生了四朵金花。

原來，意想不到的是，競華才是水月的親生母親！而她的生父，則在雨城地區一個叫清溪的古鎮。

小玉十五歲的那個夏季，臨近暑假，水月頗神祕地告訴小玉，說這個暑假她要去看自己父親，並在那兒度過整個假期。小玉好奇：「你爸不是地質隊員，經常去野外出差採礦，隔三差五回家嗎？你去哪兒待整個假期？」「我去清溪鎮。」水月回答。

原來，這是水月長到十六歲，第一次回清溪鎮──到她親生父親陳思家探親。十多年來，陳思只來雨城探望過水月幾次，每次來去匆匆，水月根本記不清陳思長得什麼樣子。而是把他與另外的姨父、姑父們混淆在一起，因為水月從小也喚他為「姨父」。

那天小玉在雨城東門汽車站送行水月，水月穿了件水紅色的確良短袖襯衫、淺色長褲配白色塑膠涼鞋，紮著兩隻小辮。從雨城去清溪鎮，長途客車須開大半天時間，翻山越嶺，地勢險峻，特別是大相嶺山脈隘口，山陡路窄，九曲十八彎，很多乘客被顛簸得嘔吐不止。第一次單獨出門，水月眼神有點興奮又有點膽怯。她細瘦的胳膊挎了個有「航空」字樣的灰色大提包，裡面有幾件自己的換洗衣服，及帶給生父的一些土特產品。

這樣的跋涉，對水月來說還是第一次。其實說第一次也不確

切，水月一歲時，因母親競華做農村信用社工作，常須走鄉串戶，外婆便把水月從清溪接到雨城，幫忙照料撫養。那次水月就經歷了同樣的旅程，只不過與此次行走路線剛好相反。後來，母親去世了，小小的她便被留在了雨城，留在了外祖母與競玉夫婦身邊。

再怎麼聽話乖巧的小孩，長到青春期，多少都有點叛逆與不安定，只是個體差異表現得強弱而已。少女水月青春期最大的心理變化，是愈發地思念生身母親。

很小的時候，她便從鄰里閒談中敏感到，自己並不是競玉夫婦親生，可她佯裝不知，未想探究。因為外婆、競玉夫妻疼愛，捧她在手心。可是水月內心是憂慮的，常感欠缺。這種不完整，就像心靈中無端被抽走了什麼，有一種尋根溯源的渴望。

況且，從小到大，水月心中始終有個巨大的陰影，在她成長過程中，有時甚至壓得她喘不過氣來。

據說有的小孩子因太過純淨，七歲前陰眼尚未關閉，能看到或夢到一些奇怪的，別人看不見的超自然現象的存在。這是民間傳說的，一種通靈的特徵。

水月想必是那種有陰眼的孩子，她常在夢中看見這樣的情景：在小溪之旁，斜生著一些楊柳，柳枝倒映在明鏡一樣的水中，有個女人仰浮在溪上，面容安詳自在，彷彿她本來就生長在水中一般。她的長髮與裙裾四散開來，像純潔美麗的水仙花……夢境飄忽不定，小水月趴在了女人身上。與她臉貼臉，她感到女人身上柔和、溫暖的氣息。

接下來的夢，當她把頭側靠在女人肩上，就幻覺水中有個模糊的人影，破碎怪異……。

水月就這樣從夢境中驚叫著醒來，冷汗淋漓。外婆不明就裡，認為是水月體質柔弱，有點神經衰弱而神志不安。祖婆想法設法為水月進補，又中藥調理，希望她強壯起來。

　　隨著水月漸漸長大，這種夢倒是愈來愈少。可能真的是體質強健些了，更大可能是陰眼關閉了。但水月也會忽然想起小時的夢境，愈發感到蹊蹺，不知哪裡可找到答案。

　　水月十六歲的這個暑假，外祖母與競玉夫婦商量決定，讓水月回到自己的出生地，去探訪她自己的親生父親。

未解之謎

　　小玉此次回雨城，「毛根朋友」水月十分熱情周到。她牽著小玉的手，令小玉像回到孩提時代。水月也像個導遊，引著小玉到雨城的這兒轉轉、那兒逛逛，指給她看各處變化。

　　她倆感嘆時光無情：相逢如初見，回首是一生。但可能是因了雨城的雨水長年滋養，已過知天命年齡的水月，依然水靈秀美，冰肌玉骨，像是吸了這方水土之天地精華，成了真正意義上的「凍齡女人」。怪不得《紅樓夢》中說，女兒是水做的骨肉，看來此言不虛。

　　如果說她媽媽競華是傳說中的美人，而水月則是現實中如假包換的美人。

　　與小玉閒聊家常中，水月突然問道：「你還記得小宣姨嗎？」

　　「當然。你小時穿那麼漂亮的燈芯絨童裝，把我們眼紅得要死，不都是小宣姨買給你的嗎？」

　　原來，吳叔中年猝死，小宣姨彷彿失了生活的支柱。內心空洞，寢食難安，陷入了嚴重的抑鬱，與親朋好友也斷絕了聯繫。

　　後來，小宣姨在雨城農村的妹妹，把自己的小女兒過繼給了她。一則讓孤獨的姐姐生活有所寄託，走出憂鬱；二則農村實在太苦了，雖不忍骨肉分離，但小女兒畢竟會生活得好很多。

　　小宣姨既要照顧孩子又要工作，比以前忙碌許多，慢慢便無暇哀怨，與養女相依為命，返回了正常的生活。小宣姨身體一直不是很好，未到退休年齡便病退了。與養女一家生活在一起，含飴弄孫，天倫之樂，倒也不錯。

　　水月說，前不久，她突然接到一個神祕的電話。

電話中的女人聲音蒼老而嘶啞：「水月，我是你小宣姨，怕是你已記不得我？我輾轉找到你電話，是因有些事，想告訴你。

「我已年邁，疾病纏身，可能不久於人世。幾十年來，我心中一直有個巨大的陰影，好多時候壓得我喘不過氣來。我直覺是那個人，那個人加害了你媽媽！這些日子以來，我常常想起，想起你媽媽去世頭一天，那個夏天的黃昏，我的心裡就很害怕。」

水月心下一驚：「那個人是男的還是女的？」

「是男的。」小宣姨答道。

話筒裡，電流的「吱吱」聲夾雜著小宣姨的喘氣聲。良久，小宣姨繼續說道：「那個夏，清溪鎮的天熱得詭異。晚飯後家家戶戶都習慣潑幾盆冷水在門前的空地上，這樣可涼快一點。熟識的鄰里，坐在屋外搖著蒲扇喝茶乘涼聊天。

「我本是好心前往清溪鎮，調節你父母矛盾的，可是你父親卻連推帶罵把我轟出了門。我準備第二天一早離開，當晚就住在了銀行營業所旁的小旅店裡。我百無聊賴地從窗口看街邊納涼閒聊的人們，遠處牛峰山邊的晚霞，紅豔如血。

「突然，街上一片驚叫與混亂。從我所在的斜對面豆瓣廠裡，狂奔出一頭公牛，牠是廠裡用來拉磨碾豆的牛，據說平時頗為溫順。這頭發瘋的牛嚇得人們紛紛逃進房門，牠踢翻了桌椅、板凳，踩碎了茶壺、水瓶，一路狂奔過幾條街。鎮東頭，是開群眾大會的廣場，廣場邊立有鐵鑄的巨大宣傳牌，上面是經常變換的「文化大革命」之宣傳畫與批判稿。

「瘋牛狂奔至此，未及躲閃，一頭撞在宣傳牌上，隨著『轟隆』一聲巨響，宣傳牌與瘋牛同時應聲倒地。好多青壯年，趁此機會一擁而上，大家七手八腳用粗麻繩把瘋牛捆了，令牠動彈不得。豆瓣廠的老闆，聞訊與工人來拉走了牛。此老闆腰圓腿粗，滿臉橫肉，眼露凶光。

「他原是清溪鎮鐵匠鋪的打鐵匠，趁『文革』之亂當了造反派頭頭，接管了豆瓣廠，按他的雄心還想接管銀行營業所。他曾以擴展豆瓣廠為由，死纏爛打、假公濟私想貸走大筆款項，但因手續不合格，被你媽媽拒絕發放。為此他懷恨在心，多次要陷害批鬥作為業務骨幹的你母親，均未果。

「此時，受到驚嚇後的人們，並沒安靜下來。大家惶恐不安地議論紛紛：『瘋牛發狂，凶多吉少。怕是在劫難逃，要出人命關天的大事呢！』

「孰料，第二天，你的媽媽就死於非命。

「你媽媽美麗善良，人緣極好。她的追悼會，整個清溪鎮以及十里八鄉的人都來了。我又見到了那個造反派頭子。他坐在後排角落，當我的眼光無意中與他對視，竟嚇得我哆嗦。潛意識裡，我直覺：是他！肯定是他幹的！當年正值『文革』，社會環境非常混亂，而這毫無根據的臆測，我也只能埋藏於心。」

「這個人還在世嗎？」水月問道。

「還在，還住在清溪鎮。他的名字叫……」話筒中傳來水杯落地碎裂的聲音。

「喂，喂，小宣姨，你還好嗎？你剛剛說，他的名字叫什麼？」水月急叫道。

可是，電話裡傳來「嘟，嘟，嘟」的忙音，小宣姨已不在線上……。

卷末附錄

加華筆會第七期文學講座

──爾雅主講《清醒地穿越夢境》
（從散文〈夢裡外婆〉到小說〈香水百合〉）

　　馮玉會長想請我講講寫作體會，這已是去年春天的事了。當時我忙不迭地推辭，理由是：「大家」（意思是：大作家們）都沒講，卻由我來講，真的是「班門弄斧」、「貽笑大方」，實在是不好意思。

　　可會長一直鼓勵我，她很幽默巧妙地套用我的話：「大家，我們大家都要講。」所以，當今年春天，馮玉會長再一次邀請我做這個講座，我便也不能推卻，因為作為加華筆會會員，我是協會的一分子，也是有責任與義務來與文友們互相交流寫作經驗，同時也是向前輩老師們彙報一下我的寫作成績。所以今天就趕鴨子上架啦。

　　其實，今天也不算我一個人的講座，我理解為是與竹笛「醉茶聽雨」團隊的合作節目。他們是一組非常優秀的團隊，在海外的美加地區，日益聲名鵲起。講座中會穿插，「醉茶聽雨」聲情並茂的配樂朗誦我的文章片段。我想，這也是我們文學講座形式新的嘗試，不僅交流寫作經驗，也讓我們大家欣賞，作者文字藉由專業誦讀表現出來的聆聽之美。非常感謝他們將帶給我們音訊之美的享受。

　　今天我想從我的散文〈夢裡外婆〉和小說〈香水百合〉，來聊一下我的寫作心路歷程。其中有一些關於夢境的描寫與運用，也是一種魔幻現實主義的寫法吧。魔幻現實主義是二十世紀五十年代前後，在拉丁美洲興盛起來的一種文學流派，是把現實與幻景融為一體的創作方法。

　　講座題目《清醒地穿越夢境》，出自於捷克作家卡夫卡。他

說：「人的一生就是清醒地穿過夢境，而你我只是過去的幽靈而已……」以我直白的理解，應該是夢如人生，人生如夢。而我的作品中也時有寫到夢境。

1.首先講講散文〈夢裡外婆〉：

〈夢裡外婆〉曾發表於《美華文學》，並收入我的散文集《青衣江的女兒》。

去年六月八日是外婆十五週年的忌日，那天凌晨我又夢見了她老人家。《海外文軒》公眾號隨即發布了〈夢裡外婆〉，反響強烈，很多讀者同感：「看得我淚流不止……」有的說：「真喜歡爾雅的文章！可能因為我也有一個裹腳的姥姥，有很多類似的情感故事。這樣情意深長，又如此細膩的表述，讀著很感人。」又有人說：「得外婆如此，夫復何求啊！在週年忌日的這天夢見外婆一定是雙向的思念，那麼好的外婆一定化成星星在天上祝福著她的外孫女外曾孫呢。」有的留言：「早上起床細細讀來，像讀了一個長長的故事，親歷過那種特殊時期，卻能這麼親和、溫文爾雅，是外婆用愛與親情，填充了一位少女整個成長時期所有的縫隙。」更有日本作家郁乃相知相惜的文字：「問世間，親情如此濃深，叫人如何能忘？問時間，愛意如此悠長細綿，叫人如何能不憶？問天地，不帶走一片雲的塵緣，何能？念歲月悠悠，夢海深深，醒來又記起，晨曦恍恍心寂。爾雅是個性情中人，其文字也如其人，不驕不躁，情愛縱橫，感天動地。」

自我感受：一個人成長過程中，愛與親情至關重要，甚至能化解外部世界帶給人生的醜惡與仇恨。外婆留給我的寶貴遺產：愛、善良、通透與慈悲。

〈夢裡外婆〉是一篇寫實的散文，我想，打動人心之處在於其

真實的情感流露。當我寫此文時，也是一邊流淚一邊寫，寫完後心裡的懷念得到很大的釋放，好像鬱結心中的塊壘得以打通。寫作就是為了釋放隱祕的情感。我們為什麼寫作？是因為我們有話要說。這個「說」不是無病呻吟，而是不吐不快。我曾說過，文學飢不可食，寒不可衣，可文學是藥，針對對象是有傾訴欲望的人。王志光老師曾點評我的散文〈情到深處〉：「有的文章寫得流暢熟練，但屬於網路文字，〈情到深處〉看似樸實無華，但卻是文學意義上的散文，兩者區別蓋因一個字：『情』。這情指的是心中所想，腦中所悟，亦是情調，但不是卿卿我我的纏綿悱惻，而是見物思情，由物幻化的情思。這種情與調是更高層次的感情昇華，給人以審美，令人體驗到真善美。如果不能打動人心，那文章就歸於網路文字了。」王老師此段頗有見地的文字，也適合於〈夢裡外婆〉。

　　真正的文學既非說教，也不是提供消遣品，而是由於內心有所鬱積，激於情不自已所發出的心聲，是作家對人生的審美認識，惟其如此它才能使得讀者得到美感的享受，並在思想上受到某種啟迪。人生的美主要是在遺憾中呈現的。說到底，文學就是遺憾之學，人生要沒有遺憾也就不會有文學。

　　當時我寫〈夢裡外婆〉之前，並未刻意寫夢境。可能是日有所思，夜有所夢吧。人在白天的心境常常幻化為晚上的夢境，夢境呈現心境，夢境勝似心境，夢境昇華心境。整整一年。我親愛的外婆一直走進我的夢中。平日裡做夢，我們往往醒來便忘記了，因為夢像薄霧一樣，變幻莫測，漂浮不定，聚散無序，來去無蹤，支離破碎，陰差陽錯，荒誕不經，撲朔迷離……奇妙的是，與外婆在夢中的情景與對話，我醒來時都記得清清楚楚。這是很難解釋的一種現象，也應該是心理學家佛洛伊德研究的範疇。但實際上，佛洛伊德進行夢的分析的許多來源均來自於文學作品。文學創作從某種意義上來說，是化妝的夢，作者是以委婉隱祕的方式，表達自己的幻

想的。

　　江漢大學柳宗宣教授發表於《中國南方藝術》的評論文章〈爾雅散文閱讀筆記〉中如此寫道：「二〇〇七年六月八日的美國三藩市某宅院，作者將行文的空間現場設置在夢裡。此謂她的跨國書寫，生死間的對話、對流逝感的追憶，多重視角交織在她的文中，散文的外部空間感與內部空間亦由此而生成。

　　「情感的絲幔交織於細節從神祕夢裡生成；夢與外婆隔著海洋、隔著生死之距離。我的外婆，九十六歲高齡的外婆，住在成都桂王橋那棵銀杏樹下的外婆，那個只在夢裡可見的外婆。

　　「從可見的白日細節轉入對夢空間出現的細節的描述。夢是一種特殊的情感表現形式，親人在夢中相見有著第六感官的靈驗。爾雅在夢中與外婆相會，曲折傳示出她與外婆之間的特殊情感。抑或一種補救的形式，一種特異信息的傳遞，甚至可以窺探出作者情感的困厄和迷茫與無地可依的心理現實。文章以對話的方式，生者與亡靈之間展開傾訴：

> 　　「您與兩三位老人閒步在街頭，我一看見您，跑上去抱著您的腿就哭了，我說：『好久不見了，外婆，我好想您。』外婆撫摸我的頭說：『哭啥，這不是好好的嗎？』」

　　「這是發生在夢裡的對話。第二個夢寫的是夢中問詢外婆如何選擇買蘿蔔：是白的還是青的好。這樣的由細節生成的場景交織於她的思親文章裡。」

　　下面請聽「醉茶聽雨」朗誦分享〈夢裡外婆〉摘錄：

> 　　親愛的外婆，今天是您離開我們一週年的日子，讓我把這份思念隨著祭祀您的香燭青煙、燒給您的紙錢，一起寄

與您。過去，您總在清明時節，為逝去的親人們準備香蠟、紙錢，舉行祭拜儀式。那時，年輕的我常常不以為然，認為您的行為毫無意義。您曾玩笑：「看來我走後沒人給我燒紙了。」可是外婆，自您走後百日內，我委託成都的表姑媽按照陰陽先生的話，一次一次認真地祭拜，燒了紙錢與您。我們在美國，也為您點燃香蠟、焚燒了紙錢。

我知道，我只能用您信仰的方式來懷念您。

一年來，您總是走進我的夢中，而且每一次的夢境，醒後都非常清晰，歷歷在目：那一次，您與兩三位老人閒步在街頭，我一看見您，跑上去抱著您的腿就哭了，我說：「好久不見了，外婆，我好想您。」外婆撫摸我的頭說：「哭啥，這不是好好的嗎？」還有一次，我在買蘿蔔，手裡拿了個水紅蘿蔔，另外還有白、青兩種。我問外婆：「是白的還是青的好？」外婆說：「你手上這個就很好。」醒後想想，是否外婆給我的啟示：你所擁有的就是最好的。

昨天晚上我又夢見了外婆，您躺在床上，像是快要走了的樣子。我跪在您跟前喊：「外婆。」可是您說：「你不要嫌我了。」我說：「外婆，我不嫌您，我愛您！」我充滿深情地望著外婆，生怕外婆就走了，一種空前的無助、孤獨、淒涼感油然而生。奇怪的是在夢中，這種感覺如此真實強烈。我環顧四周，心想外婆若走了，我就連唯一的親人都沒有了，此時的感覺是：只要外婆還有一口氣，都是好的，心裡就覺得不孤獨，有依靠。

我將手伸進被窩，摸摸外婆的手暖暖的，心裡放心不少。

2.下面來講講小說〈香水百合〉：

　　〈香水百合〉曾發表於中國青年出版社出版的《青年文學》，並被收入「美華文協作家作品集」《藍色海岸線》書中。這是一篇神祕靈異頗具宿命感的故事。

　　故事講述了外婆——花兒，這個舊時代女性，周氏大家族的掌門人，一生坎坷曲折的愛情及命運。通過其經歷，折射出時代的變遷。花兒是傳統中國婦女的典範，她的故事是全民族的故事，她的偉大是中國女性的偉大。故事具有歷史重量與人性的內涵。

　　花兒性格鮮明，故事情節曲折；文字感性優美，頗具畫面感。文風有詩化抒情流派的神韻，對人性的關照與審美，使人感悟。

　　有評介曰：「仙風仙骨憶仙女，美文美事祭美人。」

　　〈香水百合〉的主人公，是以我外婆為原型。因為從小跟隨外婆長大，與外婆相依為命。對外公外婆這邊家族的情況，小時候雖不懂去刻意瞭解，但也有耳濡目染。相較之下，對我們張家，我父親那邊的家族，瞭解幾乎是空白。迄今為止，我都搞不清我到底有幾個叔叔、姑姑；我小時候，他們住在相鄰的城市裡，可是我卻從來沒有見過他們。

　　值得一提的是，二〇〇六年上半年，我回成都陪伴外婆，她那時已經很虛弱了。不是因為生病，而是因為年老。外婆那年九十六歲高齡。之前我概念裡以為外婆會一直活下去，從來沒覺得死亡離得如此近。因為外婆總是活得心境平和、熱情好客。我們每次回去，她都顛著小腳外出買菜，為我們做許多好吃的。去世前一年左右才不大出門，但她思維清晰，每天交給保姆多少錢買菜購物，她都算得清清楚楚。外婆的烹調廚藝鄰里皆知，特別是東坡肘子、梅菜扣肉等，她常常做了冷凍起來，送給親朋好友。九十六歲的外婆

偎在床頭，她讓保姆拿來各種香料，用手掂量好比例與分量，然後交給保姆烹飪。與外婆在一起，真是享足了口福。

不僅如此，小說中對花兒廚藝的描寫，也是來源於日常生活的耳濡目染。比如這段關於剮黃鱔的描寫：「長條形木板上釘進一長鐵釘，食指與中指交叉擰住黃鱔中段，順手在旁邊盆沿上一摔，然按進鐵釘，用小刀片從上到下一劃，刮掉整條骨刺，把鱔魚肉割成小段。花兒的動作麻利，一氣呵成，不一會兒，一大碗鱔魚肉就準備好了。然後用油大火爆炒，加花椒、醬油、薑、蒜、豆瓣、泡辣椒等，鱔魚香味瀰漫開來，美味極了。」便有讀者回饋：「整篇小說充滿著蒙太奇的敘事方式，剮黃鱔那段體驗非常真實，我們小時候都經歷過的。」

我們過去學的文學理論中，所謂的「體驗生活」其實是不確切的，它不是真正從生活出發，不是生活自然的體驗，而是從概念出發，是帶著任務到別處去體驗，帶著預先設想或設計到生活中去的。「體驗生活」，產生不了真正意義上的文學。

寫自己熟悉的東西，寫自己擅長的東西，這是因為有感受。感受很重要，原因是只有當生活在作家內心引起某種激情時，創作才有可能。但如果不是寫一首抒情詩，而是寫一部小說，則除了激情灌注的感受之外還需要冷靜地觀察思考，再現人物的外貌特徵、音容舉止、習慣嗜好等等，包括許多細末微節。沒有激情不行，沒有細節同樣不行，正所謂：「魔鬼藏在細節裡。」激情來源於感受，細節來源於觀察。二者永遠分不開，所謂審美觀照即包含著觀察和感受兩個方面。

對生活樂觀積極的外婆，一生中卻飽受苦難。我靠在九十六歲外婆的床頭，聽外婆講起過去的事情：家族的田產、經營的生意，與佃戶與雇工之間的關係；她的爸爸是誰，媽媽是怎樣的人，她失去的一雙兒女……。她曾說：「過去，人人羨慕我，先生是名醫，

兒子是空軍，女兒在銀行工作。可是人生無常……」

外婆的故事，聽得我感慨唏噓。雖然這些閒聊也只是一些碎片，但這些碎片就像一些骨肉，把我小說〈香水百合〉的框架支撐組織起來，當然更多的是通過虛構與想像，這些虛構與想像就像氣血填充進骨肉裡，合併起來才使得〈香水百合〉有了靈魂。

值得一提的是，寫到花兒與二房爭鬥一節時，便遇到了瓶頸，怎麼也寫不下去。若用寫實的方法，必然是很屈辱且缺乏美感的。想了很久均無果，彷彿真的是有靈感這種東西，某日突然茅塞頓開，想到：我可以安排花兒跳舞呀。依我之見，文學作品來源於生活，但又高於生活。文學作品反映的並非生活本身，而是作家對生活的審美認識。所以便有了如下的描寫：

下面請聽「醉茶聽雨」朗誦分享〈香水百合〉摘錄：

待有人回過頭來，卻發現花兒早已夢遊般兀自朝外走去，她神態自若，既不覺冷也不覺羞，好像整個天地就是她的私人密室。她身材修長，裸體的背影，讓人想到亭亭玉立、婀娜多姿的百合花。

那晚，皓月當空，月色如水。銀月把她的裸影投射到地上，窈窈窕窕，凸凹有致，搖搖晃晃，弱柳扶風，不一會兒，她飄飄欲仙舞蹈起來。

花兒從容裸舞，形舒意廣。開始的動作，像是俯身，又像是仰望；像是往前奔，又像是往後退。是那樣地雍容不迫，又是那麼地激流迴旋。接著舞下去，像是飛翔，又像步行；像是亭亭玉立，又像斜傾……絡繹不絕的姿態飛舞散開，曲折的身段手腳合併。輕步曼舞像燕子伏巢，疾飛高翔像鵲鳥夜驚。

誰也說不清這是一種什麼舞蹈。她的舞蹈不是專業的，

或者說沒有太多高難度的技巧，只是本能地身體展示出生命的靈動：或優雅，或性感，或嫵媚，或激情，或狂野，或受傷……但是她所有的舞蹈語言都是在訴說靈魂深處的東西：在訴說自己快樂時，悲傷時，寂寞時，迷茫時，痛苦時……。

這是一種很純粹的舞蹈，身體在展現生命最本真的東西。人們的心被深深觸動了——被舞者淒美的舞姿震撼，更多的是被一顆苦痛的靈魂演繹出如此至情至愛所打動。那是需要怎樣一顆心才能展現生命如此苦難的承載與華美？好多人不知不覺發現自己已經淚流滿面，是因為內心深處的某些東西被舞者表現出來了，因而給自己的情感找到了一個出口……。

花兒的月下裸舞，成了雨縣的一個傳說，幾十年後，老人們依然記得。

有讀者回饋：「這一章節是小說亮點，寫得『真實』、大膽，讓我想起了電影《西西里的美麗傳說》中的女主人翁被群毆的那場戲。可謂與《西西里的美麗傳說》想要表達的想法不謀而合，極度的美感是在殘酷的現實與人性的衝突中完成的。」

也有作家說過：如果遇到瓶頸期，也沒什麼不好，瓶頸是妖嬈的障礙啊。能從瓶頸下爬出來，必定會脫胎換骨的。作家假如有勇氣面對有難度的寫作的話，就不要怕遭受瓶頸。

國內研究海外文學的劉世琴老師（我不認識，從名字看應該是女士），她曾評論爾雅小說〈香水百合〉。她的評論非常到位，其詳細精準程度，我認為兼具導讀功能及寫作經驗總結：

「〈香水百合〉這篇小說主要採用了倒敘的形式，描述了水月外婆的傳奇一生。文章共分四大部分，第一部分內容從現已九十六

歲高齡的外婆和百合花之間的淵源展開論述，回憶了外婆待字閨中時和外公相識、相戀，最終喜結連理的美好愛情故事；第二部分主要描述了外婆婚後留守糖坊，管理家務的婚後生活，以及在經歷了雨夜失子、社會變遷之後，踏上千里尋夫的道路；第三部分主要描述了外婆月下裸舞，戰勝了二房，挽回了外公的心；第四部分主要描述了外婆默默在承受了社會的歧視與艱困的物資供應條件下，把家經營得有聲有色，但卻又一次痛失愛女，領回自己的外孫女水月，並與水月相依為命的故事。

　　古往今來，愛情故事一直是民間廣為流傳的話題，歌頌愛情的文學作品也層出不窮，且大多數都是以愛情悲劇的形式出現，而本文也可以算作是一個淒美的愛情故事。小說以「香水百合」為題，並通過東西方一悲一喜兩種關於「百合花」不同的寓意——西方象徵著淒美的愛情，而東方則有百年好合之意，為外婆的傳奇的感情生活埋下了伏筆。隨著文章情節的推進，外婆和外公的婚姻生活慢慢展現在讀者面前，但這美好、堅貞、矢志不渝的愛情背後卻也透露出了許多悲傷、無奈和哀愁。小說還採用了超現實主義的手法，文中多處對於夢境的描述，如李姨夢見白髮長鬚、仙風道骨的外公來接外婆離開；外婆夢見自己的女兒和爺爺泛舟湖上不幸遇難的場景；水月夢見外婆化身年輕時候的花兒在月下起舞，最後和外公一起化身蝴蝶，翩翩而去……而這所有的夢境都在現實中一一驗證，夢境和現實的巧妙結合，頗有幾分超現實主義的虛幻色彩。尤其是文章的結局，借鑑了中國歷史上經典的梁祝化蝶的愛情悲劇，既增添了外婆和外公感情的淒美感，同時也表達了人們對於天長地久感情生活的嚮往。這種虛幻和淒美大大提升了小說的美感，使人讀完回味無窮，彷彿置身於一場美的盛宴。

　　爾雅的這篇小說，敘事翔實，手法獨特，線索清晰，倒敘的方式，前因後果娓娓道來。文章的主要筆墨是集中渲染了外婆的傳奇

愛情故事，文章的主要情節和線索都是以外婆貫穿始終，其他人物則一律採用略寫的方法。文中關於外婆的稱謂也是變化不一，出現如「外婆」、「少奶奶」、「花兒」等，不同的稱謂既代表了不同階段的外婆形象變化，同時也從多方面全面地展現了外婆的傳奇一生。總而言之。這是一篇敘述藝術成熟的優秀作品。」

江漢大學柳宗宣教授如是說：「關注於家族的視角及物哀之美支撐了爾雅的人生和她的寫作；其情感的書寫依恃精心布局的細節，這採擷於個人歷經的纏繞於身體記憶的細節成就了文章的構架和生命氣息，文字得以行走存活於時空。她夢裡的外婆花兒在讀者我的情感世界裡活著，緣於作者強烈而抑制的情感融入細節的書寫，外婆花兒這個不在人世的靈肉得以復活轉陽，有似於東方民間的女巫的作為。爾雅此文的細節出現於一個設置場景和空間，這是寫作者的感情和細節得以流轉的空間。」

以下來看〈香水百合〉的結尾：

下面請聽「醉茶聽雨」朗誦分享〈香水百合〉結尾部分：

　　二十年後，水月遠在美國三藩市，這天深夜她做了個夢，夢見九十六歲的外婆從床上緩緩起身，不一會兒，幻化成了年輕時的外婆花兒。

　　皓月當空，月色如水，花兒開始裸舞，只是圍觀的人群隱去，背景換成花兒娘家小院，那院百合花正開得潔白妖嬈，芬芳四溢。一青年才俊立於花叢，脈脈含情注視著花兒。

　　從夢境中走來的花兒若仙若靈。天上一輪明月，月下的女子時而抬腕低眉，時而輕舒雲手；忽而雙眉顰蹙似有無限哀愁，忽而笑頰粲然似有無邊喜樂；靜若處子，身體像被施了定形術；動若脫兔，身影像一道道白光在月下迅疾閃過……花兒寂寞美麗地舞蹈著，她閉上眼睛試著去想像有人

和她共舞,她可以抱著她一生的熱情、懷著感恩的心和那個人一直舞蹈到死。她睜開眼睛,停下舞蹈轉過身來,向百合叢中的青年走去,她向他伸出雙臂,徒留一個等待的姿勢,她沒把握,他是否會回應她。不知過了多久,終於,他走過來拉下她僵冷的胳臂,用自己的臂膀緊緊牢牢鎖住她,用溫暖包圍她,用一輩子,不離開,不放棄。

「我歌月徘徊,我舞影零亂……」花兒牽著丈夫的手,兩人愈舞愈輕靈,愈舞愈飛升,竟像一雙蝴蝶,翩翩躚躚而去……。

急促的電話鈴聲驟起,水月從睡夢中驚醒。她抓過床頭電話,聽筒裡越洋長途中傳來李姨的聲音:「外婆剛剛走了,她走得很平靜,很安詳……」

淚水悄無聲息流下水月臉頰,外婆說過:「我走時,你不要哭,不要打擾我,讓我悄悄地、安安靜靜地被接走。」

這天,正好是二十年前,花兒的丈夫周醫師歸於大化的同一月同一日。

一般來說,生活中已經完滿實現的東西,便沒有資格再進入文學。愛情也是如此。文學中的愛情,永遠是現實中無法實現的或得而復失的。愛情只有在悲劇衝突中,或夢幻中才充分顯示出它的魅力和價值。

佛洛伊德認為,夢不是偶然形成的,夢是壓抑的欲望,它表現有著重要意義的情緒的來源,包含導致某種心理的原因,所以夢是通往潛意識的橋樑。

如果文學作品中不出現夢的情節,猶如寫詩缺乏意境一樣,依我看,是欠缺或乏味的。夢境是表現人物心理活動的特殊場景,人物的心理活動往往與情節有關,它既能引出情節又能推動情節。

夢有助於啟示人們擺脫思維定式，打破思維常規，在那稍縱即逝的信息裡，蘊藏著實實在在的真知灼見。也可以說：夢是繆斯，啟發我們的創作靈感。

　　神祕美、荒誕美、虛幻美、空靈美是夢的共性。雖然，卡夫卡說：「人的一生就是清醒地穿過夢境，而你我只是過去的幽靈而已……。」夢如人生，人生如夢，但實實在在的人生並不是夢。但願我們的人生與文學創作都像美夢一樣，美不勝收，絢麗多彩。今天就分享到這裡，謝謝大家！

　　　　日本作家郁乃留言：「爾雅，人文同美。不急不躁，面對世界，緩緩而言，說出塵緣之美好和美好的文學。

　　　　真情實義，沛然出胸。純樸至誠，聲貌、氣韻，並流俱發。做人、作文、做飯，爾雅都得心應手，風輕雲淡。

　　　　我一直以為，人間文學，必出自人間生活，但又不同於生活，有靈氣的文字，都是有看不見的翅膀，飛翔於時空中，化為美和愛，力量與智慧。

　　　　爾雅的文字，有想像，而非誇張，至誠至美，情長細綿，宛若錦絲，寸寸光澤卻又天然古樸典雅，美，在其中飛翔。

假作真時真亦假，無為有處有還無

——爾雅文學講座有感

王志光

在海外華文文學中能讀到爾雅聚神、聚情、聚力之作實為難得，是一種美學上的享受。所謂聚神，情節凝聚，不散；聚情，情深飽滿，不貧；聚力，手法緊湊，不俗。

作為一篇紀實性的散文，爾雅的〈夢裡外婆〉對夢境的描寫是一種借助西方文學手法抒發情感的成功嘗試。

夢境其實是外部事件對意識的作用後在潛意識中的反映，是意識流動的表現。爾雅對外婆的深厚感情令她朝思暮想，欲罷不能，不僅在意識（真境）也在潛意識（夢境）的流動中得以釋放。通讀〈夢裡外婆〉，已然看不出哪兒是真境，哪兒是夢境。真實與夢境交織，真境中的具象幻化成夢境中的細節，夢境中的似真又反映出真境中的確切。爾雅對外婆的愛和對其養育之恩的感激便在真境與夢境中交匯，在日所思夜所夢的意識流動中得以充分地表達。

如果說爾雅在〈夢裡外婆〉中描寫夢境時尚有一些諸如「一年來，您總是走進我的夢中」、「昨天晚上我又夢見了外婆」之類的導語以示區別夢境與真境的話，她在〈香水百合〉中對夢幻手法的駕馭已日臻成熟，甚至到了出神入化的程度：夢與真了然無痕，渾然一體，達至莊周夢蝶真幻難辨、人蝶不分的境地。四場夢境——李姨夢見外婆與外公在一起、花兒夢見兒子、外婆夢見女兒與爺爺、外孫女水月在三藩市夢見了外婆，預示了人物的命運與下場，也宣示了人物之間情感的連結。爾雅清醒地穿過夢境，通過真境與夢境無藩籬、無界限的切換，在意識到潛意識的轉化中，讓情感自

由自在地流動抒發，令作者與主人公的情感更加豐富、人物形象更加豐滿，從而使作者對人性和人生的參悟更加豐厚。

　　而最值得稱道的是爾雅對花兒裸舞的那場精彩的描寫。這段杜撰式的創作唯真、唯美、唯夢、唯幻，詮釋了人性之美，鞭笞了醜惡，謳歌了真善，具有真正美學上的價值。

　　在小說創作上，中國作家習慣講故事，而西方作家喜歡杜撰。爾雅的故事基於生活現實，表現在對一些生活細節的描寫格外真實；但她的故事又高於現實，體現在對情感的抒發和對夢境的描繪十分細膩。爾雅在講述與創作中既有寫實，又有杜撰，並在關鍵部分成功地借用夢境表達潛意識的流動，在亦真亦假、亦夢亦幻、似睡非醒中將主人公水月外婆所體現的一個民族的悲憤、悲情和悲劇詮釋得淋漓盡致，達到了「假作真時真亦假，無為有處有還無」、真假交織、夢與實互幻的效果。

　　魔幻現實主義讓我們從多維度、多層次的角度來觀察和分析外部世界和人物內心，從而拓寬視野，提高審美，加深對情感、人性和人生的領悟。但是，如果僅僅將魔幻現實主義的夢幻、閃回、蒙太奇、意識流、倒插筆、時空顛倒等視作手法來借用，就不免會流於表面的生搬硬套，像王蒙的《堅硬的稀粥》和莫言的《食草家族》；魔幻現實主義也是一種思維方式和審美，在此認識上借鑑，便能真正達到出其不意的文學效果，如麥家意識流式的心理描寫和白先勇魔幻式的心理描述，都屬於成功之處。

　　從這個意義上說，爾雅已然脫離俗套的簡單模仿，能夠熟練地借鑑魔幻現實主義的真髓，走進自由創作的境地。

清新淡雅，雋永曼妙

——女作家爾雅的心靈吟唱

桑宜川

　　前幾天，大華筆會的文友馮玉告知，說是本週末有一個文學視訊會議，邀請的主講人是美國灣區的華裔作家爾雅女士。隨後筆會文友楊柳還傳來了主講人的一篇小說〈香水百合〉，讓我有機會細讀了一遍，不僅感慨良多，也讓我不由得想起了上世紀七十年代中期問世的台灣爾雅出版社，經營純文學書籍，由作家柯青華（筆名隱地）創立，曾與九歌、洪範、大地、純文學並稱為台灣「五小」出版社。那個年代是現代台灣文學及出版從濫觴走向昌盛的時期，當年不僅有後來定居加拿大溫哥華的文學前輩洛夫、瘂弦，更有台灣本土出道的齊邦媛、林海音、白先勇、張曉風、席慕蓉、張默、愛亞、蔣勳、龍應台、隱地以及大陸的余秋雨等文學名家都紛紛在爾雅出書，爾雅捧紅了他們，其中不少作品被改編成電影；時光流轉，到一九九九年才改由台灣九歌出版社接手，至今長盛不衰，是現代台灣文學走向世界的縮影。

　　話說回來，這是我第一次讀到爾雅的文字，從她的散文集《青衣江的女兒》到傳記小說〈香水百合〉，讓我看到了出自天府之國四川雅安，爾後僑居在美國三藩市灣區的一位華裔女作家的心靈吟唱，是那樣的清新淡雅、雋永曼妙，有時還帶著一絲哀婉幽怨，讓人心動。她筆下的花兒和水月，如果說我在哪裡曾見過，或許是在林海音《城南舊事》裡的宋媽與英子、聶華苓筆下的桑青與桃紅、張愛玲《金鎖記》篇什中的七巧兒，比較晚近的還有同是川人女兒的英籍華裔作家張戎的傳記小說《鴻》裡的三代女人故事，那些愛

恨情仇的家國情懷，那些大戶人家裡的閨房祕笈，多少有些與她們相似的身影，是那個時代中國傳統女性的寫照，在跨越時空的當代離散文學中，那些人物具象時時喚起讀者的回憶，依然鮮活，儘管早已成為絕唱。

爾雅很大膽，敢借用「爾雅」一詞來作為自己的筆名。大家都知道《爾雅》是中國最早的一部訓詁書，後世儒家將其列入十三經中，使其成為儒家的經典著作。《漢書・藝文志》稱漢代重視經學，爾雅便是正宗的儒家之經典。我以為這就是川妹子與眾不同的特色，也難怪她在川西青衣江畔的雨城雅安長大，受過在水一方的辣文化滋潤。雅安素有「三雅」之說——雅雨、雅魚、雅女，後一說寓意受自然環境的影響，那裡的女孩子大都很「出挑」和很「出息」。果不其然，爾雅寫出來的文字就是與眾不同，她在〈香水百合〉裡用濃彩重墨描繪了外婆的人生故事，用功之切，通過託夢，把一個從舊時代走過來的、奉行儒家傳統文化的舊時代女性寫活了。

我留意到爾雅筆下的人物描述，頗有民國風情，細膩耐讀，例如：「媒人上門，一說即合。十六歲的花兒就成為了周家少奶奶。」再如：「少奶奶娘家，母親是裹了粽子樣尖尖腳賢慧的家庭主婦。」若非沒有對中國傳統文化的深刻認知，很難表達出這樣的句式，更何況出自一位當代華裔女作家之手。對於四川民俗文化中的一些具象，看來作者也曾做過實地觀察，比如：「八角亭正中設天羅盤、地羅盤，裝上一對豎立的大石輾。大石輾相向轉動，是用三四頭牛來拉動的。甘蔗即從轉動的大石輾的縫中壓榨出蔗汁。蔗汁從地羅盤下的暗溝流向設在八角亭旁的石缸內過濾和加石灰沉澱，然後取汁熬煮。」我也是四川人，曾多次到訪過素有「甜城」之稱的內江，參觀過當地榨糖作坊的整個製作流程，確實如此，土法製糖就是這樣的。但作為女性作者，能有這樣細緻入微的獨特視角，且能紀實性地寫出來，可謂匠心獨運。

　　爾雅採用「香水百合」來作為她的這篇不足一萬四千字的小說題目，以花喻人，我以為恰如其分；因其為川西平原上的一種常見夏季花卉，多呈粉紅與潔白，花期悠長，散發出的芳香沁人心脾，象徵著純潔高貴，乃是吉祥順意、百年好合的祝福禮品。同時小說中的主要人物外婆「花兒」和外孫女「水月」之間有著長達幾十年親情相依的寓意，可謂收畫龍點睛之妙。

　　這篇小說中有少許瑕疵，例如行文敘事中有：「老闆吃苦耐勞，凡事親力親為不敢懈怠，既要管理糖坊生意又要管理鄉下田地收成，還不時要乘船順江而上或下，把產品銷往外地。」其中「順江而上」似應修訂為「沿江而上」或「逆江而上」。青衣江發端於雅安西北大山深處，經雨城順江而下至嘉定，即今日樂山，再合為沱江，下至宜賓，匯入長江。但瑕不掩瑜，不傷大雅，謹此提及一下，有助於爾雅精益求精，此乃文學批評之要義。小說〈香水百合〉雖然短小精緻，卻民國風味十足，因為寫了花兒、少奶奶、外婆三段人生合一的故事，時間跨度近一個世紀，濃縮在字裡行間，讓讀者讀起來很過癮。寫到這裡，我依然納悶，爾雅作為身居海外的華裔作家，是怎樣的因果緣由，讓你習染了一身的民國風情？能夠承襲前輩民國女作家的情懷，寫出了這樣一篇有著沉甸甸的傳統文化底蘊、精緻的離散懷舊作品，無疑是近年來海外華文作家群體中湧現出來的一篇敘事文學佳作，受到海內外讀者的青睞。

　　　　（二〇二二年三月二十六日　大華筆會視訊會議發言稿）

爾雅雲端講座

──清醒地穿越夢境

海外華文女作家協會報導

　　二〇二二年三月二十六日，在這個生機勃勃的春天，加華筆會第七期文學講座──爾雅主講的《清醒地穿越夢境》在zoom雲端圓滿舉辦。來自加拿大、美國、亞洲的師友們出席了這一文學盛會。北美著名文學評論家陳瑞琳和北美著名散文家劉荒田，以及加華筆會創會會長林楠、榮譽會長桑宜川和筆會理事、編委王志光等老師為講座做了精彩點評。筆會顧問劉慧琴以及來自美國、亞洲的文學社團領袖和優秀作家張鳳、北奧、南茜、元山里子、王惠蓮等老師，筆會前任會長微言、副會長劉明孚、梁娜和楊柳，及筆會部分理事周保柱、林麗萍和段莉潔，會員習軍、郭曉娟、文質彬彬等出席了講座。

　　爾雅是我們海外華文女作家協會終身會員兼現任祕書長，這位被公認的溫婉如玉的作家，動情地和我們分享她的心境、她的創作。她說：「講座題目《清醒地穿越夢境》，出自於捷克作家卡夫卡。他說：『人的一生就是清醒地穿過夢境，而你我只是過去的幽靈而已……。』以我直白的理解，應該是夢如人生，人生如夢。而我的作品中也時有寫到夢境。」其中關於夢境的描寫與運用，算是一種魔幻現實主義的寫法吧。爾雅以她的一篇寫實散文和一篇帶有神祕靈異色彩的小說〈香水百合〉，來分享她寫作的心路歷程，以及對於魔幻現實主義寫作手法的探索和實踐。

　　講座在熱烈溫馨的氣氛裡進行著，不知不覺已經過了兩個半小時。師友們在留言區裡也反響熱烈，摘錄幾段分享──張鳳：「恭

喜爾雅雲端講座盛況！以及賀嘉賓瑞琳、荒田兄，還有馮玉會長等主辦人！」劉慧琴：「今天的朗讀和瑞琳的點評把爾雅本人已細膩入微的作品昇華，衝擊著人們的心靈……謝謝你們！」南茜：「聽了爾雅的講座，和瑞琳、荒田老師的評論，很有收穫，感謝主辦人！」元山里子：「感謝主辦方，感謝爾雅老師，感謝瑞琳和劉老師讓我們這個週末變得如此充實，暫時忘記了戰爭的陰霾……」

主辦方加華筆會馮玉會長：「感謝各位嘉賓和老師們的點評以及各位師友的到來，相信本次講座散發出的文學魅力，會給這個寒冷的春天帶來別樣的溫暖和感動。」

代跋　生日感懷時，贈己雙明珠

　　俯仰之間，人生如白駒過隙。而浮生若夢，為歡幾何？

　　小時候，每到端陽時節我的農曆生日，外婆便給我煮兩隻帶殼的雞蛋，以為慶生。那白煮蛋真是好吃。清脆地敲開殼，我像小貓舔食，一點一點幸福地吃完，意猶未盡。外婆說，吃雞蛋，過生日，下一年的日子便如雞蛋般順滑，一滾便過了。

　　待長大成人，感嘆日子滾得飛快。外婆說：「好日子才過得快，若日子難過，才度日如年呢！」

　　記得看老舍《茶館》改編的電影，蒙太奇的鏡頭：二十年後，又二十年後，再二十年後，主人公便由青年、壯年變成了滄桑老人。看來人生真的沒有幾個二十年。

　　而人生百年，夢寐居半，勞碌居半，繾綣垂老之日又居半，所僅存者，不多也。

　　俗世忙碌，素未慶生。前段時間突發奇想，想送自己一份生日禮物：不是兩顆白煮蛋，而是兩本書！網上總是說，女人首先要自己愛自己。我想，出版自己寫的兩本書送給自己，應該也算是愛自己的一種方式吧。於是便開始籌畫整理自己的書稿：一為散文集《誰念西風——爾雅散文自選集》，另一為小說集《香水百合——爾雅小說自選集》。並幸運通過兩家出版社的書籍出版審閱評估。雖是分屬不同的出版社出版，仍可把其看成姐妹篇或雙胞胎。正所謂：生日感懷時，贈己雙明珠。

　　一步步走來的人生，見過許多場面、行過不少地方、經歷過太多人與事，以為自己已然不惑，洞明世事，卻不料仍有諸多彷徨迷惑。看來，人生就是一場不斷的修行。所謂修行，其實都是修心。

而內心的一些東西、人生的意義，或許可以通過小說的形式來表達、來尋求沒有答案的答案。

毛姆的小說《人性的枷鎖》、《刀鋒》，赫塞的《納爾齊斯與哥爾德蒙》，都是我喜愛並珍藏的書，主題也都是感性人生與理性人生的探討與實踐。依我之見，小說中所表達的，與東方古老的人生哲學不謀而合，比如《蘭亭集‧序》中：「夫人之相與，俯仰一世，或取諸懷抱，悟言一室之內；或因寄所託，放浪形骸之外……。」短短幾句話，便精闢總結了小說所要傳遞的核心問題。毛姆說：「人是生而自由的，但又無時不在枷鎖之中。」但即便是有條件按自己願望，選擇生活方式與人生道路，都不會是全面而完美的，總有缺憾，而缺憾本是人生的常態。

在美國，我常常想起雨城，那是我年少時曾極力想逃離的故鄉。想起小時候的大雜院，院中的青瓦平房。夜晚，雨點打在瓦棱上的脆響，如大珠小珠落玉盤；積攢的雨水從陰瓦槽中順屋脊流下，把每家瓦片洗得乾乾淨淨。我們用大木盆接了潔淨的屋簷水，用於洗衣，用於淘菜……便不急於下河挑水了。想起大雜院中的各色人物，江家的「農二哥」、「蓮妹」，尤家的「三姐」、「四妹兒」，院後面的許家「小妖」，趕牛車的劉家，討嫌的「雨肚皮」，以及「毛根朋友」水月……。

他們的命運與人生軌跡，構成了雨城《清明上河圖》的一幅幅畫卷，只不過這幅圖，不全是靜好的市井閒情，而是有嚴酷的風刀霜劍。他們各自命運的小舟，與時代和歷史的波濤共顛簸、翻捲、沉浮；他們身上，有著時代的烙印、歷史的折射與縮影。回望故鄉，煙雨迷濛，記憶渺遠，我用小說的形式寫下了〈雨城夢語〉。小弦切切如私語，他們是我故事中的主角，也是雨城如水墨畫般洇暈開來的魂靈。

身為作家不能改變歷史，能做的也就是有限的觀察、記錄與反

思。這也是舍伍德‧安德森《小城畸人》的文學價值。每篇小說之間並不是截然相隔的，人物從這一篇串到那一篇。他用這些人物故事構建成一個小鎮，記錄了在現代來臨之時，人們的失落、煩惱、欲望與孤獨。又如汪曾祺《大淖紀事》，他以散文筆調寫小說，沒有跌宕起伏的故事，只是身邊人身邊事，疏放中透出凝重、平淡中顯現奇崛，有著寓言的意味。這些文學「大家」，是我學習的榜樣，我寫作之路的明燈。

其他多篇，如〈香水百合〉、〈空花〉、〈蝴蝶水上飛〉、〈莊生曉夢〉等，則嘗試魔幻現實主義的方法，把現實與幻景融為一體。有些甚至是無中生有，杜撰式的創作，在某些部分借用夢境表達潛意識的流動，在似睡非醒、亦真亦假、亦夢亦幻中推動故事發展。所謂小說，故事的情節真假並不重要，關鍵是筆下人物的情感是讀者熟悉的、人性是共通的。通過虛構來表現人物的情感、人物的性格、人物的命運。

一路走來，雖不在乎世俗意義上的慶生，內心卻也歡喜彩舞萱堂的熱鬧喜慶，嚮往長醉洞雲的率性不羈。

> 彩舞萱堂喜氣新。
> 年年今日慶生辰。
> 碧凝香霧籠清曉，紅入桃花媚小春。
>
> 須酩酊，莫逡巡。
> 九霞杯冷又重溫。
> 壺天自是人難老，長擁笙歌醉洞雲。
>
> （宋‧張掄〈鷓鴣天〉）

醸文學271　PG2883

 香水百合
　　——爾雅小説自選集

作　　者	爾　雅
責任編輯	石書豪
圖文排版	陳彥妏
封面設計	吳咏潔

出版策劃	醸出版
製作發行	秀威資訊科技股份有限公司
	114 台北市內湖區瑞光路76巷65號1樓
	電話：+886-2-2796-3638　傳真：+886-2-2796-1377
	服務信箱：service@showwe.com.tw
	http://www.showwe.com.tw
郵政劃撥	19563868　戶名：秀威資訊科技股份有限公司
展售門市	國家書店【松江門市】
	104 台北市中山區松江路209號1樓
	電話：+886-2-2518-0207　傳真：+886-2-2518-0778
網路訂購	秀威網路書店：https://store.showwe.tw
	國家網路書店：https://www.govbooks.com.tw
法律顧問	毛國樑　律師
總 經 銷	聯合發行股份有限公司
	231新北市新店區寶橋路235巷6弄6號4F
	電話：+886-2-2917-8022　傳真：+886-2-2915-6275

出版日期	2023年5月　BOD一版
定　　價	320元

讀者回函卡

國家圖書館出版品預行編目

香水百合：爾雅小說自選集 / 爾雅著. -- 一版.
-- 臺北市：釀出版：秀威資訊科技股份有限
公司發行, 2023.05
　　面；　公分. -- (釀文學；271)
BOD版
ISBN 978-986-445-797-7(平裝)

857.7　　　　　　　　　　112004405